La maîtresse audacieuse

JILL MARIE LANDIS

Jill Marie Landis

La maîtresse audacieuse

Traduit de l'américain
par Nathalie Dallain

Éditions J'ai lu

Titre original :

LAST CHANCE
Published by arrangement with The Berkley Publishing Group,
a member of The Putnam Berkley Group, Inc.

1

Montana, 1894
4-Juillet, fête de l'Indépendance

L'orbe incandescent avait depuis longtemps achevé sa course derrière les cimes déchiquetées des montagnes, mais la chaleur était toujours aussi accablante. C'était une journée du mois de juillet plus brûlante, plus étouffante que jamais, sans même un souffle d'air pour bercer les lanternes chinoises accrochées le long de Main Street.

Les musiciens, engoncés dans des uniformes rouges chamarrés d'or, entamèrent un air de polka à la trompette et au violon avec tout l'entrain dont ils étaient encore capables.

Autour de la piste trônaient, telles des sentinelles, les femmes les plus respectables de Last Chance, et parmi elles, Rachel Albright McKenna, toute de noir vêtue. Elle étouffait sous son corsage de toile sombre, et la sueur commençait à perler entre ses seins. Tentant d'ignorer son malaise, et les regards scrutateurs qui se posaient sur elle, la jeune femme observait avec un détachement feint les couples évoluer en riant sur la piste.

« Demain, je ne porterai plus de noir... »

Cette pensée la frappa de plein fouet. Craignant de

l'avoir exprimée à voix haute, elle se risqua à regarder autour d'elle, mais personne ne lui prêtait attention.

« Plus jamais de noir ! »

Sa décision était prise, elle ne s'endeuillerait plus pour un époux dont la mort, un an plus tôt, avait échauffé les esprits et les mauvaises langues. En outre, elle détestait le titre qui lui était désormais donné : veuve McKenna ! C'était vraiment sinistre. Après tout, elle n'avait que trente ans et se jugeait bien trop jeune pour se voir appeler de la sorte.

Si son père avait été encore de ce monde, il lui aurait dit de n'écouter que son instinct... Un sourire lui vint alors aux lèvres. Elle en avait fini avec cette grotesque mascarade, il était grand temps de tourner la page.

Alors elle se vit en train de mettre aux oubliettes tous ces mètres et ces mètres de soie noire, ces crêpes sombres qu'elle portait depuis tant de mois ! Demain, elle choisirait le gris, ou le lilas, couleurs discrètes d'un veuvage presque achevé. Des teintes qu'on se permettait habituellement de revêtir après deux ans de deuil...

Sa belle-mère, Loretta McKenna, qui n'avait de cesse qu'elle ne pleure haut et fort la mort de son fils aîné, condamnerait bien sûr cette façon de faire. Et elle jugerait honteux et indigne d'abandonner ainsi la tradition, surtout lorsqu'il s'agissait de la veuve de l'éminent shérif Stuart McKenna...

La jeune femme laissa échapper un soupir inquiet à la perspective d'une confrontation avec cette femme. Autour d'elle, les convives dansaient et riaient au rythme d'une musique endiablée. Elle eut soudain l'impression que la chaleur était plus écrasante encore et, machinalement, elle agita son éventail de dentelle noire, orné de perles et de rubans. Elle se demanda alors si l'idée d'affronter sa belle-mère n'était pas la cause de sa soudaine nervosité... Ah, si seulement cette musique pouvait se taire !... Bien déterminée à quitter la salle de danse dès que le morceau s'achèverait, elle pensa déjà à son retour chez elle. Là-bas l'attendaient son fils, Tyson, et sa gouvernante, Delphie. Au fait, avaient-ils fait un sort au délicieux sorbet à la fraise qu'elle avait préparé le matin même ?

Au beau milieu du brouhaha, un murmure s'éleva à côté d'elle, l'obligeant à lever la tête. Millie Carberry, la propriétaire du grand magasin de Last Chance et, surtout, la plus virulente commère de la ville, s'était penchée vers elle et semblait attendre une réponse. Sans cesser d'agiter son éventail, Rachel cria, essayant de couvrir le bruit assourdissant de la musique :

– Que disiez-vous ?

Millie hurla presque dans son oreille :

– Je vous demandais si vous aviez déjà vu cela. Quand j'étais jeune, jamais nous n'aurions osé montrer nos chevilles comme le font les jeunes femmes d'aujourd'hui. Quelle indécence, vous ne trouvez pas ?

La bouche de Millie s'ouvrait et se fermait, aussi grotesquement que la gueule du singe en peluche que Ty actionnait. Rachel se contenta de hocher la tête. A se demander si sa voisine avait un jour été jeune... un vrai rabat-joie ! Quel mal y avait-il à vouloir danser et s'amuser ?...

La jeune femme sourit quand une adolescente les dépassa, vêtue d'une robe à froufrous blancs, offrant à la vue de tous le spectacle de ses fines chevilles. Et, tandis que sa voisine lui tournait immédiatement le dos, Rachel promena un regard autour d'elle : tous les visages, ou presque, dans l'assemblée, lui étaient familiers. Bien sûr, dans une petite ville comme Last Chance, tout le monde se connaissait. D'ailleurs, la plupart des jeunes gens présents ici, ce soir, avaient été dans sa classe, lorsqu'elle enseignait encore...

Pendant un court instant, elle songea avec nostalgie à cette période de sa vie, mais très vite, elle se débarrassa du vague malaise qui montait en elle. Après tout, la journée avait été délicieuse, l'après-midi s'était agréablement déroulé, dans une ambiance joyeuse fort divertissante. Delphie avait préparé un grand panier pour le pique-nique et, devant l'insistance de Rachel, les avait accompagnés, elle et son fils, à la fête en ville. A midi, il y avait eu la parade, puis des discours politiques prononcés sous les bannières rouge, blanc et bleu qui ornaient la grande avenue. En ce début de juillet, le soleil était brûlant et il avait empourpré nombre de visages !

Rachel aurait pu se dispenser d'assister au bal du soir ; mais la curiosité l'avait presque malgré elle entraînée jusqu'ici. A présent, elle regrettait amèrement de s'être déplacée, se sentant horriblement seule parmi tous ces gens joyeux.

Elle aurait tant aimé que la musique cessât ! Il était vraiment déprimant de regarder les autres danser et s'amuser lorsque l'on restait figée sur un siège à ressasser son passé ! Aucun représentant de la gent masculine ne lui avait proposé de la suivre sur la piste... Ce n'était pas faute de l'avoir espéré mais, voilà, il n'était pas convenable d'inviter une veuve à danser !

Soudain furieuse, elle détourna son regard de la piste de danse... Elle ignora Millie Carberry et ses commérages, ainsi que la femme à sa droite qui, malgré la musique tonitruante, s'était assoupie, dodelinant de la tête tout en laissant échapper de petits ronflements. Alors son attention se porta sur le lampion le plus proche. Pendant un long moment elle regarda les papillons de nuit aller et venir autour de la flamme. Quelle magie se cachait donc derrière cette lumière ? Qu'y avait-il dans le feu pour que les insectes ne puissent refréner leur envie d'approcher, au péril de leur vie ?

Rachel se sentit brusquement proche de ces audacieux et fragiles éphémères. Il y avait eu un temps, bien des années plus tôt, avant qu'elle n'épousât Stuart McKenna, avant qu'elle ne renonçât à l'enseignement pour devenir femme, mère et belle-fille, il y avait eu un

8

temps où elle avait eu pleine confiance en elle-même et en l'avenir... Elle contrôlait alors parfaitement sa destinée et entendait profiter pleinement de sa vie au jour le jour... Mais ce temps était passé !

Même huit ans de mariage avec Stuart étaient peu de chose par rapport à la douloureuse épreuve du deuil qu'elle venait de traverser. Aujourd'hui, elle était la veuve McKenna, sujet de toutes les rumeurs, de tous les cancans, objet de risée...

Plus rien n'était pareil depuis que Stuart McKenna, shérif, père et époux, avait été retrouvé mort, foudroyé par une crise cardiaque, dans la chambre sordide d'un saloon, sur le corps de la plus connue des prostituées de la ville.

Lane Cassidy se tenait dans l'ombre, à proximité de la boutique du barbier et du saloon, espérant ne pas se faire remarquer. Seul, englouti par l'obscurité, et à l'abri sous son chapeau, il observait les danseurs qui virevoltaient sur l'estrade installée au bout de Main Street.

Il reconnut certains d'entre eux lorsqu'ils passèrent sous la lumière des lampions. Et sur quelques-uns de ces visages, il put même mettre un nom. James Carberry, dont la mère tenait le magasin principal, tournoyait sur la piste, entraînant avec lui une jeune femme à la poitrine et au sourire généreux. Et il lui eût été impossible de ne pas reconnaître Harold Higgens ! Ce garçon au regard fuyant, celui qui, jadis, l'avait dénoncé... Celui qui avait raconté que le voyou Cassidy portait son Smith & Wesson sur lui. Lane ricana. Un traître demeurait à jamais un traître ! Harold devait avoir quinze ans aujourd'hui, mais il marchait déjà sur les traces des poltrons, cela se voyait à son allure. Comme autrefois, il arborait un sourire poli, courtois. Un sourire fourbe !

Lane soupira. Comment avait-il pu oublier que c'était la fête de l'Indépendance aujourd'hui ? Une journée au cours de laquelle toute la ville se réunissait pour des pique-niques, des parades, des danses et un feu d'artifice, une journée où l'on riait et oubliait le quotidien. Un jour férié qui n'avait que peu de sens pour un homme comme lui...

S'il s'était souvenu de cette date, il aurait retardé son arrivée. Il lui aurait été alors plus facile de se faufiler en ville sans être remarqué, de louer une chambre dans une pension et de régler ses affaires le plus discrètement possible.

Mais, voilà, il n'avait jamais prêté attention au calendrier et, ce soir, il était obligé de se tapir dans une sombre ruelle comme un délinquant, celui qu'il avait été jadis, le délinquant dont, hélas, chacun ici se souvenait ! De toute façon, comment avait-il pu envisager de revenir à Last Chance sans réveiller le passé ?

Alors que la foule commençait à se disperser, il aperçut Rachel Albright de l'autre côté de l'estrade. Sa surprise et sa joie furent telles qu'il faillit sortir de sa cachette et crier son nom. Cependant, il se ressaisit aussitôt et, essayant de calmer les battements effrénés de son cœur, s'adossa au mur.

Rachel Albright. Mlle Rachel. Sa Mlle Rachel.

Assise seule sous une guirlande de lampions, elle ne prêtait pas attention à la foule, mais levait les yeux vers la lanterne couleur safran suspendue juste à côté d'elle. La bougie, à l'intérieur, nimbait le visage de la jeune femme de sa fragile et dansante lumière. Rien n'aurait pu mieux convenir à cette femme angélique que cette couronne de douce clarté...

Dix ans plus tôt, Rachel avait été son institutrice et sa seule amie. Elle l'avait accueilli lorsqu'il n'avait plus aucun endroit où aller, l'avait défendu après avoir tenté sans succès de lui apprendre à lire et à écrire. Et tout ce qu'il avait trouvé à faire pour la remercier avait été de se montrer insolent et buté !

Dix ans... une éternité !

Il hasarda un nouveau coup d'œil dans la direction de la jeune femme. Un coup d'œil gourmand. Elle avait toujours les yeux fixés sur le lampion comme si plus rien d'autre n'existait. Sous la lumière de la bougie, sa peau avait pris la couleur de l'ivoire. Elle tenait un éventail qu'elle agitait nerveusement. La lumière jouait avec la dentelle noire de cet éventail, aussi noire que sa robe. Et elle était toujours aussi belle !

C'est alors qu'il comprit : elle portait le deuil. Elle était assise là, habillée de sombre, de son col ourlé de satin noir à ses chaussures couleur de jais, car elle portait le deuil ! Mais de qui ? Si sa mémoire ne lui faisait pas défaut, elle n'avait plus de famille quand il avait quitté Last Chance.

Le deuil... le tribut qu'une épouse réservait à son époux, une mère à son enfant. Aurait-elle été mariée ? Lane éprouva curieusement un pincement de jalousie.

Tout à coup, la musique se tut. Lane recula vivement dans l'ombre. Il ne voulait prendre aucun risque, ce soir... Il décida de s'éloigner et de se rendre dans un saloon où il rejoindrait les quelques ivrognes de la ville qui cultivaient leur amnésie ! Il serait en sécurité avec eux...

Il jeta un dernier coup d'œil derrière lui et il entrevit le regard de Rachel. Il s'arrêta net. Les yeux de la jeune femme étaient tout aussi magnifiques que par le passé, des prunelles d'un bleu royal. Pendant toutes ces années passées loin de Last Chance, jamais il n'en avait croisé d'aussi beaux. Mais, hélas, ce soir même la pénombre ne parvenait pas à cacher le vide et le désespoir qui les habitaient... Rachel fixa soudain la piste de danse comme si le silence l'arrachait à ses préoccupations et la ramenait à la réalité.

Lane reconnut à son côté Millie Carberry. La propriétaire du magasin principal s'écartait de Rachel pour se pencher vers sa voisine de gauche, l'épouse d'une famille de notables. Il remarqua que personne ne proposait à Rachel de danser. Etait-ce à cause de ses vêtements de deuil ? Personne ne lui parlait non plus. La jeune femme replia lentement son éventail et regarda ses mains. Il la devina tendue. Elle lui sembla brusquement aussi fragile que les papillons qui virevoltaient dans les airs...

L'orchestre entama une valse. Lane reconnut la mélodie, sans toutefois pouvoir l'identifier. Ce ne fut que lorsqu'il se retrouva devant l'estrade qu'il réalisa ce qu'il était en train de faire. Sans plus d'hésitation, il poursuivit son chemin jusqu'à Rachel, gardant le regard rivé droit devant lui et refusant de croiser celui des bonnes âmes de Last Chance.

Il ne voyait plus que Rachel Albright.

Autour de lui, s'élevèrent des murmures étouffés, quelques rires fusèrent sur son passage.

Les danseurs sur la piste s'écartèrent pour le laisser passer. Lane ne broncha pas. Il avançait presque comme un automate. La vie lui avait appris à ne pas hésiter. Rachel leva enfin les yeux. Il vit alors une lueur s'allumer dans son regard, et se sentit heureux. Au moins, son apparition aurait ce mérite, celui de la faire sortir de sa torpeur !... Elle ne bougea pas, resta de marbre sur sa chaise ; pourtant il la savait près de s'enfuir.

Encore trois enjambées, et il se postait devant elle. Il s'était toujours demandé ce qu'il ressentirait en la touchant, en la prenant dans ses bras. Quelques années plus tôt, il avait passé des heures et des heures en classe à la contempler.

Il lui tendit la main. Le visage de la jeune femme s'était tout à coup animé. Ses lèvres s'entrouvrirent comme si elle voulait parler, mais les mots ne vinrent pas. Elle le regardait comme s'il était un fantôme sorti du néant, une apparition du passé.

Sur l'estrade, les musiciens continuaient de jouer, les notes de la valse flottaient dans les airs, mais les danseurs n'y prêtaient plus attention. Lane attendait, refusant d'être troublé par les regards curieux, ignorant les commentaires chuchotés et les rires étouffés. Il se concentrait sur le visage de Rachel, sur ses précieuses prunelles bleues. Dans la pénombre, elles semblaient plus sombres qu'à l'accoutumée. A son grand soulagement, il les vit s'éclairer. D'une lueur teintée de défi.

Il se pencha et murmura doucement :

– M'accorderiez-vous cette danse ?

Rachel se plongea dans les profondeurs de ces yeux noirs, ces yeux qu'elle n'avait pas revus depuis des années... Elle n'avait pourtant jamais oublié la froide colère qui les habitait autrefois.

Lane Cassidy. Plus âgé, plus sûr de lui. Et cette assurance n'était plus feinte, il l'avait de toute évidence gagnée au cours de ces dernières années.

– Rachel ?

Le son de sa voix grave et profonde n'était pas plus audible qu'un murmure. Il attendait une réponse, et elle sut que le temps passé ne lui avait pas enseigné la patience. Ses yeux inquisiteurs la transperçaient, fouillant son regard, sa tenue endeuillée et le poids qu'elle portait sur le cœur depuis des mois. Elle se sentit embarrassée et, pourtant, revoir Lane la transporta dix ans plus tôt, à une époque où elle savait où elle allait, où elle vivait heureuse et indépendante. Avant Stuart !

Lane Cassidy avait les yeux rivés aux siens. Elle savait qu'il la défiait d'accepter cette danse. Avait-il cru qu'elle refuserait ?

Les premières notes d'une nouvelle valse s'élevèrent, la piste était déserte. Elle devinait toute l'hostilité de sa voisine... La vieille commère aurait payé cher pour être plus près, pour entendre ce que Lane venait de lui dire. Cette pensée fit sourire Rachel, mais elle garda tout son sérieux. D'ailleurs, depuis quand n'avait-elle pas souri ?

Lane était l'un des seuls hommes qui portaient un revolver dans l'assemblée. Elle n'eut pas à regarder plus attentivement pour savoir qu'il s'agissait d'une arme à la crosse gravée d'une rose.

Comme au temps où il avait quitté la ville... où Lane Cassidy avait acquis sa réputation de tireur.

Elle glissa un coup d'œil à la dérobée en direction des gens qui l'entouraient. Tous les regards, sans exception, convergeaient sur eux. Pourquoi, après tout, ne pas apporter de l'eau à leur moulin ?

Cet acte de provocation n'était pas pour lui déplaire. Déposant son éventail sur sa chaise, elle se leva et accepta la main de Lane.

Il n'y avait pas un souffle de vent sur la ville. La chaleur était suffocante, et pourtant son compagnon avait la peau fraîche sous ses doigts. Il la conduisit jusqu'au milieu de la piste, et, plaquant une main possessive dans son dos, l'attira contre lui.

Rachel entendit Millie Carberry pousser un petit cri d'indignation. Elle ne put cette fois s'empêcher de sourire.

Lane savait danser. Il était même passé maître en la matière. Dans ses bras, Rachel avait l'impression que le monde lui offrait enfin le privilège d'arrêter le temps et de tournoyer au rythme endiablé de cette valse à trois temps. Rien d'autre n'importait... Où avait-il appris à danser aussi bien ? Et qui le lui avait enseigné ?

Rachel se concentra sur la ligne de sa mâchoire, bleuie par une barbe d'un jour. Sa chemise blanche rehaussait l'ébène de ses cheveux. Ses lèvres lui semblèrent plus pleines, plus fermement dessinées qu'autrefois. Elle rencontra son regard, et détourna aussitôt les yeux. Tout en lui incarnait la puissance, la virilité. Des sensations inconnues s'éveillèrent brusquement en elle.

Maintenant, il n'y avait plus rien d'innocent dans la manière dont il l'étreignait. Ses doigts caressaient – par inadvertance ? – le creux de son dos. Elle s'empourpra et baissa les yeux. La chemise de son compagnon était entrouverte, révélant un torse musclé et tanné par une vie au grand air. Sa peau brillait comme du bronze sous la lumière des lampions.

Lorsque, enfin, elle osa lever les yeux vers le visage de Lane, elle découvrit qu'il la regardait, un sourire gentiment moqueur sur les lèvres.

– Que faites-vous ici, Lane Cassidy ?

Il promena un regard sur la foule qui les entourait, un regard perçant à demi caché par le bord de son chapeau !

– Plus tard, professeur. Profitez de cette danse. J'espère au moins que cela ne vous ennuie pas d'être le sujet de toutes les conversations ce soir.

A son tour, Rachel se hasarda à regarder en direction de l'assemblée, et nota que, hormis quelques jeunes couples tendrement enlacés, il n'y avait plus personne sur la piste.

– Ce ne sera pas la première fois.

A cet instant, Lane la fit tournoyer, soulevant dans son mouvement le bas de ses jupons. Et cela, juste au nez et à la barbe de Millie Carberry !

– Qu'avez-vous fait, mademoiselle Rachel, pour qu'on parle ainsi de vous ?

– Bien moins que vous, Lane Cassidy.

La musique s'arrêta sans prévenir, et ils se retrouvèrent au beau milieu de la piste, essayant sans s'écarter l'un de l'autre de reprendre leurs souffles. Lane

semblait attendre quelque chose, un geste peut-être...
Rachel recula.

– Merci, Lane.

Il souleva son chapeau cérémonieusement.

– Tout le plaisir fut pour moi...

Elle se dirigea vers son siège et comprit, à l'air effaré de Millie Carberry et de ses voisines, que Lane la suivait. Avoir dansé avec Lane avait provoqué un tollé plus grand encore qu'elle ne l'avait imaginé. Sans perdre contenance, la jeune femme dépassa les vieilles commères, récupéra son éventail sur sa chaise, et quitta la place. Dans la rue, un peu plus loin, elle se tourna vers Lane qui la suivait imperturbablement.

– Je rentre chez moi.

– La soirée n'est pas terminée. Vous n'avez pas dû être souvent invitée à danser ce soir. Etais-je votre premier partenaire ?

– Oui. Et aussi le dernier !

– Je vous raccompagne jusque chez vous.

– Ce n'est pas la peine.

– Très bien.

Le regard de Lane s'était assombri et son visage se ferma tandis qu'il accusait le coup. Il lui tourna alors le dos et regarda les gens de Last Chance avec défi.

Rachel sentit son cœur se serrer. Elle ne voulait pas le froisser. Comment avait-elle pu oublier à quel point il était susceptible ?

Elle lui prit le bras.

– Lane, je suis désolée. Je serais heureuse que vous me raccompagniez.

Lentement, il pivota sur ses talons et lui fit face. Il la regarda un instant, sans mot dire, puis commença à descendre la rue à ses côtés, en direction de sa maison. Rachel dut presser le pas pour demeurer à son niveau.

– Vous vivez toujours au même endroit ?

– Oui.

De nouveau, le silence retomba. Ils avançaient, avec entre eux le fantôme du passé. Il y avait des questions qu'elle brûlait de lui poser, mais elle savait que Lane ne dirait rien tant qu'il n'en éprouverait pas le besoin. Alors, elle prit son mal en patience.

– Vous êtes une véritable figure de légende, Lane, lança-t-elle d'un ton qui se voulait détaché.

Son compagnon ne répondit pas. Et, tout à coup, elle regretta d'avoir fait allusion à ce qu'il était devenu : un dangereux as de la gâchette, inspirant la peur de tous sur son passage, connu à travers tout le pays.

Ils marchaient l'un à côté de l'autre, fixant un point imaginaire droit devant eux, sans parler, et pourtant la simple présence de cet homme troublait Rachel plus que de raison.

– Comment vont... Chase et Eva ? demanda-t-il quelques instants après.

Il avait eu une brève hésitation avant de prononcer le nom de son oncle et celui de sa femme, comme si le passé le faisait encore souffrir.

Rachel glissa un coup d'œil en direction de son compagnon et vit qu'il regardait dans le lointain, avec nostalgie...

– Si vous voulez mon avis, Chase sera heureux de vous revoir. Et Eva parle souvent de vous ! Et ils vont bien tous les deux... En ce moment, ils ne sont pas au ranch. Ils ont emmené les enfants en Californie pour rendre visite à la famille d'Eva. Saviez-vous qu'ils avaient appelé leur fils comme vous ? Lane a huit ans. Et la petite Ellie, cinq.

– J'avais entendu dire qu'ils avaient eu deux enfants.

– J'espère que vous allez rester ici jusqu'à leur retour... si vous avez un peu de temps. Ils seront ravis de votre visite...

Elle ne savait décidément pas tenir sa langue ! Mais c'était plus fort qu'elle.

Lane s'esclaffa, d'un rire profond et sensuel qui fit battre son cœur plus rapidement.

– C'est une manière détournée de me demander ce que je suis revenu faire ici, à Last Chance, n'est-ce pas ?

Elle sourit malgré elle.

– Oui. Mais vous n'êtes pas obligée de me répondre.

– Vous savez que je ne le ferai pas si je n'en ai pas envie.

– J'imaginais bien que vous n'auriez pas beaucoup changé.

– Disons seulement que je suis ici pour les affaires.

Un frisson s'empara d'elle. Des affaires ? Tuer quelqu'un ?

Il se tourna vers elle d'un air moqueur.

– Alors vous pensez que je n'ai pas beaucoup changé ?

– Vous êtes plus grand et plus solide...

Il avait surtout gardé son sourire narquois. Elle n'allait quand même pas lui dire qu'il était bien plus séduisant que par le passé quand, de toute évidence, il le savait. Embarrassée, Rachel détourna le regard.

Lorsqu'ils atteignirent la barrière blanche qui ceinturait son jardin soigneusement entretenu, elle s'arrêta.

– C'était une surprise de vous revoir ce soir, Lane Cassidy.

– Je vous raccompagne jusqu'à votre porte d'entrée, alors ne vous fatiguez pas à me dire au revoir tout de suite.

La jeune femme voulut protester, puis elle se ravisa. Pourquoi refuser, puisque, de toute façon, Lane Cassidy n'en ferait comme toujours qu'à sa tête ? Docilement, elle ouvrit la barrière et emprunta l'allée principale. Il la suivit.

Ils traversèrent l'immense véranda couverte d'un dais de vigne vierge. La rue derrière eux était déserte, les coins de la maison engloutis par l'obscurité.

Les minutes s'écoulaient, ils demeuraient silencieux. Lane s'appuya contre le chambranle de la porte.

De plus en plus mal à l'aise, la jeune femme baissa la tête.

– Vous êtes mariée, Rachel ? lui demanda-t-il brusquement.

La question était si imprévue que la jeune femme hésita un instant avant de répondre :

– Je l'ai été.

Lane lui prit la main et, doucement, lui caressa la paume.

– J'ai épousé Stuart McKenna, ajouta-t-elle.

– Le shérif ?

Il fit une grimace.

– Normal, reprit-il d'un ton sarcastique. L'institutrice épousa le shérif qui devait hériter de la moitié du Montana. Bien joué !

– Je n'ai jamais été intéressée par son argent ! protesta-t-elle vivement.

Rachel baissa la tête.

– Il est mort, ajouta-t-elle dans un souffle. Il est mort, il y a un an.

Elle regretta de ne pas pouvoir feindre la tristesse, donner quelques indices qui montreraient qu'elle l'avait aimé. Malheureusement, il y avait bien des années qu'elle avait cessé d'éprouver un quelconque sentiment pour cet homme, bien avant qu'il ne meure dans la honte et l'infamie.

Lane se pencha vers elle. Rachel voulut reculer, mais elle se retrouva plaquée contre la porte. Elle ne pouvait plus bouger.

– Ainsi, il est mort ?

Il avait approché sa bouche de la sienne.

– Oui.

Elle feignit de regarder dans la rue avant d'affronter son regard. Levant les mains dans un signe d'impuissance, elle enchaîna :

– Lane, je crois que...

– Je n'aurai donc plus à craindre d'être tué ici.

Et tout à coup... ce qui devait arriver arriva. Il glissa les mains le long de sa nuque et l'attira contre lui.

Avant même qu'elle n'ait pu réagir, Lane scella les lèvres de Rachel d'un baiser. Sa bouche était curieusement douce et chaude contre la sienne, ses bras puissants. Emprisonnée de la sorte, elle ne pouvait plus refuser ce baiser !

Et, alors que sa raison lui conseillait de se débattre, la jeune femme se laissa aller et ferma les yeux. Cela faisait si longtemps qu'on ne l'avait pas enlacée ainsi, c'était si bon, si doux. Le baiser de Lane se fit soudain plus exigeant, il désirait plus. Comme s'il cherchait à effacer les années passées au loin...

Dire que Stuart ne la regardait même plus...

Cette pensée la frappa de plein fouet, lui faisant l'effet d'une douche glacée. Elle ouvrit les yeux. Danser avec cet homme était une chose, mais de là à accepter ses avances... il y avait un monde ! Qu'elle ne devait pas franchir.

D'un geste brusque, Rachel repoussa Lane. Furieuse contre elle-même, elle le fusilla du regard. Il la gratifia alors de son sourire le plus moqueur.

– Je constate que vous n'avez pas encore appris les bonnes manières, gronda-t-elle. Pourquoi diable avez-vous fait une telle chose ?

Le sourire de Lane s'élargit encore.

– Parce que j'en rêvais depuis toujours.

2

Lane savait qu'il avait commis une erreur en revenant à Last Chance, et les derniers événements venaient, hélas, de le conforter dans cette idée. Quel idiot il était ! Au moment même où il aurait dû redoubler de discrétion, il avait attiré l'attention de tous sur lui...

La musique dans le lointain se tut. Dans la faible lumière de la lune, les yeux de Rachel étincelaient de colère. Elle le fixait, silencieuse.

– Quand j'étais jeune, je rêvais de pouvoir vous embrasser, lui confessa-t-il.

Comme elle ne répondait pas, il promena le regard sur ses épais cheveux de jais, et il fut soudain tenté d'ôter les épingles de son chignon afin de pouvoir les caresser. Elle portait autrefois une longue tresse qui lui donnait un air bien moins austère que ce soir. Il s'imagina un instant glissant ses doigts dans les lourdes boucles brunes... et il en ressentit toute la volupté !

– Je ne... Je n'ai jamais...

Les mots échappaient à la jeune femme. Elle semblait bien trop bouleversée pour parler avec cohérence.

– Vous n'avez jamais rien fait pour m'encourager, je le sais, s'empressa-t-il de déclarer. Vous ne pouviez pas deviner ce que je ressentais. Vous étiez si heureuse d'exercer votre métier que vous étiez à mille lieues de songer au jeune voyou qui, au fond de votre classe, vous dévorait des yeux et ne songeait qu'à vous prendre dans ses bras !

Il cessa de contempler les cheveux de Rachel et suivit du regard la veine bleutée qui battait le long de son cou avant d'admirer son menton volontaire et sa bouche si joliment dessinée. La tentation était trop forte, il s'approcha et, du bout des doigts, effleura les lèvres de la jeune femme.

Rachel repoussa brutalement sa main. Il lui sembla entendre des bruits de voix dans la rue. Inquiet lui aussi, Lane se retourna et aperçut un groupe de badauds qui remontaient l'avenue. S'il n'avait que faire des racontars, Rachel, elle, ne pouvait pas se permettre de salir sa réputation. Alors, il la salua et s'éloigna rapidement. Cependant, il avait à peine parcouru quelques mètres qu'il s'arrêta dans l'ombre de la véranda, un peu plus loin.

Quelques personnes dépassèrent la maison. Les murs se firent l'écho de leurs rires enivrés. Puis le silence revint... Quand tout risque fut écarté, Lane reporta son attention sur Rachel. Elle avait recouvré toute son assurance. Droite comme un i, elle se tenait devant sa porte d'entrée.

Il songea qu'il lui devait des explications. Un homme ne réapparaît pas après dix ans d'exil sans une raison valable.

– Je ne suis pas revenu vous terroriser, lança-t-il en revenant vers elle. Je suis là pour voir Chase.

Il ne pouvait pas lui en révéler plus.

– Vous attendrez donc qu'Eva et votre oncle rentrent de Californie ?

– Peut-être. Si ce n'est pas trop long.

Il jeta un coup d'œil aux fauteuils rangés dans la véranda. Et, pendant un instant, il tenta d'imaginer Stuart McKenna et Rachel assis là, l'un à côté de l'autre, une tasse de thé à la main, regardant ensemble le soleil descendre à l'horizon.

Dans la rue, un homme s'esclaffa. Et son rire se répercuta jusqu'à eux.

– J'aimerais que vous me parliez un peu de mon oncle, poursuivit-il. Qu'a-t-il fait au cours de ces dernières années ?

– Il est tard...

– Oh, oui, bien sûr ! Je reviendrai.

Il la regarda avec insistance.

– Merci pour cette danse, madame McKenna.

– Je vous en prie. Appelez-moi Rachel.

Le nom de McKenna lui rappelait-il trop douloureusement l'homme qu'elle avait aimé et qui n'était plus ?

– Rachel, alors, répondit-il distraitement.

Son esprit s'emballait déjà, échafaudant mille projets. En quelques minutes, il avait perdu tout contrôle de lui-même et, en embrassant la jeune femme, avait embarrassé la seule qui ne le méritait pas.

Il fallait qu'il s'en aille. Qu'il laisse derrière lui, ce jardin, cette femme...

Rachel McKenna – vêtue de soie noire qui froufroutait à chacun de ses pas, Rachel avec son chignon impeccable, sa réputation sans tache et ses manières distinguées –, Rachel McKenna n'était décidément pas le genre de femmes qu'il fréquentait habituellement. Il devait lui dire au revoir et s'éloigner sans plus attendre.

En deux enjambées, il quitta les lieux et emprunta l'allée entourée de rosiers. Il entendit, derrière lui, la porte s'ouvrir.

Un court instant après, la porte se refermait derrière la jeune femme. Lane poussa alors la barrière et se dirigea vers l'autre bout de la ville, là où les saloons et les gargotes étaient pleins de monde. Il savait qu'en ces endroits les mineurs et les cow-boys noyaient leur solitude en jouant au poker autour de la dive bouteille.

Il y aurait aussi des femmes, des femmes faciles et accueillantes, des corps qui s'ouvriraient pour lui.

Dans quelques minutes, il rejoindrait son élément !

Il dépassa un hôtel, une bâtisse de deux étages qui avait dû connaître des jours meilleurs. Un panneau sur la porte d'entrée affichait complet. Mais il était inutile de tenter sa chance ailleurs ; la ville était en fête. Toutes les pensions de Last Chance devaient être combles.

Alors, résigné, il se dirigea vers le saloon le plus proche. Ce soir, les membres de l'orchestre de Last Chance avaient remplacé le musicien au piano. Après le bal, ils s'étaient rassemblés dans cet établissement et fêtaient à leur manière l'anniversaire du 4-Juillet. C'était un tel brouhaha et un tel désordre que, là, personne ne remarquerait sa présence.

Et, en effet, son entrée passa totalement inaperçue. Traversant la salle, Lane rejoignit le bar où il s'assit sur un tabouret et, les coudes sur le comptoir, il commanda un whisky.

Lane gardait le dos tourné à la salle, mais ses yeux ne quittaient pas le grand miroir accroché derrière le bar. En quelques minutes, il jaugea chacun des buveurs du saloon, et repéra aussi ceux qui pouvaient constituer une menace.

Une prostituée s'approcha bientôt de lui en se déhanchant, puis elle s'adossa au bar et le regarda d'un air provocant. Son corsage était largement ouvert et Lane put apercevoir une grande partie de ses seins. Elle avait aussi des cheveux filasse qui auraient eu bien besoin d'un shampooing...

– Salut, cow-boy ! Tu me paies un verre ? dit-elle en lui souriant généreusement.

Il hocha la tête et, aussitôt, un whisky fut servi à la fille de joie. Elle posa une main audacieuse sur le bras de Lane. Mais, soudain dégoûté, il la foudroya du regard.

– Je déteste qu'on me touche, s'exclama-t-il sèchement. En tout cas, quand je ne l'ai pas demandé...

Sans perdre contenance, la prostituée s'humecta les lèvres et se pencha vers lui, en battant des cils.

– Que dirais-tu de monter avec moi, cow-boy ? Si tu dis oui, je te promets d'être docile et de te laisser prendre toutes les initiatives.

Il l'observait tandis qu'elle minaudait, l'assaillant de sourires. Ses lèvres étaient outrageusement maquillées et, de toute évidence, elle devait se croire irrésistible. Soudain, il se sentit envahi par un sentiment de pitié. Mais, songea-t-il presque immédiatement, qui était-il donc pour oser juger cette femme dont l'âme n'était certainement pas plus noire que la sienne ?

– Va-t'en, lui dit-il en s'efforçant de lui sourire gentiment. Pas ce soir. Je n'ai pas la tête à cela.

D'un trait, elle avala le contenu de son verre et secoua ses longs cheveux sur ses épaules.

– Une autre fois, alors ?

– Peut-être.

Une autre fois...

Dans le miroir, il observa la foule derrière lui, sans cesser de jeter des coups d'œil en direction de la porte d'entrée. Après avoir commandé un deuxième verre, il songea à ce que Rachel venait de lui apprendre. Il savait que Chase Cassidy avait deux enfants, mais il ignorait que son oncle avait appelé l'aîné Lane, comme lui...

Qui aurait pu le deviner ? Certes, Eva, la femme de Chase, lui avait un jour confié que son oncle, sous ses airs indifférents, l'estimait beaucoup. Alors, peut-être était-ce vrai ?... Toutefois il aurait mis sa main au feu que c'était Eva, et Eva seule, qui avait eu l'idée du prénom. Il avait beau se dire qu'il se fichait bien de savoir qui avait pris cette décision, cela le troublait. Plus encore, il en éprouvait une sorte de fierté... Brusquement, il se mit à sourire.

Pendant quelques instants, Rachel resta sans bouger dans le vestibule, trop bouleversée pour faire le moindre geste.

Lane Cassidy était de retour.

Toujours aussi impulsif. Toujours aussi imprévisible. Assez audacieux pour l'embrasser, agissant comme si rien ni personne ne pouvait l'arrêter. Il ne lui était certainement jamais venu à l'esprit qu'une dame puisse être choquée par ses propos et ses actes. Dire que, dix ans plus tôt, il songeait déjà à l'embrasser ! C'est vrai, elle se souvenait qu'il la regardait parfois avec insistance, mais de là à imaginer qu'il était attiré par elle... Jamais elle ne l'aurait cru !

A une ou deux reprises, elle avait même demandé de ses nouvelles à Chase et à Eva, mais leur silence l'avait rapidement découragée.

Remerciant l'obscurité qui dissimulait ses joues brûlantes, elle porta les doigts à ses lèvres et les effleura. Elle n'avait jamais ressenti un tel plaisir à être embrassée par Stuart McKenna !

Et tout à l'heure, elle avait pensé que Lane était peut-être tout aussi bouleversé qu'elle. Puis les propos de son époux lui étaient revenus en mémoire. Combien de fois ne lui avait-il pas reproché d'être sans le moindre attrait ? Alors, comment Lane aurait-il pu, lui le séducteur, la trouver à son goût ?

Repoussant ces pensées torturantes, elle s'assura que la porte d'entrée était bien verrouillée. Elle prit ensuite une profonde inspiration et essaya d'oublier ce qui s'était passé. Des rires s'élevaient de la cuisine, au fond de cette maison que lui avaient léguée ses parents.

Cette demeure était son havre de paix, son lieu

d'ancrage, et elle s'y sentait bien. Chaque fois qu'elle en franchissait le seuil, elle était rassurée, sécurisée comme si, là, ni les commérages ni les ragots ne pouvaient l'atteindre.

Elle s'arrêta devant le miroir dans le couloir et jeta un coup d'œil à son reflet. Ces derniers mois, elle avait perdu beaucoup de poids et ses yeux lui semblèrent brusquement immenses dans son visage trop pâle et émacié. Elle passa un doigt sous ses yeux, là où les cernes s'étaient depuis longtemps installés.

– Maman ?

Au son de cette petite voix, tout fut oublié. Posant son éventail et sa bourse sur le guéridon, elle lissa les mèches qui s'échappaient de son chignon et se précipita dans la cuisine.

– Je suis là. Qu'est-ce que vous faites tous les deux ? lança-t-elle d'une voix qui se voulait enjouée.

Dans cette pièce chaleureuse qu'elle avait amoureusement décorée de vert et d'ivoire, elle retrouva Tyson et sa gouvernante, Delphie, assis l'un en face de l'autre, à la grande table de chêne.

– Vous avez mangé toute la glace ? gourmanda-t-elle d'un ton faussement sévère. J'espère bien que non, parce que cette soirée m'a ouvert l'appétit et j'ai une de ces faims...

Son fils reposa sa cuillère dans le bol devant lui. Avec ses cheveux auburn, ses grands yeux bleus et son nez constellé de taches de rousseur, il était le portrait même du père de Rachel.

– Elle est délicieuse, maman. Je t'en donne un peu, si tu veux. A condition que Delphie accepte de m'en servir une autre part.

– Si tu continues, tu vas grossir... le gronda Rachel gentiment.

– Allez, je t'en prie, Delphie, protesta le petit garçon, faisant fi des commentaires de sa mère.

Philadelphia Jones se leva, prête comme toujours à

faire les quatre volontés de Tyson. Rachel les observa tous les deux avec tendresse, son fils, tant aimé, et cette femme dévouée sur qui elle pouvait se reposer depuis déjà tellement d'années. Son expression amicale, sa douce peau café au lait, ses yeux sombres et pleins de bonté étaient une sorte de gage de jeunesse. Jamais personne n'aurait pu soupçonner que Philadelphia Jones approchait la soixantaine. C'était comme si le temps n'avait pas de prise sur elle ! Née esclave dans le Tennessee, Delphie avait épousé un homme affranchi et l'avait suivi dans l'Ouest. A quarante ans, elle s'était retrouvée veuve. Elle avait commencé à travailler au service des McKenna huit ans plus tôt, et Rachel avait depuis longtemps oublié tout formalisme à son endroit. Elle faisait désormais partie de la famille !

– Vous vous êtes bien amusée ? lui fit Delphie interrogatrice.

Rachel haussa les épaules.

– Je ne me plains pas.

Elle tenta de chasser de son esprit le baiser que lui avait dérobé Lane. Puis, émue comme une jeune fille, elle entreprit de goûter à la glace que Delphie venait de lui servir.

– J'ai vu l'un de mes anciens élèves ce soir, avoua Rachel, presque malgré elle.

Delphie la dévisagea de son regard inquisiteur.

– Vraiment ? Cela doit être curieux, après toutes ces années... Et quel âge a-t-il ?

Rachel déglutit à grand-peine.

– Aujourd'hui ? Il doit avoir vingt-six ans, je suppose.

– Mais il est à peine plus jeune que vous !

– Il a commencé l'école plus tard que les autres. Et il n'est pas même resté une année ! Quand il a cessé de venir en classe, il savait à peine lire et écrire son nom.

Un peu embarrassée, Rachel s'empressa de changer de sujet.

– Et toi, Ty ? Dis-moi, cette journée t'a plu ?

Tout barbouillé de glace, le petit garçon leva les yeux vers elle.

– Oh, oui ! Cette glace à la fraise est délicieuse. J'ai adoré le pique-nique ! Et aussi la parade...

– Moi aussi, fit Rachel avec un sourire.

– Pourquoi grand-mère et grand-père ne sont-ils pas venus ? Je suis sûr qu'ils auraient aimé eux aussi le pique-nique et la parade...

Rachel lança un bref regard en direction de sa gouvernante. Comment expliquer à Tyson que sa grand-mère ne supportait pas ce genre de manifestation publique, refusant depuis toujours de se mêler à la foule ?

– Tu sais bien que grand-mère Loretta n'aime pas les pique-niques, déclara-t-elle finalement.

– Pourquoi ?

– A cause de... des fourmis.

Son fils la considéra d'un air préoccupé. Puis il fronça les sourcils.

– Mais je n'ai même pas vu de fourmis !

Rachel savait qu'il attendait une réponse plausible, et qu'il était suffisamment intelligent pour ne pas croire à son explication. Elle soupira. Comment pourrait-elle lui dire que Loretta McKenna ne jugeait pas les gens de Last Chance dignes d'être fréquentés ?

– Eh bien, grand-mère Loretta n'aime pas la foule, reprit-elle.

– Tu veux dire qu'elle n'aime pas être avec des gens ?

– Oui.

– Mais elle nous aime.

C'était beaucoup dire ! Si sa belle-mère aimait Ty, elle avait toutes les peines du monde à la supporter, elle.

– Bien sûr qu'elle t'adore, mon chéri, dit-elle pour le rassurer. Et, maintenant, si tu montais te coucher ? Tu as eu une longue journée.

Tyson grogna, mais ne protesta pas longtemps. Sautant de sa chaise, il se dirigea vers la porte.

– Attends une seconde, mon garçon, fit Delphie en le rattrapant. Il faut d'abord que je te lave les mains.

– Je monterai te lire une histoire tout à l'heure, promit Rachel.

La gouvernante et son fils s'éloignaient déjà, bras dessus, bras dessous, comme les meilleurs amis du monde.

Souriant à leur complicité, Rachel entreprit de débarrasser la table et de ranger la vaisselle sale dans l'évier. Mais une même pensée lui trottait inlassablement dans la tête.

Lane Cassidy était de retour !

Il était de retour, et il avait eu l'audace de l'embrasser.

Une fois encore, ses joues s'enflammèrent. Elle tenta de chasser ce souvenir de son esprit. Peine perdue !

Et elle eut soudain très peur que Lane ne se fût simplement amusé, qu'il ne se fût moqué d'elle ! En fait, elle aurait aimé croire qu'il l'avait enlacée parce qu'elle lui plaisait et non parce qu'il était heureux de retrouver celle qui, dans le passé, savait si bien le réconforter.

Jamais il n'y avait eu d'ambiguïté dans leurs relations. Pour sa part, en tout cas. Mais pourquoi ce simple baiser l'avait-il à ce point troublée ? Les aventures amoureuses, elle ne courait pas après... Plusieurs membres respectables de la communauté de Last Chance lui avaient d'ailleurs proposé de l'épouser une fois sa période de deuil achevée. Et elle ne leur avait prêté aucune attention, ne désirant pas refaire sa vie. Elle avait dû perdre la tête en acceptant que Lane l'embrasse. Oui, ce ne pouvait être qu'un moment d'égarement !

La vaisselle lavée et rangée, la table propre, elle éteignit la lampe et s'engouffra dans le couloir qu'elle longea jusqu'au vestibule. Son regard se posa malgré elle sur la porte d'entrée. Et, sans plus réfléchir, elle effleura ses lèvres du bout des doigts.

Poussant un soupir agacé, elle releva ses jupons et s'élança dans l'escalier, se guidant à la seule lumière de la lune.

Lane, sur son étalon baptisé Shield, remontait l'allée principale de Last Chance. Il goûtait au parfum revigorant de la nuit, heureux de laisser derrière lui l'ambiance enfumée du *Slippery Saloon*. Il s'arrêta devant l'immense grange au bout de la rue. Les vantaux étaient grands ouverts, mais l'obscurité qui régnait à l'intérieur l'empêchait de distinguer quoi que ce soit. Il s'approcha, portant instinctivement la main à son revolver.

– Y a-t-il quelqu'un ? demanda-t-il.

– Tout dépend de ce que vous cherchez, répondit une voix de l'autre côté de la porte.

Lane dégaina son arme tandis qu'un géant tout en muscles sortait de l'ombre. L'homme porta les mains sur sa tête pour montrer qu'il n'était pas armé.

– Je voudrais abriter mon cheval pour la nuit, expliqua Lane.

– Vous n'avez pas besoin d'un revolver pour demander la permission, à moins que vous n'ayez l'intention de me tuer d'abord. Et je ne vois d'ailleurs pas en quoi cela vous serait utile !

L'homme grimaça.

– Je peux m'occuper de votre monture pour la nuit, car c'est seulement pour une nuit, je me trompe ?

Il sourit mais, comme Lane gardait son arme pointée sur lui, il ne baissa pas les bras.

Lane rengaina enfin son revolver.

– Vous ne devriez pas sortir sans prévenir, grommela-t-il. Vous pourriez vous faire tuer.

Le sourire du géant s'élargit. Bien qu'il fût de deux têtes plus grand que Lane, son visage avait quelque chose de juvénile et d'inoffensif. L'homme avait dû assister aux festivités car il portait encore son habit endimanché : un pantalon de tweed bouffant et une chemise blanche, avec des bottes lustrées qui étincelaient dans la pénombre.

– Je n'y ai jamais réfléchi, fit-il d'un air soucieux. En général, on ne me cherche pas d'ennuis.

– Je comprends, votre taille doit en tenir plus d'un à distance, mais sachez que les balles, elles, se fichent pas mal de votre stature !

– Bon, avez-vous décidé de discuter jusqu'à l'aube ? Laissez votre cheval, j'ai eu une rude journée... je voudrais aller me coucher.

– Pardonnez-moi. Je vous paie d'avance.

Tandis que l'homme s'approchait, Lane sortit une bourse de sa poche et en extirpa une pièce.

– Si je peux dormir là, moi aussi, je vous offre le double.

– Vous voulez dormir dans le foin ?

Le géant ouvrit de grands yeux.

– Je dormirai n'importe où, rétorqua Lane en sautant à bas de sa monture. Il n'y a plus une chambre de libre en ville.

L'homme arrivait à son niveau. De près, il semblait encore plus grand.

– Vous êtes ce gars qu'on appelle Cassidy, n'est-ce pas ? fit-il en plissant les yeux. Je vous ai vu au bal tout à l'heure.

Lane était étonné. Apparemment, il était connu comme le loup blanc dans la région !

– Oui, je suis Lane Cassidy.

Il attendit la réponse du géant, persuadé que ce dernier allait lui refuser le gîte.

– Vous êtes le fils de Chase Cassidy ?

– Non ! Seulement son neveu. Vous connaissez Chase ?

– Bien sûr ! Je suis Tom Castor.

Contre toute attente, le géant lui tendit la main.

– Ma femme est une amie d'Eva, expliqua-t-il. Nous sommes installés dans la région depuis peu, et nos enfants ont pratiquement le même âge que les leurs.

Un instant, il dévisagea Lane.

– Je ne cherche pas les ennuis, ajouta-t-il.

– Moi non plus. Tout ce que je veux, c'est un endroit où dormir. Je vous paie maintenant.

Castor continuait de le fixer.

– Vous connaissez Mme McKenna ?

– Qu'est-ce que cela peut bien vous faire ?

– Oh, rien ! Je vous ai vu danser avec elle, c'est tout. Et comme c'est une amie, je ne voudrais pas qu'on lui fasse du mal.

Lane considéra le géant à son tour, heureux que quelqu'un se soucie de Rachel.

– Oui, je la connais. Nous sommes de vieux amis, reprit-il d'un ton radouci.

– Notre maison est juste derrière. Venez nous voir demain matin. Vous déjeunerez avec nous.

Lane pouvait compter sur les doigts de la main le nombre de fois où on l'avait invité à partager un repas. Mal à l'aise devant tant de gentillesse, il se renfrogna.

– Je suis désolé mais, demain matin, je dois partir tôt.

– Comme vous voudrez...

Réprimant un sourire devant l'air désappointé de Tom Castor, Lane le suivit à l'intérieur de la grange, tirant Shield derrière lui.

Le géant récupéra une lampe à huile et voulut l'allumer.

– C'est inutile, lança Lane. Avec la clarté de la lune,

on voit suffisamment, ce soir. Et, ainsi, je ne risquerai pas de mettre le feu à votre grange !

Castor souffla l'allumette et posa la lampe.

– Très bien. Je vais mettre votre cheval dans la dernière stalle. Vous, vous pouvez dormir là-haut.

Lane défit ses sacoches et les hissa sur son épaule avant d'escalader l'échelle qui menait au grenier. L'odeur de cheval et d'herbe séchée lui rappela brusquement l'époque où, adolescent, il travaillait à Trail's End, le ranch de son oncle. Il passait alors des heures à décrotter les chevaux et à nettoyer les écuries.

Il posa ses sacoches dans un coin et s'allongea dans le foin. Puis, les mains croisées derrière la tête, il regarda au plafond, fixant les étoiles à travers la lucarne. Les pensées se bousculaient dans son esprit.

Venir à Last Chance était bien la dernière chose qu'il aurait dû faire. A présent, il en avait la certitude. La rencontre avec Rachel Albright McKenna et l'émotion qu'il avait éprouvée le lui prouvaient. Il n'avait pas besoin de s'embarrasser avec des sentiments. Sa vie était déjà assez difficile ! Jusqu'à ce soir, il avait cru avoir tiré un trait sur le passé, et il avait même réussi à se convaincre qu'il était suffisamment fort pour revenir ici et affronter les démons. Mais le doute s'était immiscé en lui !

Il avait pensé qu'il lui serait possible de chevaucher jusqu'à Last Chance et de poser quelques questions sur son oncle avant de repartir vers d'autres horizons. Il croyait que les six années passées à travailler pour le compte de l'Agence Pinkerton lui auraient donné le temps d'oublier ses vieux ressentiments. Il pensait pouvoir faire face à son passé sans sourciller.

Mais voilà, il s'était trompé ! Arriver au beau milieu de cette journée de fête, reconnaître des visages familiers et rencontrer Rachel après tant d'années l'avaient de nouveau plongé dans ses souvenirs. Lane avait le sentiment de retrouver ses seize ans, et le jour où il avait pris la clé des champs avec un simple balluchon sur l'épaule et un revolver glissé dans sa ceinture. Ce même revolver qui avait tué sa mère !

Se redressant, il saisit une paille qu'il mit à sa bouche et, tandis qu'il la mâchonnait, il s'efforça d'oublier cette triste période de sa vie pour se concentrer sur la tâche qui l'avait conduit ici. Il n'était pas revenu par simple caprice. Qu'importe ce que lui réclamait son passé, il avait un travail à effectuer. Qu'il ait été suspendu de ses fonctions au sein de l'Agence de détectives Pinkerton ne l'arrêterait pas. Il n'avait jamais été du genre à s'encombrer de formalités.

Boyd Johnson, son mentor et le directeur de l'Agence à la division de Denver ne l'ignorait d'ailleurs pas quand il l'avait engagé. Boyd connaissait sa manière d'agir et, pourtant, il lui avait proposé un poste dans la société.

– Je me suis reconnu en vous, lui avait-il avoué le jour de leur première rencontre. Si vous êtes capable de dominer votre tempérament de feu, vous deviendrez très vite le meilleur de mes agents.

Lane se rappelait cette soirée dans le moindre de ses détails. Il était assis à une table dans un coin enfumé d'un bar d'Albuquerque, le dos plaqué contre le mur. Sa réputation était alors si grande qu'aucun homme dans la salle ne se serait risqué à le défier. Il était en pays conquis...

Cependant, il fixait la porte, une habitude qui lui avait fort souvent sauvé la vie. En effet, le monde était plein de jeunes cow-boys fougueux ! Pour eux, tuer un homme comme Lane Cassidy semblait être la seule manière de se faire un nom et peut-être même d'accéder à la gloire ! Quand Boyd Johnson était entré dans la pièce, Lane avait jeté un bref coup d'œil à cet homme bedonnant d'une cinquantaine d'années, vêtu d'un costume anthracite et coiffé d'un chapeau melon, puis il l'avait aussitôt chassé de son esprit. Cet homme ne ressemblait en rien à un cow-boy ni même à un chasseur de primes !

Mais, quelques minutes plus tard, une serveuse s'était approchée de Lane pour lui dire que l'étranger qui venait de s'asseoir au bar souhaitait lui parler.

Lane accepta de rencontrer Boyd Johnson derrière le saloon et, tandis que la serveuse retournait prévenir l'élégant inconnu, il quitta sa place et se dirigea vers la porte de derrière. Il attendit dans la ruelle, dans l'ombre de la bâtisse. Adossé au mur, les bras croisés, il donnait l'impression d'une tranquille nonchalance. Toutefois, il ne fallait pas s'y fier ! Si Lane s'était senti menacé, il ne lui aurait pas fallu plus d'une seconde pour dégainer et tirer...

Un quart d'heure plus tard, Johnson sortit du bar et, traversant l'étroite allée, rejoignit Cassidy. Les deux hommes s'observèrent un instant et Lane se persuada qu'il n'avait rien à craindre de cet individu plus vieux et plus petit que lui. Boyd Johnson lui expliqua rapidement les raisons de sa démarche.

– Monsieur Cassidy, avez-vous déjà entendu parler de l'Agence de détectives privés Pinkerton ?

Peu nombreux étaient ceux qui l'appelaient monsieur ! Lane considéra son interlocuteur avec une plus grande attention.

– Je ne cherche rien, protesta-t-il, immédiatement sur le qui-vive. Je n'ai pas besoin de vos services.

– Je n'ai pas dit cela...

– Alors, que me voulez-vous ?

– Rassurez-vous, ce n'est pas ce que vous croyez. Je...

L'homme fut interrompu par quelques jeunes bruyants qui passèrent non loin d'eux.

– Continuez ! pressa Lane.

– Vous vous destinez à mourir jeune.

– Si vous le pensez...

– Pourquoi ne pas profiter de vos talents pour

gagner un peu d'argent ? Vous n'allez quand même pas me dire qu'errer d'une ville à l'autre, en disputant quelques parties de poker par-ci, par-là, ou en descendant ceux qui par malheur se trouvent sur votre chemin soit une vie vraiment satisfaisante !

Lane plongea les mains dans ses poches tandis que, dans la ruelle, le vent commençait à souffler et à soulever la poussière.

– Question d'habitude !

– C'est une impasse, si vous voulez mon avis.

Dans une chambre, au-dessus de leurs têtes, le rire d'une femme retentit. Lane leva les yeux avec impatience.

– Bon, et si vous en veniez aux faits, je n'ai pas que cela à faire.

– Pardonnez-moi. Laissez-moi d'abord me présenter. Je suis Boyd Johnson, le directeur de l'Agence Pinkerton à Denver. Nous recherchons quelqu'un comme vous, quelqu'un de votre acabit pour gonfler les rangs de nos services.

– Pourquoi ?

– Monsieur Cassidy, nous opérons sur diverses affaires. Vous êtes quelqu'un de connu, quelqu'un qui n'a plus rien à prouver et dont la réputation n'est plus à faire. Personne ne vous soupçonnera de travailler à notre solde. Vous pouvez vous rendre dans des endroits où nous n'oserions même pas mettre les pieds ! Et puis vous savez jouer de la gâchette mieux que nous tous !

Cet homme avait raison sur un point : après trois ans de déroute à travers le pays, Lane en avait plus qu'assez de ces errances sans but. Si la perspective de s'installer ne l'enchantait pas, la proposition que venait de lui faire Johnson, elle, n'était pas pour lui déplaire.

Comme si cet individu avait deviné son intérêt, il poursuivit :

– Il vous faudrait venir à Denver et demeurer sous ma tutelle pendant environ un an, afin de vous familiariser avec les ficelles du métier. En tant qu'agent opérateur, vous auriez parfois à changer d'identité, quoique, dans votre cas, je ne pense pas que ce soit utile. Un homme aussi peu recommandable que vous ne pourra pas éveiller les soupçons...

Lane commençait à se sentir mal à l'aise dans cette ruelle. Il craignait d'être surpris avec ce dandy. En effet, n'avait-il pas une réputation de loup solitaire à défendre ?

– Allons ailleurs, suggéra-t-il.

Boyd acquiesça et, ensemble, ils quittèrent l'allée pour en emprunter une deuxième, puis une autre encore. Puis ils atteignirent enfin un vieil immeuble délabré. Là, Lane s'arrêta et, sortant une clé de sa poche, ouvrit une porte et fit entrer Boyd dans la chambre minuscule qu'il louait à la semaine. Il invita Boyd à s'asseoir sur le lit, poussé dans un coin de la pièce. L'endroit était particulièrement sinistre et, à l'exception d'une courtepointe rouge vif posée sur la couche, aucune touche de couleur ne venait égayer cette modeste chambre.

Lane se dirigea vers la cheminée. Plus tard, quand son compagnon serait parti, il brûlerait un peu de bois pour réchauffer la pièce. Car, même en ces dernières nuits printanières, il faisait encore frais.

– Vous n'avez encore rien dit, Cassidy, lança Boyd Johnson. Qu'en pensez-vous ?

– Combien serai-je payé ?

– Quinze dollars la semaine. Votre chambre, les repas et frais annexes vous seront remboursés. Il vous faudra nous envoyer le détail de vos dépenses et remplir soigneusement vos rapports.

Johnson venait de lui demander l'impossible.

– N'en dites pas plus ! grommela-t-il. Je n'ai pas besoin de ce travail.

Son compagnon se leva et traversa la pièce jusqu'à lui. Lane garda les yeux résolument baissés.

– Ecoutez, Cassidy, je sais pourquoi vous refusez. J'ai appris que vous ne saviez ni lire ni écrire. Nous sommes prêts à vous aider.

– Comment êtes-vous au courant ?

– Ce n'est pas la peine de le prendre sur ce ton, mon garçon. Cela fait un bon moment que je vous observe. Nous savons maintenant tout ce que nous avons besoin de savoir sur vous. Vous êtes pratiquement illettré, vous pariez au jeu quand vous avez besoin d'argent, et vous ne buvez que lorsque cela vous arrange. Votre oncle a passé neuf ans à la prison territoriale du Wyoming, inculpé pour vol. Votre mère est morte alors que vous n'aviez pas encore cinq ans.

– On ne peut rien vous cacher ! rétorqua Lane sans pouvoir dissimuler son agacement.

– Vous n'avez aucune raison de refuser ma proposition, ajouta simplement Boyd.

Ils parlèrent longtemps et la nuit passa sans qu'ils s'en aperçoivent. Lane ne cessait de poser les questions et Boyd y répondait patiemment. Quand l'homme de l'Agence Pinkerton quitta Lane, ce dernier savait déjà qu'il accepterait le poste. Trois jours plus tard, il adressa un télégramme à Boyd Johnson et prit le premier train pour Denver.

Cette rencontre avait marqué le début d'une nouvelle vie pour Lane. Et jamais il n'aurait pu imaginer que, six ans plus tard, il se retrouverait à Last Chance, face aux fantômes de son passé...

Allongé dans la paille, Lane ferma les yeux, attendant le sommeil et l'oubli. Au lieu de cela, il songea à Rachel. Quand il lui avait dit qu'il rêvait de l'embrasser depuis des années, il n'avait pas menti. Autrefois, assis au fond de la classe, il ne prêtait qu'une oreille distraite à ses cours. En fait d'études, il avait passé la plupart de son temps à la désirer, à la regarder et à s'imaginer dans ses bras... Pas étonnant qu'il n'ait alors fait aucun progrès scolaire !

Mais tout cela lui était jadis défendu. Il était l'élève, elle, l'institutrice, un membre notable de la communauté de Last Chance.

Toutefois, elle avait toujours fait preuve d'une grande gentillesse à son égard, lui pardonnant quand il faisait l'école buissonnière. Une nuit, après s'être enfui du ranch, il était même venu frapper à sa porte. Elle l'avait nourri et laissé dormir sous son toit.

Lane soupira et se tourna sur le côté. Il aimait à croire qu'il avait changé, qu'il n'était plus l'adolescent rustre et rebelle du passé... Pourtant, sa propre conduite lui prouvait le contraire. Il l'avait abordée, l'avait invitée à danser et, tout naturellement, il s'était même permis de l'embrasser. Il était impardonnable ! Une chose était certaine. Il ne devait plus l'importuner. Rachel n'était pas une femme que l'on embrasse sur le pas de sa porte, elle n'était pas la première venue. Il ne fallait pas l'oublier...

Demain, il rendrait visite à la veuve du shérif McKenna et lui présenterait ses excuses. Pour l'instant, il ne lui restait plus qu'à tenter de trouver le sommeil en espérant qu'il ne lirait pas le mépris sur le visage de la jeune femme quand il la reverrait.

3

Le jardin de Rachel était à l'image de l'amour qu'elle lui portait : généreux et luxuriant ! Lane poussa la barrière et, s'élançant dans l'allée, il découvrit, émerveillé, une profusion étonnante de fleurs et de plantes dont, pour la plupart, il ne connaissait pas même le nom... Personne n'aurait pu être insensible au charme des lieux. Un lourd parfum de roses épanouies flottait dans l'air, exalté par la chaleur de l'été... Cependant, Lane s'essuya le front. Il n'était pas encore tout à fait 10 heures du matin, et le soleil brûlait déjà sans merci.

D'un pas moins assuré que de coutume, le jeune homme se dirigea vers la porte d'entrée. Il frappa et, moins d'une minute plus tard, le battant s'ouvrit. Persuadé de voir Rachel, il demeura le souffle coupé devant la femme mulâtre aux yeux sombres, vêtue d'une robe noire toute simple, qui, du seuil de la maison, le dévisageait avec curiosité.

– Puis-je vous aider ? demanda-t-elle enfin.

Lane ôta son chapeau d'une main mal assurée.

– Est-ce que Mlle... euh, Mme McKenna est là ?

– Elle est derrière, dans l'autre jardin, monsieur... ?

– Cassidy. Lane Cassidy.

La femme hocha la tête et un sourire apparut sur ses lèvres généreuses.

– Entrez, monsieur Cassidy. Je suis Delphie, la gou-

41

vernante de la maison. Mme McKenna a fait allusion à votre rencontre hier soir. Si vous voulez bien me suivre...

Distraitement, Lane lui emboîta le pas. Les pensées se bousculaient dans son esprit. Rachel avait parlé de lui. Qu'avait-elle raconté exactement ?

Ils traversèrent le vestibule, puis longèrent un long corridor. Les volets avaient été fermés pour empêcher le soleil de pénétrer et la fraîcheur qui régnait dans les lieux était apaisante. Sur son passage, Lane constata avec soulagement que la maison avait peu changé. Le temps semblait ne pas y avoir de prise. La demeure était restée la même que dans son souvenir. Le salon, la salle à manger et le bureau étaient décorés et meublés avec goût. Comparé à la cabane de rondins de Trail's End, cet endroit était un véritable palace !

Alors qu'ils approchaient de la cuisine, des pas résonnèrent au-dessus d'eux, puis dans l'escalier. Une petite voix enfantine appela :

– Delphie ? Qui est là ?

La gouvernante s'arrêta, imitée par Lane. Et un jeune garçon à la crinière auburn sauta les deux dernières marches de l'escalier pour atterrir dans le couloir face à eux.

– Bonjour, monsieur, fit-il en se dirigeant vers Lane. Je suis Ty McKenna.

Le garçonnet lui tendit la main. Lane dissimula tant bien que mal sa surprise. Il était tout à fait naturel que Rachel ait eu un enfant avec son époux, mais elle n'y avait pas fait allusion.

Même dans la pénombre du couloir, il était évident que le petit garçon ressemblait plus à sa mère qu'à Stuart McKenna. Il avait les cheveux éclairés de reflets rouges et des yeux d'un bleu cristallin qui pétillaient de malice. Lane, qui n'avait guère l'habitude des enfants, se sentit mal à l'aise en lui offrant sa main.

– Je suis Lane Cassidy.

Ty McKenna l'étudia de pied en cap, puis glissa un regard sur son revolver.

– Vous utilisez souvent votre arme, monsieur ? demanda-t-il enfin.

– Parfois.

– Est-ce que je peux la toucher ?

Delphie intervint doucement :

– Pourquoi ne conduirais-tu pas M. Cassidy dans le jardin ? Tu lui montreras où est ta maman.

Elle adressa un sourire contrit à Lane avant de désigner la porte qui menait à l'office.

– Traversez la cuisine, monsieur Cassidy, reprit-elle, puis vous suivrez le porche jusque derrière la maison.

– Grand-mère dit que ce n'est pas un porche, mais une véranda, informa Ty.

La gouvernante soupira.

– Peut-être, monsieur Je-sais-tout. Mais n'empêche que pour moi, cela a toujours été un porche et cela le restera.

Lane la remercia et suivit Ty à travers la cuisine, presque intimidé par la vivacité de ce petit bonhomme.

Ils quittèrent l'office et Lane enfonça son chapeau sur ses yeux pour se protéger du soleil tandis que le jeune garçon courait devant lui, zigzaguant entre les jarres de fleurs. C'était un jardin très étendu et magnifiquement bien entretenu. Fleurs, plantes et arbustes se mêlaient dans une explosion de jaune, de rouge, de rose et de vert, mariant leurs parfums sucrés et poivrés. Çà et là, des tas de mauvaises herbes attendaient d'être brûlées.

Tandis qu'ils approchaient d'une petite tonnelle recouverte d'une superbe glycine, Ty fit demi-tour et lui prit la main. Stupéfié, Lane s'arrêta et fixa son jeune compagnon.

– Qu'est-ce que tu fais ?

Ty leva de grands yeux vers lui et, comme s'il s'agissait de la chose la plus naturelle au monde, répondit en le tutoyant :

– Ben, je te donne la main.

– Pourquoi ?

– Parce que nous allons être des amis, n'est-ce pas ? Si tu es un ami de maman, alors tu seras aussi le mien.

Le sourire du jeune garçon s'évanouit brusquement. Il jeta un regard hésitant en direction de la tonnelle comme s'il craignait soudain d'être entendu et poursuivit dans un murmure :

– Maman a dit à Delphie que tu avais dansé avec elle la nuit dernière.

– C'est vrai.

Pendant un instant, Lane se demanda si son petit compagnon allait lui infliger une leçon de morale. Il s'éclaircit la voix, conscient brusquement d'avancer sur un terrain périlleux. Pourquoi ne rebrousserait-il pas chemin ? Il valait peut-être mieux parfois se taire. Il coula un regard en direction de la tonnelle. Rachel leur tournait le dos, elle ne les avait pas encore aperçus. Il était encore temps de faire demi-tour ! Mais Ty lui secoua la main.

– Qu'y a-t-il ? s'enquit Lane, déchiré entre l'envie de s'enfuir et celle de revoir Rachel.

– Elle a beaucoup aimé.

Lane repoussa son chapeau.

– Qu'est-ce qu'elle a beaucoup aimé ?

Le petit garçon se dandinait d'un pied sur l'autre, apparemment tout excité par ce qu'il avait l'intention de dire :

– Oui, elle a aimé danser avec toi, hier soir.

Incrédule, Lane fronça les sourcils.

– Elle a dit ça ?

Ty secoua la tête.

– Non, mais je la connais bien, et je sais que je ne me trompe pas. Hier soir, quand elle est rentrée, elle n'était pas aussi triste que d'habitude.

44

– Ah bon ?

Lane ne savait que dire.

– Lane ?

– Oui ?

– Tu peux danser avec elle quand tu veux.

Il n'y avait rien à ajouter. Visiblement, Ty lui faisait un grand honneur. Il sourit, mais ce fut le plus sérieusement du monde qu'il rétorqua :

– Je te remercie.

– Tu viens ?

Ty le tira par la main, l'entraînant derrière lui sur l'allée dallée.

– Maman ! cria-t-il.

Sa petite voix cristalline brisa le silence du jardin.

– Regarde qui est là ! enchaîna-t-il.

Rachel fit volte-face et Lane eut l'impression qu'elle rougissait lorsqu'elle posa les yeux sur lui.

Cependant, quand ils arrivèrent à son niveau, Rachel avait recouvré toute son assurance. Elle s'empressa simplement de s'essuyer les mains sur son tablier qui protégeait sa jolie robe de calicot lavande. Puis elle se contenta de les observer sans dire un mot.

– M. Cassidy est venu nous rendre visite.

La jeune femme avait les yeux rivés sur Lane.

– Quel bon vent vous amène, monsieur Cassidy ?

Sous ce regard bleu qui ne le quittait plus, Lane avait grand-peine à réfléchir. Ty gardait sa main dans la sienne. Comment aurait-il pu s'excuser pour son attitude de la veille alors que le petit garçon demeurait accroché à lui et semblait à l'écoute du moindre de ses mots ?

– Hier soir, vous ne m'avez pas précisé la date du retour de Chase et d'Eva au ranch. Peut-être savez-vous exactement quand ils doivent rentrer ?

Elle ôta les mains de son tablier, révélant la soie ivoirine de ses poignets et les veines bleutées qui couraient sous sa peau.

– Il me semble qu'ils doivent revenir la semaine prochaine. Cela fait déjà presque un mois qu'ils sont partis.

Sans plus lâcher la main de son nouvel ami, Ty se tortillait dans tous les sens et Lane avait grand-peine à garder son équilibre et son sérieux.

– Tyson, cesse d'ennuyer M. Cassidy! gourmanda Rachel.

Le petit garçon s'écarta aussitôt.

– Puis-je toucher ton revolver? demanda-t-il en s'approchant de nouveau.

– Non! ordonna sa mère aussitôt. Retourne tout de suite à la maison et demande à Delphie de nous préparer une citronnade. Et qu'elle n'oublie pas de prendre de la glace à la cave!

– Est-ce que je pourrai toucher à ton arme tout à l'heure? insista Ty.

– Nous verrons, déclara sa mère.

– Maman... pleurnicha le garçonnet.

– Allez, dépêche-toi, Ty.

Lane regarda le petit garçon baisser la tête d'un air boudeur et s'éloigner en courant dans l'allée, frôlant sur son passage les branches du laurier-rose et les bougainvillées. Quand il se retourna vers Rachel, elle s'était rembrunie.

– Je suis venu m'excuser pour hier soir, confessa-t-il dans un murmure.

Elle lui décocha un regard étonné.

– Apparemment vous ne vous y attendiez pas, poursuivit-il.

– Je ne vous savais pas capable de présenter des excuses, admit-elle avec franchise.

Lane faillit presque sourire.

– J'espère avoir un peu changé depuis mon adolescence!

Il nota le bref coup d'œil que la jeune femme jeta sur son arme avant de relever la tête.

– Y avait-il autre chose que vous souhaitiez me dire, Lane ?

Bien sûr ! Il avait quelques questions à lui poser sur Chase et Eva, mais il valait mieux attendre encore un peu.

– Vous m'avez promis une citronnade.

– Si vous voulez bien patienter... je voudrais arroser mes plantes avant qu'il ne fasse trop chaud.

Sur ces mots, elle prit l'arrosoir et, se penchant au-dessus de ses jarres, offrit à Lane la vision troublante de ses hanches. Lane risqua un regard derrière lui pour s'assurer que personne ne les observait, puis, rassuré, se laissa aller à contempler la jeune femme.

– Chaque été, je sors mes plantes pour qu'elles puissent profiter un peu de la chaleur, continua-t-elle sans se douter de rien.

Rachel continua ainsi à bavarder tout en arrosant. Mais quand, enfin, elle se redressa et qu'elle surprit le regard brûlant de Lane posé sur elle, elle rougit d'embarras. Il se sentit alors obligé de parler.

– Vous n'avez pas fait allusion à votre fils hier soir. Quel âge a-t-il ?

– Cinq ans.

Cinq ans ! Lane avait pratiquement le même âge lorsque sa mère avait été assassinée. Mais Lane ne se rappelait presque plus rien de cette époque.

– Il n'est pas un peu petit pour son âge ?

– Un peu, peut-être. Mes beaux-parents ne cessent pas de me reprocher qu'il ne se défoule pas assez... Ils pensent aussi que je le couve trop.

Elle coula un regard anxieux en direction de la maison.

– Je suppose qu'ils ont raison. Je suis une véritable mère poule.

Lane s'agita, embarrassé.

– Oh ! c'est tout naturel, je pense. Il n'est pas encore en âge de se défendre tout seul.

Il parlait en connaissance de cause. Mieux valait être surprotégé que négligé et oublié...

Elle prit un bouquet de fleurs fraîchement coupées qu'elle lui tendit.

– Pourriez-vous les porter jusqu'à la maison ? Il est inutile que vous attendiez ici. Allez boire un verre de citronnade avec Ty et Delphie, je vous rejoins dans un petit instant.

A présent, Rachel ne semblait pas le moins du monde troublée par sa présence. Elle avait accepté placidement ses excuses, ce qui signifiait que le baiser volé, la veille au soir, ne l'avait pas vraiment bouleversée. Curieusement, Lane se sentit désappointé et déçu...

Le jeune homme prit les fleurs et s'éloigna vers la demeure, empruntant l'allée qui serpentait entre les bosquets de fleurs exotiques. Et, tout en marchant, il prit soin de paraître aussi naturel que possible.

Rachel poussa un soupir de soulagement et le regarda rejoindre la maison. Si ce n'était la crosse de son revolver qui étincelait sous les rais du soleil, Lane était tout de noir vêtu, et totalement incongru dans ce décor fleuri et éclatant de couleurs ! Quand il atteignit les marches, elle se détourna, refusant farouchement l'attirance qu'elle éprouvait pour cet homme.

Cela ne se faisait pas ! Enfant, elle avait été élevée dans un univers tranquille et ordonné. Sa mère, pour qui les apparences comptaient plus que tout, n'avait de cesse qu'elle n'insistât pour que sa fille se comporte en toute occasion comme une dame. Calme et posée... Aujourd'hui encore, Rachel s'efforçait de demeurer fidèle à cette règle.

Dire qu'aux yeux de feu son époux elle était trop posée ! En particulier, se plaisait-il à railler, quand venait l'heure de rejoindre le lit conjugal...

Avec un soupir agacé, Rachel gagna la pompe à eau,

récemment installée derrière la tonnelle, et remplit son arrosoir. Elle passa la main sous l'eau froide et s'aspergea le visage et le cou tandis que ses pensées retournaient sans cesse à Lane.

Elle n'était d'ordinaire pas sensible à ce genre de choses, mais elle devait bien reconnaître que Lane était un homme fort séduisant.

Tout à ses rêveries, l'arrosoir déborda et l'eau se mit à ruisseler sur ses pieds. Poussant un juron entre ses dents – qu'elle se reprocha d'ailleurs immédiatement ! – elle retourna vers la tonnelle, chassant de son esprit Lane Cassidy, ce cow-boy à la gâchette si facile qu'il était redouté dans tout le pays !

Elle était institutrice, une femme cultivée qui savait se servir de sa tête. Jamais elle ne se laisserait séduire par le regard sombre et le sourire de Lane...

Quand elle eut enfin terminé son travail, elle rangea l'arrosoir et les outils sur une étagère, se débarrassa de son tablier et rejoignit tranquillement la maison.

Son regard se posa sur Lane à l'instant même où elle pénétrait dans la cuisine. Il était assis à la table, les jambes nonchalamment allongées devant lui. Ty se tenait sur ses genoux, contemplant son revolver.

– Que faites-vous ? demanda-t-elle, soudain furieuse.

– Lane me montre son arme, répondit Ty sans la regarder.

Delphie se tenait devant l'évier, les mains dans l'eau de vaisselle, considérant la scène à la dérobée. Rachel lui décocha un regard mauvais, puis elle prit Ty par le bras et tenta de l'écarter de Lane. Mais celui-ci résistait de toutes ses forces ! Enfin elle réussit à l'attirer contre elle et l'étreignit avec passion. Puis elle regarda Lane d'un air presque féroce.

– Maman, tu me fais mal, tu me serres trop fort, se plaignit le petit garçon en essayant de se libérer.

Rachel relâcha son étreinte mais ne quitta pas Lane

du regard. L'expression de ce dernier s'était assombrie et ses yeux étaient devenus insondables.

– Je vous saurais gré, Lane Cassidy, de faire disparaître votre revolver, lui ordonna sèchement Rachel.

Il ne bronchait toujours pas.

– Il y a bien longtemps que je ne reçois plus d'ordres de vous, se contenta-t-il de rétorquer.

– Ty, quitte la pièce ! s'exclama-t-elle.

– Mais, maman...

– Ne discute pas.

Elle se tourna vers sa gouvernante.

– Peux-tu t'occuper de Ty, Delphie ? J'ai quelques mots à dire à notre visiteur.

Rachel n'essaya même pas de sourire. Prenant une profonde inspiration, elle tenta d'abord de se calmer. Surtout, surtout, ne pas croiser les sombres prunelles de cet homme, se répétait-elle dans l'espoir de sentir enfin les battements de son cœur s'apaiser.

Delphie s'essuya les mains et, traversant la cuisine, saisit Ty par la main. Le petit garçon regarda sa mère d'un air offensé et suivit la gouvernante sans discuter. Rachel ne reprit la parole que lorsque la porte fut refermée. Lane n'avait pas bougé.

– Je suis désolée, se sentit-elle obligée de déclarer, mais je ne veux pas que mon fils joue avec des armes à feu.

Lane ouvrit la main, révélant six balles dans sa paume.

– Il n'était pas chargé.

Rachel voulut repousser quelques mèches rebelles sur son front, mais ses doigts tremblaient.

– Je me fiche bien de savoir s'il était chargé ou non. Je ne veux pas d'arme dans cette maison.

Lane la considérait d'un regard inquisiteur, comme s'il cherchait à lire en elle.

– Vous devriez savoir que plus vous serez sévère avec lui et plus il sera tenté de vous désobéir...

– Ty n'est pas comme cela. Il ne ressemble pas à ces voyous...

– Comme moi, vous voulez dire ?

Incapable de soutenir plus longtemps son regard, Rachel se dirigea vers la porte de derrière et l'ouvrit, espérant créer un courant d'air capable de balayer la tension qui régnait dans la pièce.

– Vous savez bien que ce n'était pas ce que je voulais dire, protesta-t-elle. Je voulais simplement...

– Je comprends bien, l'interrompit-il calmement. Vous ne voudriez pas que votre fils finisse comme moi. Eh bien, si vous voulez tout savoir, Rachel, j'espère moi aussi de tout cœur qu'il sera différent. J'espère qu'il grandira sagement avec tout ce dont il aura besoin, qu'il saura écrire et lire et qu'il pourra descendre la rue sans provoquer d'hostilité.

Rachel se tourna et le vit armer son revolver, balle après balle, exécutant une sorte de rituel silencieux.

– J'espère que votre fils n'aura jamais à passer une nuit dans le froid, poursuivit-il, seul, terrorisé, ignorant quand il pourra enfin apaiser sa faim... ou s'il sera encore là pour voir le soleil se coucher.

Puis Lane ramassa son arme en silence, il se leva et se dirigea vers Rachel. Le cœur de la jeune femme bondit d'émotion. Elle se souvenait soudain avec une extrême acuité de ce jeune homme provocant et agressif qui, dix ans plus tôt, occupait le dernier banc de la classe. A l'époque, elle n'avait pas peur de lui. Aujourd'hui, oui. Eva Cassidy lui avait parlé de l'enfance de Lane. Elle lui avait expliqué comment sa mère, Sally Cassidy, était morte devant lui, d'une balle en pleine tête, comment Chase l'avait ensuite laissé dans un ranch voisin cependant qu'il pourchassait les agresseurs de sa sœur.

Le monde de Lane s'était alors écroulé. Une voisine, chargée de l'élever, se mit très vite à le maltraiter, et lorsque, finalement, son oncle revint au pays après des années de traque et de prison, Lane gardait en lui comme un poison le ressentiment et la haine de son enfance saccagée. Bien sûr, il ne put jamais accepter Chase, ni se soumettre à son autorité.

Rachel savait que Lane avait souffert mais elle pensait qu'aujourd'hui les vieilles blessures, enfin, étaient refermées. Elle comprit que ce n'était pas le cas et que la douleur de l'enfance brisait encore un coin du cœur et de l'âme du jeune homme.

Alors qu'elle se tenait immobile, captivée par l'obscurité ténébreuse des yeux de Lane, Rachel se sentit inexplicablement attirée par cet homme.

– Ty ne deviendra jamais comme moi, murmura Lane d'une voix rauque, car, Dieu soit loué, il a une mère qui l'en protégera.

– Je suis désolée, souffla-t-elle, bouleversée.

– Vous n'avez pas à être désolée pour moi, Rachel.

– Je voulais simplement m'excuser. Je ne souhaitais pas vous blesser.

Rachel ne pouvait pas détacher son regard de son compagnon. Quelques minutes s'écoulèrent sans qu'il fasse un geste. Il restait là, silencieux, à l'observer, mesurant certainement toute la sincérité de ses excuses.

Elle l'entendait respirer, elle sentait son souffle chaud sur sa peau. La nuit dernière, son menton était ombré d'une légère barbe, aujourd'hui, il s'était rasé. Il lui fallait s'écarter, briser la magie qui déjà naissait entre eux, mais Lane était trop près d'elle pour qu'elle puisse user de sa raison.

Embarrassée, elle s'humecta les lèvres.

– Ty doit être bouleversé. D'ordinaire, je ne m'énerve jamais.

– Peut-être. Cependant, je suis presque sûr qu'il a déjà oublié cet incident !

– Non, fit-elle en secouant la tête. Il a une telle mémoire...

A cet instant, Rachel se sentit à nouveau fort mal à l'aise et ce fut Lane lui-même qui la soulagea de son embarras en changeant de sujet.

– Et, maintenant, si nous buvions cette citronnade ? proposa-t-il sur un ton désinvolte.

Rachel se dirigea vers le placard où elle prit deux verres. Elle les posa sur la table et se tourna vers Lane.

Il prit un verre, le remplit et le porta à ses lèvres. En quelques gorgées, il but toute sa citronnade. Puis il reporta son attention sur elle.

– J'ai besoin de vous poser quelques questions à propos de Chase, fit-il.

A son tour, Rachel se servit un verre.

– Vous pensez vous réconcilier avec lui ? demanda-t-elle avec un sourire. Ô Lane, cela serait merveilleux ! Eva serait si heureuse...

– Ne tirez pas de conclusions trop vite.

Elle fronça les sourcils.

– Alors pourquoi ? Ne me dites pas que c'est par simple curiosité, je ne vous croirais pas. Vous débarquez de nulle part, après n'avoir plus donné signe de vie pendant des années...

– C'est par pure curiosité...

Ignorant la froideur de ses yeux, elle insista :

– Chase et Eva sont heureux. Ils ont deux superbes enfants et une belle maison...

– Eva se plaît à la campagne ?

Il se voulait totalement détaché.

– Vous n'êtes peut-être pas au courant. Elle a hérité d'une belle somme d'argent, lui confia Rachel.

– Un héritage ? Je croyais que ses parents étaient acteurs. Ils ne devaient pas être très riches.

La jeune femme le scrutait avec attention.

– Est-ce pour cette raison que vous êtes de retour ? continua-t-elle, soudain méfiante. Parce que vous avez appris qu'ils avaient de l'argent ?

Il s'efforça de demeurer calme. De quoi l'accusaitelle ? D'avoir des vues sur l'argent de son oncle ? Ce n'était pas la raison de son retour mais, bien sûr, avec la réputation qu'il s'était forgée, pouvait-il l'en blâmer ? Si seulement il avait le droit de lui expliquer pourquoi il avait tant besoin de se renseigner sur la vie de son oncle...

– Je ne suis pas revenu depuis dix ans, Rachel. Je ne peux décemment pas aller frapper à la porte de Chase sans rien savoir de lui.

– Certainement, pourtant...

Avant qu'elle n'ait pu continuer, il y eut un coup frappé à la porte d'entrée. Les pas de Delphie retentirent bientôt dans l'escalier, puis dans le vestibule. Rachel leva les yeux vers Lane. Il la regardait avec intensité.

– Avez-vous l'intention de quitter Last Chance avant leur retour ? s'enquit-elle.

– Je vais me rendre à Trail's End, voir si je ne peux pas m'installer là-bas en attendant le retour de Chase.

Elle entendit Delphie s'approcher en compagnie de Ty, puis deux autres voix qui lui étaient familières.

– La nuit dernière, vous m'avez dit avoir des affaires à régler en ville, lança-t-elle nerveusement.

Rachel jeta un coup d'œil en direction du couloir, l'air inquiet.

A son tour, Lane la regarda attentivement et il dut deviner sa panique. Rachel s'efforça de garder son calme. Après tout, elle était libre de recevoir qui elle voulait chez elle !

– Vous préférez peut-être que je sorte par la porte de derrière ?

– Absolument pas. Je suis ici chez moi, je n'ai de comptes à rendre à personne.

Elle n'allait absolument pas se laisser culpabiliser, surtout pas sous son propre toit. Et obliger Lane à s'en aller comme un vulgaire criminel ! Alors Rachel se redressa, tout en fermant avec soin le dernier bouton de sa robe. Puis, aussi vindicative qu'un petit soldat, elle se planta devant la porte et attendit.

Ty fit irruption le premier, suivi de Delphie. L'appréhension se lisait sur le visage de la gouvernante.

– Grand-mère et grand-père McKenna sont ici ! annonça le petit garçon en se précipitant dans les bras de Lane.

Delphie leva les yeux au ciel, psalmodiant quelque prière inintelligible.

– Je vais servir la citronnade, marmonna-t-elle enfin en évitant le regard de Rachel.

Cette dernière regarda sa belle-mère faire son apparition, resplendissante dans sa robe noire, ses bijoux d'onyx et son ombrelle toute de dentelles. Puis la femme s'immobilisa sur le seuil.

Derrière Loretta, Stuart McKenna Senior s'arrêta pour jeter un coup d'œil par-dessus l'épaule de sa femme. Tout dans cet homme puissamment bâti, aux cheveux roux et au visage rubicond, reflétait la richesse et le pouvoir. Le moindre de ses gestes et de ses expressions en témoignait. En une seconde, il jaugea la scène, glissant un bref regard sur Delphie, Ty et Rachel. Puis, il fixa Lane. Alors il ouvrit la bouche de stupeur avant de s'empourprer jusqu'à la racine des cheveux.

Rachel n'avait jamais vu ses beaux-parents aussi furieux. Finalement, Loretta McKenna leva le menton et, jetant un regard accusateur en direction de Lane, lança d'un ton sévère :

– Qui est cet homme, et pourquoi diable ne portez-vous plus le deuil, Rachel ?

4

Par égard pour Rachel, Lane se défendit de réagir. Mais il s'en fallut de peu ! La femme le transperçait de son regard méprisant tandis que son époux le détaillait des pieds à la tête avec dédain.

– Je vous présente Lane Cassidy, déclara Rachel d'une voix mal assurée. L'un de mes anciens élèves...

Elle se tourna vers lui, l'implorant en silence de ne pas faire d'esclandre.

– Lane, voici ma belle-mère et mon beau-père, Loretta et Stuart McKenna.

– Mes grands-parents, renchérit Ty avant de se tourner vers eux : Vous avez vu, Lane porte un revolver. Il dort même avec ! Il m'a laissé...

– Ty, le coupa Rachel, pourquoi ne raccompagnerais-tu pas M. Cassidy ?

D'un geste sec, Lane salua les McKenna, puis Delphie. Quand Ty lui prit de nouveau la main, il jeta un coup d'œil en direction de Rachel.

– Si vous avez besoin de moi, je serai au ranch...

Mais il comprit aussitôt qu'il en avait trop dit.

– Merci, Lane, répliqua-t-elle sèchement. Merci d'être venu nous voir.

Alors, tenant toujours la main du petit garçon serrée dans la sienne, il se dirigea vers le vestibule, puis sortit dans le jardin.

– Tu reviendras quand, Lane ? lui demanda Ty d'un ton implorant.

Le garçonnet, lui, avait envie de le revoir, Lane s'en trouva secrètement flatté. Ty lâcha un instant la main de son ami, afin de s'approcher de Shield, soigneusement attaché au tronc d'un magnolia, devant la maison.

– Je ne sais pas, lui répondit Lane doucement.

– Dis, tu m'emmèneras faire un tour ? Avec papa, j'avais le droit de me promener jusqu'au bout de la rue, mais maman ne veut plus en entendre parler. Elle a trop peur que je tombe. Elle dit que je pourrais me briser le cou. Mais, si tu me tiens bien, je ne risque rien... Je ferai très attention. Tu ne pourrais pas essayer de parler à maman ?

Un souvenir revint à l'esprit de Lane. Il lui était arrivé autrefois de faire ainsi quelques promenades avec son oncle Chase. Il n'y avait là rien d'exceptionnel mais cette nouvelle irruption de son passé le bouleversa... Tyson ne demandait certes pas grand-chose, mais Lane n'avait pas pour habitude de faire des promesses lorsqu'il n'était pas certain de pouvoir les tenir.

– Je ne sais pas. Nous verrons.

La déception s'inscrivit sur le visage du petit garçon.

– En général, quand maman dit ça, cela signifie non.

– J'ai dit nous verrons, et c'est nous verrons.

– Bien. J'attendrai que tu reviennes.

– Je savais que tu dirais cela, répondit Lane en souriant.

Avec agilité, il monta en selle.

– Tu ferais mieux de rentrer maintenant. Ta maman et tes grands-parents doivent t'attendre.

– Regarde comme je peux aller vite.

Le petit garçon tourna les talons et prit ses jambes à son cou, remontant l'allée vers la demeure. Lane attendit qu'il ait disparu à l'intérieur de la maison pour faire tourner bride à sa monture et s'élancer vers les confins de Last Chance, en direction du ranch de Trail's End.

En général, il retrouvait une certaine sérénité dès qu'il quittait une ville. Mais, aujourd'hui, même ce décor somptueux de prairies qui s'étendaient à perte de vue, ces montagnes superbes ne parvinrent pas à lui rendre sa bonne humeur. Il savait que derrière lui il abandonnait Rachel à la colère de ses beaux-parents.

Pourquoi lui avait-il rendu visite ? Il n'ignorait pourtant pas que Rachel Albright avait une réputation à tenir, qu'elle ne pouvait pas se jeter dans les bras d'un homme tel que lui. D'ailleurs, comment osait-il même la désirer ? Et que cherchait-il ? Jamais il ne serait capable de partager sa vie avec une femme aussi raffinée. L'aimer exigerait des sacrifices dont il ne se sentait pas capable.

Décidément il divaguait ! Agacé par de telles réflexions, il talonna sa monture et, tandis que Shield dévalait la vallée à bride abattue, il sentit le souffle brûlant du vent lui fouetter le visage. Heureusement, il ferait plus frais au ranch... Peut-être qu'un changement de température saurait apaiser ses sens et éclaircir ses idées.

Conscient de malmener sa monture, il ralentit un peu l'allure. Si sa mémoire était bonne, il ne lui restait plus maintenant qu'une petite heure de route avant d'atteindre le ranch.

– Mon Dieu, Rachel, à quoi pensez-vous ?

Loretta McKenna s'engouffra dans la cuisine, son époux sur les talons. Elle s'arrêta pour regarder Delphie servir la citronnade.

– Si c'est pour moi, je n'en veux pas ! lança-t-elle d'une voix cinglante.

Rachel s'empressa d'intervenir :

– Pourquoi n'irions-nous pas au salon, Loretta ?

La cuisine était en effet la pièce la plus exiguë de la maison. Et ce n'était pas ici qu'elle réussirait à calmer les esprits.

– Pourquoi ne me racontez-vous pas ce que ce hors-la-loi fichait chez vous ? intervint Stuart McKenna en lançant à Rachel un regard meurtrier.

– C'est un vieil ami et, comme je vous l'ai déjà dit, un ancien élève. Et je crois savoir qu'il n'est pas recherché !

– Peut-être, mais il ne vaut pas mieux que son oncle, commenta Stuart avec hargne.

– Ô mon Dieu ! répéta sa femme en devenant livide. Que vont penser les gens ? Et pourquoi ne portez-vous plus vos habits de deuil ? Etes-vous sortie ainsi ? Auriez-vous perdu l'esprit ?

S'agrippant au dossier d'une chaise, Loretta se tourna vers Delphie.

– Serait-elle restée trop longtemps au soleil hier après-midi ?

Avant que la gouvernante n'ait pu répondre, Rachel s'approcha de sa belle-mère et la prit gentiment par le bras.

– Je vais très bien. Et, maintenant, madame McKenna, si nous passions au salon pour discuter tranquillement ?

Sans attendre son avis, elle poussa Loretta McKenna vers la porte.

– Laisse-nous quelques instants, Delphie, déclara-t-elle à son intention. Tout à l'heure, tu nous apporteras de la citronnade et un pichet d'eau bien glacée.

Derrière elles, Stuart McKenna Senior continuait de marmonner entre ses dents.

– Si vous veniez habiter chez nous, lança-t-il, ce genre de problèmes n'arriverait pas. Ty apprendrait à monter à cheval et à se servir d'un lasso. Il en aura besoin si un jour il décide de reprendre la direction du ranch.

C'était un argument qu'il rabâchait chaque fois qu'il la voyait. Jusqu'ici, Rachel s'était contentée de décliner gentiment cette invitation. Même si les McKenna habitaient une somptueuse demeure suffisamment vaste pour les accueillir elle préférait rester ici, dans cette maison. La sienne. Elle y avait vécu seule avant son mariage et n'avait pas l'intention d'y renoncer aujourd'hui. Elle adorait cet endroit parce qu'il représentait la mémoire de ses parents et la sienne. Il était le symbole du temps passé heureux, celui de l'indépendance, du bonheur et de la liberté.

Le salon était discrètement décoré et d'un goût très sûr. Rachel avait effectué quelques légères modifications après la disparition de ses parents, mais elle avait voulu conserver les meubles que sa mère avait amoureusement choisis et achetés. Après le mariage de Rachel et de Stuart, Loretta avait bien essayé de s'en mêler, toutefois la jeune femme avait résisté. Le mobilier était certes réduit, mais de valeur. Sur la table basse, la jeune femme avait rangé plusieurs livres et la Bible familiale au côté d'un bouquet de fleurs fraîchement cueillies.

Loretta se dirigea vers le canapé et s'y laissa tomber comme si, brusquement, elle avait été privée de toutes ses forces. Elle était pourtant en parfaite santé et les signes de faiblesse n'étaient qu'une manifestation de sa propension à dramatiser.

Postée près de la porte d'entrée, Rachel surprit ses beaux-parents échangeant un rapide coup d'œil. Prenant une profonde inspiration, elle avança, un sourire aux lèvres.

– Rachel, ma chère, commença Loretta d'un air condescendant, je ne souhaite pas m'immiscer dans ce qui ne me regarde pas, mais je m'inquiète pour votre réputation. Dois-je vous répéter qu'il vous faut être en toute circonstance vigilante ? Imaginez ce que penseraient les gens ! La mort d'un époux exige un deuil d'au moins deux ans...

– De nos jours, on peut réduire cette période à un an sans provoquer un tollé, objecta Rachel.

La jeune femme regarda en direction de son beau-père. Il s'était levé et arpentait la pièce de long en large. Un instant, il s'arrêta devant la table basse. Les photographies qui trônaient sur le plateau de chêne massif étaient celles de ses parents et de Ty. Il se rembrunit.

– Mais vous rendez-vous compte ? protesta Loretta. Se débarrasser du deuil si rapidement après la mort de notre pauvre Stuart...

– Le violet et le mauve sont considérés comme des couleurs de demi-deuil, fit Rachel. La couleur de ma robe n'a rien de choquant.

Sa belle-mère secoua la tête.

– Mais imaginez ce que peut penser Ty ! Après tout, c'est de son père qu'il s'agit...

Cette allusion à son époux la fit bondir.

– Le père de Ty a trouvé la mort dans une chambre sordide, en compagnie d'une prostituée. Que croyez-vous que mon fils pensera de ce genre de choses lorsqu'il sera suffisamment grand pour comprendre ?

Loretta faillit s'étouffer. Elle porta une main à sa poitrine.

– Je n'ai plus le cœur aussi solide qu'autrefois...

– Tu as une santé de fer et tu le sais fort bien ! s'exclama son époux avec irritation.

Il se tourna vers Rachel.

– Oubliez ces tenues de deuil, et le comportement de mon fils, si vous le voulez. Après tout, cela ne nous regarde pas. Je pense simplement à Ty. Y avez-vous songé quand vous avez invité ce cow-boy ici ?

– J'ignorais que Lane Cassidy viendrait.

– Vous avez dansé avec lui hier soir, au vu et au su

de tout Last Chance ! commenta son beau-père avec acrimonie.

— Quoi ? s'écria Loretta.

— Je ne t'en ai pas parlé, ma chérie, je craignais que tu ne t'inquiètes. Mais c'est ce qu'on racontait à la banque ce matin. Connaissant Rachel, j'ai cru tout d'abord qu'il ne s'agissait que de calomnies.

Il fusilla la jeune femme du regard.

— J'avoue que j'ai quelques doutes à présent.

— Je n'ai fait de tort à personne en dansant avec Lane Cassidy ! protesta Rachel. En outre, vous savez bien que je ne ferais jamais rien qui puisse blesser Ty...

— On vous juge d'après les personnes que vous fréquentez ! glapit son beau-père. Nous vous avions déjà mis en garde pour la femme de Chase Cassidy. Mais, apparemment, vous n'en faites qu'à votre tête.

— Eva Cassidy est la femme la plus gentille, la plus sincère qu'il m'ait été donné de rencontrer.

Loretta secoua la tête.

— Je n'ai jamais compris qu'une dame comme elle puisse épouser un bandit. Elle qui...

— Je ne suis pas ici pour discuter des Cassidy ni de leur neveu ! la coupa son époux.

Il prit une profonde inspiration et tira sur sa veste comme chaque fois qu'il avait quelque chose d'important à dire.

— Nous sommes venus vous prévenir que Robert serait bientôt de retour parmi nous. Nous avons l'intention de préparer une réception en son honneur et nous aimerions que Ty et vous soyez de la fête.

Rachel sentit sa colère s'évanouir.

— Quand doit-il rentrer ? demanda-t-elle.

— Il n'est pas encore certain de la date ; mais, à mon avis, il sera de retour dans une semaine ou deux. Ses affaires ne le retiennent pas à La Nouvelle-Orléans en ce moment, il va donc en profiter pour prendre quelques jours de repos.

Elle fut tout d'abord tentée de refuser cette invitation à dîner, cependant Robert était l'oncle de Ty et il était le seul dans la famille McKenna à faire preuve de gentillesse à son égard. Non, tout bien considéré, elle participerait à cette soirée...

Elle estimait Robert, il l'avait soutenue quand elle avait voulu continuer à enseigner après son mariage. Mais, hélas, ils n'avaient pas réussi à convaincre Stuart et ses parents.

– Ty et moi serons là, bien sûr, promit-elle.

Puis, se tournant vers sa belle-mère, elle s'enquit :

– Comment va Mary Margaret ?

C'était la sœur de Loretta, une femme célibataire qui vivait elle aussi au ranch. Rachel pensait que la question détendrait un peu l'atmosphère. Bien au contraire.

– Aussi idiote que d'habitude ! cracha Loretta avec mépris. Elle veut donner un récital de poésie en l'honneur de Robert.

– L'idée est excellente, objecta Rachel. Cela ne peut que lui redonner confiance.

– Elle ferait mieux de descendre de son nuage et de perdre quelques kilos. Elle pourrait ainsi se promener en ville sans faire de l'ombre aux passants, commenta Stuart méchamment.

Son épouse se pencha en avant, posant enfin son ombrelle à côté d'elle.

– Tu ne devrais pas dire des choses aussi dures, dit-elle sur un ton de reproche. Tu sais bien que cette pauvre Margaret essaie de faire un régime depuis déjà plusieurs années.

– Si elle se remuait un peu plus... grommela son mari.

Rachel réprima un soupir. Elle aurait tant aimé qu'ils prennent congé. Leur conversation commençait franchement à l'agacer...

– Je me demande où est Delphie, songea-t-elle tout haut, essayant de presser un peu les choses.

– Vous n'avez jamais su y faire avec votre domestique, Rachel, répliqua Loretta. Vous êtes trop indulgente avec elle. Je vous le dis depuis le début. Si vous consentiez à venir vivre au ranch avec nous jusqu'à ce que Ty soit plus grand, vous apprendriez à tenir une maison et à diriger vos serviteurs.

Elle regarda autour d'elle.

– J'en profiterais pour vous apprendre à décorer correctement votre intérieur. Vous ne semblez pas avoir la moindre idée de la manière dont il faut agir dans notre milieu. Il suffit de regarder votre maison. Un seul coup d'œil, et votre visiteur peut se faire une idée sur vous et les vôtres. Il vous faut toujours être vigilante, si vous voulez gagner le respect et l'estime de tous.

– Il vous faut surtout rester éloignée de bandits comme Lane Cassidy, renchérit Stuart.

Il se tenait près de la fenêtre, son manteau ouvert, les mains enfoncées dans ses poches. Et il la regardait d'un air condescendant...

Tout à coup, Rachel ne put en supporter davantage.

– Vous n'avez aucun droit de décider de mes fréquentations, lâcha-t-elle le plus froidement possible.

Loretta prit un air horrifié.

– Ne me dites pas que vous avez l'intention... de revoir ce brigand !

– Je n'en sais rien. Mais, de toute façon, cela ne vous regarde pas. Et, maintenant, si vous voulez bien m'excuser, j'ai une migraine et je voudrais me reposer.

Sa belle-mère était soufflée d'être congédiée de la sorte. Elle récupéra vivement son ombrelle.

– Je ne sais pas quelle mouche vous a piquée, Rachel. Comment osez-vous nous traiter ainsi après tout ce que nous avons fait pour vous et Ty... ?

Stuart s'approcha de sa femme. Il regardait Rachel avec hargne.

– Je suis certain qu'elle nous présentera ses excuses

dès qu'elle aura repris ses esprits ! Nous vous préviendrons pour le dîner avec Robert.

Puis, se tournant vers son épouse, il ajouta :

– Va m'attendre dans la voiture, Loretta. J'ai encore quelque chose à dire à Rachel, je te rejoins.

– Mais... protesta sa femme.

– Vas-y, Loretta.

Visiblement piquée au vif, Mme McKenna s'éloigna d'un pas furieux. Rachel se préparait déjà au pire.

– Si vous réfléchissiez à ce qu'il y a de mieux pour vous, vous ne reverriez jamais cet homme, déclara Stuart d'une voix cinglante.

Rachel serra les poings. Décidément elle avait l'impression de se retrouver devant feu son époux ! Ces deux hommes étaient aussi déterminés et dangereux l'un que l'autre. Rachel savait que son indépendance était en jeu. Elle détourna le regard.

– Ici, je suis chez moi, et je fais ce que je veux.

– Peut-être, mais tant que mon petit-fils sera concerné, je me mêlerai de votre vie. Ne l'oubliez jamais.

– Seriez-vous en train d'utiliser Ty pour me menacer ?

– Je vous préviens, c'est tout.

Il la détailla de pied en cap, et grimaça.

– Je doute qu'un homme comme Lane Cassidy vienne vous rendre une simple visite de courtoisie. Et, pourtant, je m'en étonne. En effet, si vous aviez quelque talent pour plaire à la gent masculine, mon fils ne serait peut-être pas allé voir une prostituée, n'est-ce pas ?

Avant même de réaliser ce qu'elle faisait, elle abattit sa main sur le visage de son beau-père. Il lui saisit alors le poignet et le serra de toutes ses forces. Rachel refusa de montrer sa douleur et resta impassible. Finalement, il la lâcha et, se penchant vers elle, murmura près de son visage :

– Stuart m'a tout raconté à votre propos. Il a dit que vous étiez aussi frigide qu'une poupée de porcelaine.

Il lui décocha un regard dédaigneux.

– Les poupées, ça se casse. Souvenez-vous de cela, Rachel. Ne jouez pas avec moi.

Il recula d'un pas et l'observa avec cruauté avant de tourner les talons et de se diriger vers la sortie.

– J'ai trente ans et cette maison est la mienne, lança Rachel avec une assurance qu'elle était loin d'éprouver. Ty est mon fils, Stuart. Je ferai comme il me plaira.

– C'est ce que nous verrons.

Alors qu'il chevauchait à travers la propriété de Chase, Lane découvrit que presque rien, ici, n'avait changé. Aucun arbre ne venait rafraîchir la vallée entourée de cimes acérées. Il régnait dans cet endroit une chaleur tout aussi écrasante que jadis... et, comme chaque été, les pâtures avaient jauni sous le soleil et s'étaient couchées sous les rafales de vent. Au loin, s'alignaient les champs de coton.

En atteignant l'autre versant, il aperçut devant lui le ranch, avec sa grange, ses corrals et ses dépendances. Chase avait érigé, près de la vieille masure en bois, une immense maison à deux étages pour abriter sa nouvelle famille. Quelle transformation !

Même après avoir lu les rapports sur son oncle, Lane ne s'attendait pas à tant d'opulence. La colère qui couvait en lui s'éveilla de nouveau.

Depuis trois ans, l'Agence Pinkerton surveillait un homme suspecté d'avoir attaqué des trains qui convoyaient des fonds dans le Wyoming, le Dakota et le Montana. Enquêtant sur d'autres affaires, Lane n'avait jamais pu se mettre à la recherche de ce voleur. Alors, quelques semaines plus tôt, lorsqu'il s'était retrouvé suspendu de ses fonctions, il s'était empressé de se plonger dans les rapports du Gentleman Voleur, au bureau de Denver.

C'est alors qu'il avait découvert que le suspect n'était autre que Chase Cassidy ! Lane refusait bien sûr de soupçonner son oncle, cependant tous les indices semblaient vouloir lui prouver qu'il avait tort.

Le Voleur était grand. Il avait les cheveux noirs et une manière fort élégante de s'habiller. Chase pouvait en effet correspondre à cette description. En outre, le ranch de Trail's End se situait à proximité des endroits où les trains avaient été attaqués.

Les rapports indiquaient que Chase et Eva avaient beaucoup voyagé au cours de ces dernières années, faisant halte à Chicago, Cheyenne, Saint Louis et, aujourd'hui, en Californie. Toujours en empruntant le train...

Sur le papier, Chase n'était que présumé coupable, mais Lane savait que l'Agence n'aurait de cesse qu'elle ne fouillât dans les moindres recoins de son existence jusqu'à ce qu'elle pût l'épingler. La prime était suffisamment importante pour mobiliser toutes les énergies. Ainsi, dès qu'ils avaient vent d'un hold-up, William et Robert Pinkerton eux-mêmes se précipitaient à l'Agence de Denver afin de superviser les opérations. Toutefois, jusqu'ici, le Gentleman Voleur leur avait toujours filé entre les mains.

Les Pinkerton s'étaient alors entourés de maintes précautions. Ils avaient placé des gardes supplémentaires dans les wagons qui transportaient des fonds bancaires. Peine perdue ! Le Gentleman Voleur était d'une habileté déconcertante et dérobait les sacs de billets au nez et à la barbe de ces cerbères armés jusqu'aux dents. Le bandit réussissait à se faufiler dans l'une des voitures sans attirer l'attention de quiconque. Et il était suffisamment intelligent pour en ressortir, libre comme l'air.

Shield hennit, l'arrachant à ses pensées. L'animal

piaffait d'impatience, il voulait retrouver les autres chevaux dans le corral. Lane lâcha les rênes, brusquement assailli d'un mauvais pressentiment. Quand dix ans plus tôt il avait quitté le ranch, son oncle avait grand-peine à joindre les deux bouts et parlait même de devoir vendre sa propriété. Cependant, aujourd'hui, les Cassidy vivaient dans une magnifique demeure et on pouvait donc en déduire que leurs affaires marchaient à merveille. Or, Lane savait que ce genre d'élevage n'était pas un investissement toujours très rentable.

Il chassa toutefois ces doutes avec détermination. Son oncle était un homme d'honneur, il ne pouvait pas s'abaisser à se mettre hors la loi simplement pour subvenir aux besoins de sa famille. Il devait y avoir une explication... Il ne lui restait donc plus qu'à éclaircir ce mystère et à balayer une fois pour toutes les soupçons de l'Agence Pinkerton !

Ramon Alvarado, le bras droit de Chase, se tenait devant la cabane en rondins qui, autrefois, servait de maison à son oncle. Le Mexicain quitta le porche et vint à sa rencontre dans la cour.

Lane sauta à bas de sa monture. Ramon l'observait attentivement, sans la moindre trace de rancœur. Il n'avait pas changé, à l'exception de sa silhouette qui s'était un peu épaissie.

Lane n'avait pas revu Ramon depuis dix ans, depuis ce jour où il avait quitté le ranch, après avoir provoqué son oncle en duel. Il avait alors espéré que ce dernier lui tirerait une balle en plein cœur et mettrait ainsi un terme à sa misérable vie. Le Mexicain n'avait pu oublier cette aventure et, pourtant, il le regardait avec un air heureux.

– Cela faisait bien longtemps, *amigo*, commenta Ramon.

Le Mexicain lui tendit la main. Amicalement !

Lane le salua brièvement avant de jeter un coup d'œil en direction de la nouvelle demeure.

– Il semblerait que les choses tournent bien pour Chase.

– Il a enfin trouvé le bonheur.

– Et de l'argent ! J'ai entendu dire qu'il avait deux enfants ?

– Il a un garçon qui s'appelle Lane comme toi, et une fille avec les cheveux aussi rouges que sa mère. Mais Elita te ressemble plus que son frère. Il n'y a pas une journée où elle ne fait des bêtises !

Lane ne put s'empêcher de sourire.

– Ils sont en Californie ?

Ramon acquiesça.

– Ils devraient bientôt rentrer.

Il glissa un regard sur le revolver de Lane.

– Tu es le bienvenu ici jusqu'à leur retour. En admettant que tu ne te fasses pas trouer la peau d'ici là...

Irrité, Lane eut toutes les peines du monde à ne pas rétorquer vertement. Mais, après tout, ne cultivait-il pas sa réputation dans ce but : se faire passer pour un dangereux truand ?

– Autant que je sache, se borna-t-il à répondre, je n'ai pas de shérif à mes trousses.

– Je vais chercher la clé de la maison, fit Ramon en tournant les talons.

Une femme mince aux cheveux aussi blonds que les blés apparut à cet instant sur le seuil de la cabane. Elle sourit et s'approcha.

– Bienvenue à la maison, monsieur Cassidy. Car vous êtes M. Lane Cassidy, n'est-ce pas ? Eva m'a beaucoup parlé de vous. Je suis Lucy, la femme de Ramon.

Les choses avaient décidément beaucoup changé. Où Ramon avait-il pu dénicher une telle beauté ? Lane était stupéfait.

– Bonjour, madame. Si cela ne vous dérange pas, déclara-t-il, je préférerais m'installer à la cabane, là-haut, dans la colline.

Il glissa derechef un coup d'œil en direction de la nouvelle maison.

– Je n'ai jamais été vraiment à mon aise dans les affaires d'Eva, ajouta-t-il pour se justifier.

– Elle a de si belles choses, commenta Lucy innocemment.

De si belles choses... Pas étonnant que les Pinkerton les soupçonnent de vols !

Pendant un instant, il fut tenté de s'en aller sans demander son reste, en laissant le soin à l'Agence de démasquer Chase si besoin était. Dire qu'il était venu ici dans l'espoir d'effacer définitivement les soupçons qui pesaient sur son oncle ! Et voilà que brusquement il craignait de découvrir des preuves accablantes ! En outre, il deviendrait évidemment leur complice s'il ne pouvait pas se résoudre à le dénoncer.

– Si tu préfères la cabane, libre à toi, fit Ramon en revenant. Le bétail reste dans les pâtures, tu ne seras pas dérangé.

– Merci. Je viendrai de temps en temps pour voir si Chase n'est pas rentré.

Il salua Ramon, puis Lucy, et se remit en selle...

5

Assise près de la fenêtre dans la chambre d'ami, Rachel repoussa le lourd rideau de brocart dans l'espoir de laisser entrer un peu d'air frais. L'après-midi avait été suffocant et la jeune femme se sentait accablée de fatigue. Devant elle, sur la large table de bibliothécaire, était posée une gigantesque collection de boîtes colorées de toutes les formes et de toutes les tailles. La plupart d'entre elles étaient ouvertes, révélant quantité de perles, des mètres et des mètres de ruban ainsi que des plumes. Des rouleaux de soie chatoyante étaient soigneusement pliés dans une malle, les perles triées par couleurs et par formes, et les plumes délicatement posées au fond d'une boîte oblongue recouverte de satin pourpre.

Malgré la canicule, la jeune femme était venue à l'étage, espérant tromper son ennui en décorant un éventail, son passe-temps favori. Mais elle n'avait pas réussi à oublier l'altercation qu'elle avait eue avec les McKenna trois jours plus tôt.

L'horloge, dans le vestibule, sonna quatre coups. Rachel repoussa le carré de soie devant elle. Elle ne se sentait pas d'humeur à continuer son ouvrage de broderie.

Bien qu'elle n'ait revu ni ses beaux-parents, ni Lane Cassidy depuis leur visite, elle n'avait pas cessé de songer à eux. Fidèle à ses résolutions, elle avait abandonné ses vêtements de deuil. Tant pis pour Loretta et Stuart senior ! Delphie et Ty avaient été heureux de suivre son exemple, soulagés de pouvoir enfin se vêtir plus gaiement !

Soudain, toutes ses pensées revinrent à Lane, et Rachel se demanda s'il était toujours au ranch des Cassidy. Alors, elle éprouva un profond malaise, sentiment qui d'ailleurs l'irrita profondément. Cet homme hantait son esprit. D'ailleurs, Ty ne faisait rien pour arranger les choses ! Il n'y avait pas de journée sans que son fils parlât de Lane, évoquant son arme, son chapeau... il n'y avait pas de journée sans qu'il se répétât qu'il voulait le revoir !...

Elle avait beau tenter de lui faire comprendre qu'il ne reviendrait probablement pas, le petit garçon refusait de l'écouter.

– Nous sommes amis, maman, déclarait-il alors avec hauteur, comme si elle n'était pas capable de mesurer la force d'un tel lien.

Dès qu'elle l'entendait vanter les qualités de Lane, elle prenait conscience du besoin de son fils de se construire un héros et un modèle. Stuart McKenna n'avait peut-être pas été fidèle, mais il avait fait tout ce qui était en son pouvoir pour être un bon père. Combien d'heures n'avait-il pas passées auprès de Ty à lui raconter des histoires et à lui relater sa propre enfance au ranch ? Stuart aimait hisser son fils sur sa selle et descendre avec lui Main Street, affublés tous deux des mêmes vestes et des mêmes chapeaux. Des relations qu'elle ne pourrait jamais avoir avec son fils...

Son beau-père prétendait qu'il souhaitait s'impliquer dans la vie de Ty mais, en réalité, il était bien trop occupé par ses affaires au ranch. La moindre minute lui était comptée ! Bien évidemment, Rachel ne s'en plaignait pas : moins elle voyait ses beaux-parents, mieux elle se portait. En outre, elle ne voulait surtout pas habituer son fils à une vie riche et oisive.

Quittant son poste d'observation, la jeune femme se pencha vers la table, rassemblant les bobines de fil et les boîtes. Elle prit une poignée de perles qu'elle jeta dans un carton vide. Tant qu'elle ne se serait pas décidée à achever sa broderie, elles resteraient là à l'attendre !

Sur le mur, au-dessus de la table, Rachel avait accroché les quelques éventails qu'elle avait achetés ou qu'on lui avait offerts au cours de ces dernières années.

Certains étaient de véritables pièces de collection, vieux d'un siècle, incrustés de perles de culture, d'ivoire ou de bois précieux. D'autres, moins impressionnants, étaient plus petits, plus simples et moins ajourés. D'autres encore étaient peints à la main, ou brodés au point de croix. En satin ou en soie, faits de plumes, de perles et de dentelles... Et, parmi tous ces objets, celui qu'Eva Cassidy lui avait donné. Un éventail en plumes d'autruche qu'elle portait avant de devenir une femme respectable, lui avait-elle avoué en riant !

Rachel ne connaissait pas plus gentille femme qu'Eva. Que les McKenna ne la portent pas dans leur cœur à cause de la réputation de son époux avait quelque chose de dérisoire... Ils ne connaissaient évidemment pas le passé d'Eva ! Cette jeune femme avait en effet grandi parmi la troupe d'acteurs de ses parents et avait voyagé à travers tout le pays avant de se produire comme danseuse dans un cabaret du Wyoming. Finalement, elle avait décidé d'en finir avec cette vie, de quitter cet univers sordide, et avait proposé ses services comme gouvernante chez Chase Cassidy.

Tandis qu'elle repoussait le rideau, Rachel entendit la porte d'entrée s'ouvrir. Delphie la héla.

– J'arrive, cria-t-elle en retour.

Avant de sortir, la jeune femme promena un regard

autour d'elle pour s'assurer que la pièce était bien rangée.

Et, perdue dans ses réflexions, se demandant si elle reverrait un jour Lane Cassidy, elle se précipita au rez-de-chaussée. Cependant, elle s'arrêta brusquement. Sa main se crispa sur la rampe. Lane se tenait sur le seuil, tenant Ty par la main.

– Regardez qui j'ai rencontré en ville, s'exclama la gouvernante avec un large sourire. J'ai pris la liberté d'inviter M. Cassidy à partager notre dîner lorsqu'il m'a avoué qu'il adorait les médaillons de veau.

Ty sautillait de joie.

– Il a dit qu'il me ferait faire un tour de cheval avant le repas, si tu es d'accord, maman, bien sûr.

Il la suppliait du regard. Rachel se tourna vers Lane.

– Il ne craint rien ?

– Je vous promets qu'il ne risque rien. D'ailleurs, nous n'irons pas plus loin que le bout de la rue.

– Nous pourrons le faire deux fois ? demanda Ty d'un ton implorant.

– Vu le regard de ta maman, je pense que nous aurons de la chance si nous obtenons déjà une autorisation pour une fois !

Mais Rachel ne broncha pas et Lane, un peu gêné, reporta son attention sur la gouvernante.

– A quelle heure servez-vous le dîner ? demanda-t-il sur un ton désinvolte.

– Dans une heure, environ. Cela vous laisse suffisamment de temps pour effectuer une longue promenade. Venez ensuite vous rafraîchir dans la véranda avec un bon verre de thé glacé !

Elle décocha un clin d'œil à l'adresse de Rachel, qui se sentit coincée. Comment aurait-elle pu refuser quand tout le monde semblait tellement ravi ?

– Nous ne serons pas longs, assura Lane. Et je serai prudent.

– Je le sais, fit la jeune femme sincèrement.

Toutefois elle ne put s'empêcher de gagner le porche afin de les observer. Lane aida Ty à se mettre en selle puis il se hissa à son tour sur le cheval et referma un bras autour de la taille du petit garçon. Lorsque ce dernier tourna la tête dans la direction de Rachel, elle comprit à son expression qu'il rayonnait littéralement de bonheur.

Rachel agita la main et, tournant les talons, rentra à l'intérieur, impatiente de parler à Delphie. Elle la trouva dans la cuisine, déballant le veau qu'elle venait à peine d'acheter. Avant même que Rachel n'ait pu prononcer un mot, la gouvernante déclara :

– Maintenant, ne me demandez pas pourquoi je l'ai invité sans vous avoir demandé la permission...

– Comment savais-tu que j'allais te dire cela ?

– Il m'a suffi de vous regarder dans le vestibule tout à l'heure. Vous paraissiez bouleversée.

– Que veux-tu dire ?

– J'ignore si M. Cassidy s'en est rendu compte. Passez-moi le couteau de boucher, s'il vous plaît.

Rachel se dirigea vers le tiroir du buffet et trouva le couteau. Elle le tendit à la gouvernante.

– Nous avons croisé M. Cassidy alors qu'il sortait de la poste. Ty l'a salué et lui a demandé quand ils pourraient faire un tour.

– Lane semblait ennuyé ?

– Non. Il n'était pas sûr que vous accepteriez. Je me suis permis de lui dire qu'il n'y aurait pas de problèmes, à condition d'être prudent. J'étais certaine que vous penseriez comme moi. Il m'a demandé quand il pouvait venir, et je lui ai répondu tout de suite. J'ai ajouté que s'il était encore là à l'heure du dîner il pourrait même se joindre à nous.

– Delphie, dit Rachel d'un ton faussement réprobateur, tu es à mon service depuis bientôt six ans, et, jusqu'ici, tu n'as jamais pris l'initiative d'inviter quiconque à dîner sans m'en parler.

– Je pensais que cela vous ferait plaisir. Je me trompe ?

– Non, concéda Rachel de mauvaise grâce. Mais pourquoi Lane Cassidy ? Tu as rencontré beaucoup de mes amis, et même d'importants associés de Stuart, sans jamais...

– Vous ne les regardiez pas comme vous regardez M. Cassidy aujourd'hui, l'interrompit-elle.

– Ne sois pas ridicule !

– Ridicule ? Je vous connais comme si vous étiez ma fille, et je ne vous ai jamais vue dévisager un homme de cette manière, c'est tout.

Rachel savait que Delphie, par égard, n'ajouterait pas : « même Stuart ! »

Troublée, la jeune femme prit place à table et poussa un soupir résigné. Delphie se trompait et, pourtant, comment expliquer alors la sensation qu'elle avait éprouvée en découvrant Lane sur le seuil de sa maison tout à l'heure ? Elle se rappela la nuit où il l'avait invitée à danser. Elle se souvenait aussi de ce baiser qu'ils avaient échangé. Depuis, le trouble ne l'avait plus quittée...

– Que vais-je faire ? songea-t-elle à voix haute.

– Vous allez monter dans votre chambre, vous coiffer et mettre l'une de vos plus jolies robes en l'honneur du gentleman qui vient manger ce soir. Je m'occupe du thé.

– Mais, Delphie, c'est trop tôt. Stuart n'est parti que depuis un an. Je ne cherche pas de relation. Et puis, quelqu'un comme Lane Cassidy... C'est impossible...

– On croirait entendre Mme Loretta. S'il est temps de mettre au placard toutes vos tenues endeuillées, il est également temps pour vous de revivre ! En outre, est-ce un péché de partager un repas ?

– Non, je suppose.

– Alors pourquoi n'allez-vous pas rapidement vous

préparer ? Et n'oubliez pas de vous maquiller un peu. Vous êtes pâle comme un linge.

– Les McKenna seront furieux quand ils l'apprendront.

– Cela vous ennuie tant que cela ?

– Non, mais j'ai déjà eu droit à une scène cette semaine. J'aimerais au moins attendre que Robert soit reparti pour en supporter une nouvelle.

– Ecoutez ! Robert vient presque tous les mois. Trouvez-moi une autre excuse.

Rachel hocha la tête. Delphie avait raison. Les investissements de son beau-frère le tenaient éloigné du ranch pendant plusieurs semaines, mais il revenait le plus souvent possible et, à chacun de ses retours, les McKenna organisaient une petite fête en son honneur. En effet, Loretta trouvait toujours un prétexte pour inviter une foule de convives dans sa somptueuse demeure.

– Je ne pense pas que ce soit une bonne idée, déclara néanmoins Rachel.

– M. Cassidy ne vient que pour le dîner, insista Delphie. Cela n'a rien de compromettant ! Je vous en prie, montez vous changer, je vais vous préparer mon fameux gâteau au chocolat.

Sans plus protester, Rachel quitta la pièce et regagna sa chambre.

La salle à manger baignait dans la douce lumière des bougies. Lane réprima un soupir. L'attitude de Rachel, à l'autre bout de l'immense table, lui prouvait une fois encore qu'il n'avait rien à faire ici. Elle ne lui avait pas adressé la parole depuis le début du repas et semblait de plus en plus nerveuse à mesure que la soirée avançait.

Sa promenade avec Ty s'était bien déroulée, mais Lane avait été un peu embarrassé par l'attitude du petit garçon, qui avait hélé triomphalement tous ceux qu'ils avaient rencontrés en chemin. Bien que les passants eussent répondu à son salut, Lane n'avait pas manqué de surprendre dans leurs regards une lueur de mépris à son endroit. Les choses ne s'étaient pas arrangées lorsqu'ils étaient finalement rentrés à la maison.

Rachel lui avait proposé de s'asseoir sur le fauteuil à bascule tandis que Ty s'était installé à même le sol à ses côtés. Il ne comptait plus les fois où, de toute évidence mal à l'aise, la jeune femme s'était levée pour lui offrir un autre verre de thé glacé. De nouveau, il avait été tenté d'imaginer Rachel et son époux, l'honorable Stuart McKenna, prenant ensemble des rafraîchissements sous le porche.

– Voulez-vous nous aider à terminer le plat, monsieur Cassidy ?

Arraché à ses pensées, Lane se tourna vers Delphie, assise à sa gauche, et secoua la tête.

– Je vous remercie, mais je ne pourrais plus avaler la moindre miette.

– Il en reste si peu. C'est vraiment dommage !

Lane jeta un coup d'œil à Ty qui secouait vigoureusement la tête pour ne pas être resservi. Rachel les fixait avec intensité.

– Et vous, Rachel ? demanda la gouvernante.

Elle sursauta.

– Je suis désolée. Que disais-tu, Delphie ?

– Encore un peu de viande ?

– Oh ! non, je te remercie.

Poliment, Lane vida le plat dans son assiette.

– Il y a longtemps que je n'avais pas fait un si bon repas, Delphie !

– Pour moi, c'est toujours un plaisir de nourrir un homme affamé.

La gouvernante se leva et s'éloigna vers la sortie.

– Pour le dessert, il y a du gâteau au chocolat.

– Pas pour moi, protesta Rachel. Je prendrai juste un café.

Lane observa le profil de la jeune femme alors qu'elle s'adressait à sa gouvernante. La soie doucement nacrée de sa nuque était une véritable invite aux baisers. Elle se tourna vers lui et, surprenant son regard brûlant, rougit.

– Je ne pensais pas que vous insisteriez pour que Delphie mange avec nous, déclara-t-elle en baissant la voix. En général, nous mangeons à la cuisine parce que c'est plus simple...

– Vous savez d'où je viens, Rachel. Ce n'est pas la peine de prendre de grands airs avec moi. Il n'était pas gênant pour moi de dîner à la cuisine.

La table n'était pas seulement drapée d'une somptueuse nappe blanche brodée mais il y avait aussi un bouquet de fleurs en son centre et Delphie avait sorti la vaisselle de fête. Décidément, elle n'avait pas lésiné sur le service !

Après le dessert, Rachel suggéra qu'ils rejoignent le salon. Ty s'installa quelques instants sur les genoux de Lane, puis le petit garçon s'en alla chercher un jouet qui lui avait été offert quelques semaines auparavant. Il voulait évidemment le montrer à son nouvel ami !

Assis face à face, à côté de la cheminée, Lane et Rachel attendirent le retour de Ty.

– Ty vous aime beaucoup, murmura Rachel.

Elle se leva soudain afin d'échapper au regard de Lane et à l'intimité qui, peu à peu, s'installait entre eux.

– Ecoutez-moi, Rachel, je vois bien que je vous rends nerveuse. Je m'en irai dès que j'aurai vu le cadeau de votre fils.

– C'est un kaléidoscope, fit-elle d'un air absent. Je vous en prie, ne partez pas tout de suite. Ty est heureux que vous soyez là.

– Et vous ?

Elle croisa les doigts d'un geste nerveux. La confusion et l'incertitude voilaient ses prunelles bleues.

Au même instant, Ty fit irruption dans la pièce.

– Le voilà ! s'écria-t-il. Regarde à l'intérieur, Lane. Il faut que tu te mettes dans la lumière et que tu tournes le tube.

Lane s'exécuta et considéra, admiratif, le jeu de miroirs colorés et les images qui se succédaient en une ronde enivrante. Il s'arracha enfin à ce spectacle et, renversant la tête en arrière, s'esclaffa, avant de contempler derechef cet objet extraordinaire. A l'intérieur du tube en bois, les teintes dansaient, toujours en mouvement, chaque dessin plus étrange que le précédent. Jamais il n'avait vu semblable magie !

Quand il rendit le kaléidoscope à son propriétaire, ce dernier souriait aux anges sous le regard troublé de Rachel.

– Je ne vous avais jamais entendu rire, Lane, commenta-t-elle.

– Il y a beaucoup de choses que vous ignorez de moi.

– Puis-je voir encore une fois ton revolver ? supplia Ty. Je t'ai bien montré ce que j'avais de plus précieux.

Lane consulta Rachel du regard. Elle aurait aimé lui dire non, c'était évident. Mais elle hésitait.

– Demande à ta maman, mon garçon.

– Maman, je t'en prie !

Rachel croisa les mains sur sa poitrine, et s'approcha.

– D'accord, mais seulement parce que M. Cassidy est un expert...

Lane se retint pour ne pas éclater de rire.

– Sûr...

– Et qu'il sait parfaitement ce qu'il fait. Tu ne devras jamais toucher une arme sans ma permission, jeune homme. C'est bien compris ?

Ty se tenait entre Rachel et Lane. Il hocha la tête avec solennité.

– Je te le promets, maman. Juré, si je meurs, je vais en enfer !

Lane sortit alors son arme de sa gaine, ôta les balles et la tendit au jeune garçon.

– Ce n'est pas un jouet, précisa-t-il gravement.

Sa vie aurait été bien différente si cette arme n'avait pas eu un rôle aussi dramatique au cours de son enfance...

– Où l'as-tu acheté ?

Lane se raidit. Le Smith & Wesson lui rappelait de trop douloureux souvenirs. L'arme avait appartenu à ce bandit qui avait surgi au ranch avec ses frères. Cette même arme qui avait tué Sally Cassidy... sa mère !

– Je ne sais plus, mentit-il.

– Ce revolver est lourd.

– Trop lourd pour toi, c'est certain, fit Lane d'un air grave.

– Pourquoi le portes-tu tout le temps ?

– Par habitude, probablement !

Le petit garçon se pencha vers lui, le scrutant de ses immenses yeux bleus.

– Tu le gardes même quand tu dors ?

Lane adressa un clin d'œil à sa mère.

– Bien sûr.

– Lane... réprimanda Rachel.

Ty rendit aussitôt l'arme à son propriétaire.

– Tu l'attaches sous ta chemise de nuit ? demanda l'enfant le plus sérieusement du monde.

– Je ne mets pas de chemise de nuit.

Le garçonnet écarquilla les yeux.

– Alors, qu'est-ce que tu portes ?

Lane glissa un coup d'œil en direction de Rachel. Elle se mordait les lèvres pour ne pas sourire. Elle haussa les épaules avec l'air de dire : débrouillez-vous tout seul.

– Rien, admit Lane.

Cette réponse amusa beaucoup Ty, il partit d'un

grand rire. Puis Lane rechargea son revolver et le rangea soigneusement à sa place. Le petit garçon s'arrêta brusquement de rire et regarda sa mère.

– Tu es jolie quand tu souris, maman.

– Je suis d'accord, renchérit Lane.

Aussitôt le sourire de la jeune femme s'évanouit. Elle se raidit, comme si elle ne supportait pas d'être devenue le centre de l'attention.

Elle s'approcha du feu.

– Il est temps que tu ailles te coucher, Ty, annonça-t-elle en se tournant vers son fils. Dis bonsoir à M. Cassidy.

– Est-ce que Lane peut me lire une histoire, maman ?

Rachel fronça les sourcils. La dernière fois qu'elle l'avait vu, Lane ne savait même pas lire son nom.

– N'ennuie pas M. Cassidy. Je suis sûre qu'il doit s'en aller...

– Ne vous inquiétez pas, Rachel. J'ai encore quelques minutes à lui consacrer pour une histoire.

– Vous êtes sûr ?

Elle avait fait volte-face, et l'observait attentivement, comme si elle essayait de le déchiffrer. Il fut heureux de constater qu'elle cherchait à lui épargner tout embarras.

Ty était déjà dans le couloir.

– Un homme n'a pas besoin de savoir lire pour raconter une belle histoire, assura Lane sans lui révéler la vérité.

– Ne vous laissez pas mener par le bout du nez par ce chenapan, le prévint-elle avec un sourire. Et même s'il essaie de vous faire croire qu'il dort sans chemise de nuit, ne le croyez pas.

Tandis qu'il attendait que le petit garçon délace ses chaussures et se déshabille, Lane promena un regard autour de lui. De dimensions modestes, la chambre de

Ty était toutefois décorée avec goût. Il y avait là une multitude de livres pour enfants, des jouets en bois et des animaux en tissu. Près de la fenêtre, trônait un cheval à bascule en bois peint. Mais, n'étaient les quelques jouets dispersés çà et là, la pièce était parfaitement ordonnée.

Lane ne put s'empêcher de penser au cagibi qui, autrefois, lui tenait lieu de chambre chez Auggie Owens, et au pauvre grabat rongé par la vermine où il dormait.

Pendant que Ty rangeait soigneusement ses vêtements sur une chaise et qu'il glissait ses chaussures sous le lit, Lane tenta de se souvenir des premières années de sa vie aux côtés de sa mère. Mais, hélas, ce passé-là refusait de revenir à lui...

— Je dors tout nu, annonça Ty avec défi en se glissant sous ses draps.

— Non.

— Mais toi, tu le fais bien.

— Je ne vis pas sous le même toit que deux femmes. Et un homme doit faire attention à ce genre de détails ! Il y a tant de choses à faire quand un homme partage sa maison avec des femmes ! Ainsi, il faut ôter son chapeau quand on entre dans le vestibule, et porter une chemise de nuit, le soir...

Il saisit cette dernière pliée au pied du lit, et la tendit à Ty qui la prit sans plus rechigner.

Lane considéra le petit garçon, ses cheveux auburn en désordre, ses bras et ses jambes encore efflanqués. Un jour, il avait été ainsi, tout aussi petit, tout aussi vulnérable et naïf, mais... livré aux caprices d'une adulte devenue sa tutrice par défaut.

Brusquement, il eut envie de protéger Ty, d'agir là où son oncle avait jadis péché. Prendre soin de ce petit garçon au lieu de l'abandonner lâchement... Quand Lane avait quitté le Trail's End dix ans plus tôt, il s'était juré de ne plus jamais s'arrêter dans un quelconque lieu pour ne pas prendre le risque d'être de nouveau trahi. Et, jusqu'à sa rencontre avec Rachel Albright McKenna, il avait cru être à l'abri des mouvements de son cœur.

Ty sauta dans son lit et s'allongea sous les draps, laissant une place pour Lane, à côté de lui.

— Assieds-toi là.

Lane s'exécuta immédiatement avec un sourire attendri.

— Allonge-toi. C'est ce que fait toujours maman. Tu connaissais mon papa ?

Lane croisa les jambes, prenant soin de ne pas mettre les pieds sur la courtepointe. Une photographie de Stuart McKenna veillait sur la table de nuit. Mais il n'avait plus qu'un vague souvenir de cet homme au visage dur et arrogant qui l'avait interrogé après sa première altercation en ville.

— Je l'ai rencontré une fois ou deux, lorsque j'étais plus jeune.

— Il était shérif de Last Chance, déclara Ty avec admiration.

Le cœur serré, Lane pensa que personne jamais n'avait été fier de lui. Il avait même récemment déçu son employeur, au point de recevoir en blâme six mois de suspension.

— Cela vous rendra peut-être un peu plus raisonnable ! avait dit Boyd Johnson au terme d'une entrevue houleuse. Nous ne pouvons pas nous permettre d'avoir un agent aussi impulsif que vous. Nous devons penser à la sécurité de nos clients.

La sentence était tombée. Mais elle était méritée ! Son inconscience avait causé la mort d'un adolescent à Tulsa ainsi que des blessures graves pour deux de ses compagnons.

— Alors, l'histoire ? demanda Ty, l'arrachant à ses pensées.

Quand, quelques minutes plus tard, Lane acheva sa

chasse imaginaire à travers le Grand Canyon, l'enfant s'était endormi.

La maison était plongée dans l'obscurité lorsqu'il redescendit au rez-de-chaussée. Delphie avait depuis longtemps quitté la cuisine. Seule la lumière du feu éclairait encore le salon.

Lane découvrit Rachel assise devant la cheminée, les yeux rivés sur les bûches qui se consumaient joyeusement. Si seulement il pouvait la rendre aussi heureuse qu'autrefois... Il s'appuya contre le chambranle et, pendant un instant, l'observa.

– Tout se passe bien entre vos beaux-parents et vous ? Ils n'avaient pas l'air ravis de me découvrir dans votre cuisine... demanda-t-il en pénétrant dans la pièce.

– Je fais avec, pour Ty, admit-elle.

Il aurait aimé attiser le feu dans ses yeux comme le soir où il l'avait embrassée. Il commençait à croire qu'un seul homme y était parvenu et qu'il était mort.

– Vous ne portez plus le deuil, mais la disparition de votre époux vous pèse encore, n'est-ce pas ?

La souffrance qui voilait le bleu de ses yeux laissa place à l'incrédulité.

– C'est ce que vous pensez ?

– Vous avez été si distante, ce soir. Vous sembliez perdue dans vos pensées...

– J'ai aimé Stuart... au début, en tout cas. Mais j'ai rapidement découvert que je ne serais jamais la femme qu'il voulait que je sois.

Lane vint s'asseoir près d'elle sur le canapé.

– Il n'existe pas d'homme sur la terre qui ne voudrait pas d'une femme comme vous, objecta-t-il doucement.

Elle le regarda d'un air surpris.

– Il en existait au moins un. Et malheureusement, il était mon époux ! J'ai pourtant essayé d'agir pour le mieux, mais rien de ce que je faisais ne lui convenait.

La jeune femme baissa les yeux et, quand elle reprit la parole, ce fut d'une voix étouffée, presque inaudible.

– Je ne lui plaisais pas au lit.

L'instant était délicat, Lane ne savait plus que dire. Et, par-dessus tout, il ne voulait pas la blesser...

– Rachel, vous n'êtes pas obligée de me raconter tout cela.

– Je l'ai gardé pour moi trop longtemps. C'est un soulagement de pouvoir enfin le confesser. J'ai cessé d'aimer Stuart bien avant sa disparition et la nuit où Ty a été conçu fut la dernière que nous ayons partagée.

Rachel se tut, elle semblait soudain submergée par l'émotion. Puis elle se mit à trembler de tout son corps. Alors Lane s'approcha d'elle, et saisit les mains de la jeune femme. Il resta ainsi à attendre qu'elle se calme. Il sentait ses fines attaches contre ses paumes. Incapable de trouver les mots qui auraient pu la réconforter, il la laissa s'épancher.

– Stuart a eu une crise cardiaque. On l'a trouvé mort sur le corps d'une prostituée dans une chambre d'hôtel sordide.

Elle secoua la tête, et ses yeux s'embuèrent de larmes.

– Pendant des mois, les commérages en ville sont allés bon train. Aujourd'hui, encore, on en plaisante. L'autre jour, lorsque je me suis disputée avec Loretta et Stuart, mon beau-père m'a dit qu'il savait que je ne satisfaisais pas son fils. Toute la ville le sait. Et vous aussi, à présent. Mon Dieu, si vous saviez combien je me sens désemparée !

Sa voix se brisa. Lane l'attira doucement contre lui. Il glissa une main sur sa nuque et la caressa délicatement.

– Je suis désolée, Lane.

Il était surpris qu'elle ne cherche pas à le repousser.

– Pourquoi êtes-vous désolée ?

– Je ne devrais pas vous ennuyer avec tous mes malheurs, dit-elle en éclatant en sanglots.

– Il y a un certain nombre d'années déjà, vous vous êtes occupée de moi. Vous m'avez offert à manger et vous m'avez logé. Vous êtes même allée jusqu'au ranch pour affronter Chase. Je ne l'oublierai jamais.

A cet instant précis, Lane se mit à haïr Stuart McKenna pour tout le mal qu'il avait infligé autour de lui. Cet homme devait être vraiment stupide pour n'avoir pas remarqué que, sous des airs réservés, Rachel était une femme chaleureuse et sensuelle. Et il sut brusquement ce qu'il avait à faire avant de sortir de sa vie : il devait lui redonner confiance, effacer cette souffrance qu'il lisait dans ses yeux.

Si Stuart McKenna avait jugé Rachel frigide, c'était simplement parce qu'il n'avait pas su l'aimer. Cet homme était un égoïste qui n'avait jamais dû prendre la peine d'exalter les sens de son épouse. Lane en était absolument persuadé.

Et il voulait prouver à Rachel que Stuart McKenna s'était trompé.

– Rachel ?

Il la regarda attentivement. Les longs cils de la jeune femme brillaient de larmes.

– Je suis persuadé que tout était la faute de votre époux, lui dit-il gentiment.

– Que voulez-vous dire ?

– Me laisserez-vous vous en donner la preuve ?

– Je ne crois pas...

– N'y pensez plus, Rachel. Permettez-moi seulement de vous embrasser.

Elle ouvrit de grands yeux. La confusion se peignit sur son visage.

– Rachel, je vous en prie, autorisez-moi à vous embrasser.

Elle hocha brièvement la tête avant de fermer les yeux.

Il s'approcha, humant le doux parfum fleuri de ses cheveux, effleurant la soie de son cou du bout de ses doigts. Elle se raidit, mais avant qu'elle n'ait eu le temps de protester, il posa ses lèvres sur les siennes...

Et ce timide baiser se fit bientôt plus impérieux, plus exigeant... Du bout de sa langue, il força la barrière de ses dents et goûta avec gourmandise au miel de sa bouche. Lorsque Rachel laissa échapper un gémissement, il la serra plus fougueusement encore contre lui, sentant ses seins pointer contre son torse.

Et, brusquement, la jeune femme répondit au baiser de Lane avec autant d'ardeur que lui, comme si elle prenait soudain conscience du plaisir qui s'éveillait en elle et qu'elle souhaitait le partager.

Il s'écarta enfin et comprit qu'elle avait perdu toute notion du temps, abandonnée entièrement au désir qui l'enflammait. Son regard chavira...

– Vous voulez que je continue ? lui demanda-t-il d'un ton gentiment moqueur.

6

Troublée de s'être laissée aller aussi facilement, Rachel eut grand-peine à nier le désir que Lane lui inspirait. Jusqu'à cet instant les baisers n'avaient signifié pour elle qu'une violente intrusion, une sorte de viol ou d'agression. En tout cas, avec Stuart, c'était ainsi ! Et aucun homme ne lui avait jamais prouvé le contraire...

Cependant le baiser échangé avec Lane n'était en rien comparable, il avait su éveiller en elle des sensations et des émotions insoupçonnées.

Perdue dans les profondeurs des yeux sombres de Lane, elle ne put que répéter dans un souffle :

– Recommencer ?

Il hocha la tête.

Comment aurait-elle pu réfléchir sainement quand il la tenait toujours étroitement serrée contre lui ? Son étreinte lui avait ôté toute volonté... et avait réveillé sa sensualité ! Son cœur battait encore la chamade ; elle était surprise qu'un simple baiser puisse l'émouvoir à ce point.

Cet homme avait eu raison de penser qu'il pouvait lui apprendre beaucoup sur les relations amoureuses.

Elle ferma les yeux, puis, peu à peu, à l'émotion et au désir succéda l'inquiétude. Jamais elle n'aurait dû accepter que Lane Cassidy l'embrasse ! Elle était

Rachel McKenna, une veuve respectable, et une bonne mère de famille !

– Je ne peux pas, Lane, murmura-t-elle. Et vous le savez bien.

– Oui.

Une pointe de déception teintait sa voix.

– Mais vous ai-je au moins donné la preuve que vous vous trompiez ? ajouta-t-il alors qu'elle baissait les yeux.

Il lui était difficile d'admettre qu'il avait su l'enflammer. Gênée, elle changea de sujet :

– Je suis trop vieille pour ce jeu.

– Quel âge avez-vous ?

– Trente ans.

– Nous avons presque le même âge.

– Merci, Lane.

– Pourquoi ?

– De m'avoir rassurée. Vous m'avez donné à réfléchir.

Les yeux de Lane s'assombrirent.

– Et, vous, vous m'avez donné bien plus encore...

D'un bond, il fut sur pied. Il rajusta sa veste.

– Il vaux mieux que je m'en aille.

– Je vous raccompagne jusqu'à la porte.

A son tour, elle se leva et l'escorta jusqu'au vestibule. Ils s'arrêtèrent dans l'obscurité, gardant un instant le silence.

– Mon chapeau ! s'écria Lane brusquement.

– Il est dans la véranda. Sur le fauteuil.

Il aurait dû s'en aller ; il ne bougea pas.

– Que se passe-t-il ? demanda-t-elle.

Sa question sembla le tirer de sa rêverie.

– Avez-vous une idée de la manière dont Chase réagira en me voyant ? Après tout ce temps...

– J'imagine qu'il sera ravi.

– Ne me dites pas cela pour me rassurer, Rachel.

Pendant un instant, elle réfléchit. Lane était sorti de

la vie de son oncle sans aucune explication, laissant les différends en suspens. Mais le temps avait dû finir par cicatriser les blessures, par estomper les querelles et enterrer la rancune...

– Vous êtes parti, il y a des années, Lane. Je suis certaine qu'aujourd'hui Chase sera soulagé de tirer un trait sur le passé. Sa famille compte plus que tout à ses yeux. Il suffit de regarder Eva et ses enfants pour en avoir la preuve. Je suis prête à parier qu'il vous aime. Resterez-vous jusqu'à son retour ?

Quelques secondes s'écoulèrent avant qu'il ne se décidât à répondre :

– Oui. Je resterai.

– Si vous voulez que je sois présente quand vous le rencontrerez, n'hésitez pas. Prévenez-moi.

Lane se pencha vers elle et, du bout des doigts, effleura ses lèvres.

– Merci, Rachel.

– Merci, Lane. Vous m'avez appris quelque chose, ce soir.

Il esquissa un sourire.

– Voulez-vous que nous recommencions la leçon ? Nous n'en sommes qu'au début, après tout.

– Sans façon, monsieur Cassidy.

Rachel ouvrit la porte et Lane, sans plus insister, sortit sous le porche. La jeune femme referma rapidement la porte pour ne pas être tentée de le rappeler... Puis, elle retourna au salon, récupéra la lampe à pétrole, avant de se guider dans la pénombre jusqu'à sa chambre. Cette chambre qu'autrefois ses parents avaient occupée, cette chambre qu'elle avait partagée ensuite avec Stuart...

Une fois à l'intérieur, elle souffla la bougie. Avec un peu de chance, l'obscurité l'aiderait à remettre un peu d'ordre dans ses idées.

Rachel se dirigea vers la fenêtre et ferma les rideaux. Elle ôta ensuite une à une les épingles qui retenaient ses cheveux. Ses boucles sombres tombèrent en cascade sur ses reins. Libres...

Pour se déshabiller, elle prit tout son temps, rangeant soigneusement ses vêtements sur la chaise devant la coiffeuse. Quelque part, dans la rue, un cheval hennit. La jeune femme eut soudain envie de tirer le rideau pour jeter un coup d'œil au-dehors, mais elle se retint. Lane attendait peut-être encore sous ses fenêtres. A cette idée, elle eut l'impression que son cœur allait chavirer. Puis elle se ressaisit. Croyait-il pouvoir revenir et la convaincre de partager son lit ?

« Quelle idée ridicule ! » se gourmanda-t-elle. Un pas de plus et ils auraient franchi le seuil d'un royaume interdit. Peut-être avait-elle laissé ses sens prendre le dessus ce soir, mais elle n'avait pas encore totalement perdu l'esprit...

Tentée de se glisser nue entre ses draps frais qui fleuraient bon la lavande, Rachel se rappela à l'ordre et enfila sa chemise de nuit. Un vêtement fait de fine mousseline, aux manches longues et bouffantes, resserrées aux poignets, et au col haut... Mais, pour une fois, elle ne la boutonna pas entièrement.

Tandis qu'elle s'allongeait sur le lit, Rachel se rappela toutes les nuits où elle avait attendu, vêtue de la tête aux pieds, que Stuart vînt à elle. Avant leur lune de miel, elle avait rêvé de connaître l'amour dans ses bras, fantasmant sur tous les secrets qu'il saurait lui faire découvrir. Et, suivant à la lettre les conseils de sa mère ô combien prude, elle avait laissé à Stuart le soin de prendre toutes les initiatives.

Mais, à présent, après avoir goûté au baiser de Lane, elle se surprenait à remettre en question les grands principes de sa mère.

– Aucun homme ne serait satisfait de découvrir au lit qu'il a épousé une tigresse, lui avait-elle dit sévèrement. Si tu ne veux pas que ton mari te juge mal, comporte-toi avec dignité et réserve. Tu peux perdre la tête pour un homme mais, surtout, ne lui montre pas tes sentiments. Ne te dévoile pas... Et n'oublie pas, il y a des choses qu'il réclamera de toi, des choses qu'une femme honnête se doit de refuser.

Rachel plaqua un bras sur ses yeux et poussa un gémissement. Le baiser enflammé qu'elle avait partagé avec Lane était indéniablement l'une de ces choses que sa mère lui avait déconseillé d'accepter.

Jamais elle ne s'était déshabillée devant un homme, et, bien sûr, elle n'avait jamais vu Stuart se promener nu. Ainsi, tous les secrets de sa virilité étaient-ils restés cachés sous les couvertures. Lors de ses tentatives pour l'exciter, Stuart s'était toujours borné à pétrir sa poitrine à travers sa chemise de nuit. Puis, invariablement, il relevait ses jupons et, écartant les cuisses de la jeune femme, la pénétrait tout en la couvrant d'insultes. Alors il lui infligeait l'acte sexuel jusqu'au moment où il répandait sa semence en elle et, roulant sur le côté, s'endormait en ronflant.

Pas une seule fois il n'avait fait tressaillir son cœur, pas une seule fois elle n'avait été émue... Et pourtant ils avaient vécu ensemble tant d'années... Dire que Lane, en quelques minutes, l'avait totalement bouleversée... Elle avait même cru ne plus pouvoir lui demander d'arrêter...

Que ressentirait-elle à partager son lit avec cet homme, à le sentir se mouvoir en elle ? Il saurait l'étreindre avec douceur, l'emporter vers les cimes du plaisir avec tendresse et patience. Il donnerait autant qu'il prendrait, elle en avait la certitude. Si le désir intense qu'il avait éveillé en elle avec un seul baiser était une indication de ce qu'il pouvait lui offrir, il était évident qu'avec lui le bonheur serait total !

Rachel se pelotonna sur le côté, serrant l'oreiller entre ses doigts. Alors qu'une partie d'elle-même voulait dire le bonheur de sa découverte du plaisir, l'autre était désespérée à l'idée qu'elle n'irait jamais plus loin, qu'elle ne connaîtrait jamais l'extase avec lui. Elle avait cependant appris une chose et c'était un soulagement de savoir qu'elle n'était pas seule responsable. C'était le manque de tendresse de son époux et sa violence qui avaient brisé leur union, et non son ignorance ou encore sa frigidité.

Mais, hélas, en ouvrant la boîte de Pandore, Lane la condamnait à souffrir... A souffrir d'un désir à jamais frustré !

Perdu dans ses pensées, Lane descendait Main Street d'un pas las, se dirigeant vers la poste où il avait l'intention de télégraphier à Boyd Johnson pour l'informer de sa position, ce bureau de poste devant lequel, la veille, il avait rencontré Delphie et Ty !

Il regarda autour de lui, espérant presque apercevoir le petit garçon, ou peut-être même Rachel. Il repéra une jeune femme portant un enfant dans les bras qui s'engouffrait chez Carberry et, pendant un instant, il crut la reconnaître. Mais en s'approchant, il découvrit qu'il s'était trompé !

Depuis la nuit dernière, il se savait désormais incapable de résister à la tentation, et s'il revoyait la jeune femme, il était sûr qu'il la prendrait dans ses bras. Dans le passé, elle avait exigé de lui plus qu'il ne pouvait en donner ; évidemment il l'avait déçue en abandonnant ses études. Mais il avait alors une trop grande colère en lui, son seul désir, son seul projet était de s'éloigner de Chase et du ranch. Ce qu'il voulait, c'était enfin vivre seul et être débarrassé de son passé.

Aujourd'hui, il ne voulait pas la décevoir une nouvelle fois. Cependant, même pour elle, il ne saurait être question de décrocher la lune ! Il n'était toujours pas un héros...

Lane jeta un coup d'œil autour de lui. Il y avait une longue file d'attente au guichet. Le plus simple était de revenir un peu plus tard, lorsque la foule se serait dispersée. Il ressortit donc et, alors qu'il traversait la rue, les portes du saloon s'ouvrirent à la volée et un ivrogne barbu, au visage rubicond, le heurta de plein fouet.

L'odeur du whisky le prit aussitôt à la gorge. Agacé, Lane saisit l'homme par le col et le repoussa vers le trottoir. Mais l'ivrogne ne tenait pas sur ses jambes et il s'étala de tout son long sur la chaussée.

Des passants s'arrêtèrent, visiblement choqués par son geste brutal. D'autres passèrent leur chemin, pressant le pas, comme s'ils craignaient d'être mêlés à une sale histoire. Un badaud le regarda d'un air méchant.

– Qu'est-ce que vous avez ? aboya Lane en sentant la colère monter en lui.

Il se baissa et agrippa l'ivrogne par le bras pour le secouer. L'homme se protégea aussitôt le visage avec la main.

– Ne me frappez pas, Cassidy, pleurnicha-t-il.

Lane reconnut la voix de l'administrateur de l'Agence Pinkerton.

– Ne vous inquiétez pas.

D'une secousse, il remit l'ivrogne sur pied et, presque gentiment, le raccompagna jusqu'au saloon.

– Laissez-moi m'excuser, vieil homme, déclara-t-il suffisamment haut pour que tout le monde pût l'entendre.

Le tenancier de l'établissement s'approcha d'eux et Lane commanda deux whiskies avant de conduire l'homme jusqu'à une table.

Après un rapide coup d'œil autour de lui, il prit place sur une chaise tandis que son compagnon se laissait choir en face de lui.

– Comment m'avez-vous retrouvé ? demanda Lane.

Boyd Johnson sourit, puis il baissa la tête, et considéra son verre avant de maugréer :

– C'est mon travail, vous le savez.

– Vous empestez l'alcool !

– Et vous, vous n'avez pas l'air dans votre assiette, Cassidy. Des ennuis ?

– Pas plus que d'habitude, mais, cette fois, il s'agit d'une femme ! admit Lane.

Jamais il ne l'aurait confessé à un autre que son mentor mais, avec ce dernier, il savait qu'il était inutile de mentir. Boyd Johnson s'arrangeait toujours pour découvrir la vérité.

– J'ignorais que vous étiez sentimentalement engagé.

– Je les aime et je les quitte, c'est ainsi que cela se passe généralement ! fit Lane avec un rire sans joie.

Il étendit ses longues jambes devant lui et fixa le bout de ses bottes recouvertes de poussière.

– Un adage qui n'a plus de raison d'être aujourd'hui, je me trompe ? nota Boyd.

– Vous ne m'avez toujours pas dit comment vous m'aviez retrouvé, lança Lane, en changeant volontairement de sujet.

– J'ai juste été averti par notre agent de Last Chance.

– Vous avez un agent, ici ?

Le regard de Boyd semblait distrait et absent, mais Lane ne s'y trompa pas : son mentor était tout autant sur le qui-vive que lui. La serveuse aux cheveux filasse et à la poitrine pigeonnante vint leur servir leurs consommations.

– Parfois, les choses sont sous nos yeux, et pourtant, nous restons aveugles... déclara l'administrateur de l'Agence.

Lane glissa un regard à la serveuse, tout en essayant de se rappeler si elle lui avait donné son nom lors de leur première rencontre. Elle lui décocha en retour un bref clin d'œil et tourna les talons sans lui demander de régler leurs consommations.

Boyd regarda un instant la jeune femme puis il hocha la tête d'un air satisfait.

– Erlene est l'un de nos meilleurs agents...

– Que je dois damné !

– Probablement. Pourriez-vous m'expliquer ce que vous êtes venu faire ici ?

– Une sorte de retour aux sources. J'en avais besoin.

Il repoussa les souvenirs terrifiants qui menaçaient de refaire surface dès qu'il évoquait son enfance.

– J'ai grandi dans le coin, poursuivit-il. Je voulais savoir si les choses avaient changé et en profiter pour tenter de découvrir quelques renseignements sur le Gentleman Voleur.

– Dois-je vous rappeler que vous êtes suspendu ?

– Ce qui revient à dire, sans salaire ! fit Lane froidement. Je ne le sais que trop bien. Pas nécessaire de me le préciser ! Depuis quelques semaines, j'ai du mal à joindre les deux bouts !

– C'est la seule manière que j'ai trouvée pour vous donner une leçon.

Lane avala son whisky d'un trait.

– Je pense que la leçon est déjà bien retenue !

Boyd plongea son regard dans celui de Lane. Fini le rôle de l'ivrogne ! Boyd était à nouveau un homme à l'intelligence rapide et subtile. Il fixa Lane avec intensité.

– Vous ne voulez peut-être pas que cette embuscade se termine ainsi, mais sans votre impulsivité, Lane, un innocent n'aurait pas perdu la vie. Et vous savez que j'ai raison !

Lane refoula la nausée qui l'envahissait. Il songea soudain aux deux adolescents qui avaient été également blessés au cours de la fusillade.

– Comment vont les autres ?

– L'un est malheureusement décédé à la suite de ses blessures. L'autre est dans un état stationnaire et, pour le moment, les médecins refusent de se prononcer.

Boyd se renversa dans son fauteuil et garda un instant le silence, attendant que des clients les dépassent et s'éloignent pour poursuivre la discussion.

– J'espère qu'il s'en sortira.

– Je suis désolé, Boyd, mais étant donné les circonstances, je pense que si j'avais à recommencer, je ferais exactement la même chose.

– Il faut que vous appreniez à vous contrôler. L'impulsivité et le métier de détective ne vont pas ensemble !

La veille au soir, il pouvait cependant se vanter d'avoir parfaitement contrôlé la situation ! Faute de quoi, Rachel se serait retrouvée avec lui, dans son lit !

– Bon, parlons d'autre chose. Alors, vous êtes venu rendre visite à votre oncle ? s'enquit Boyd en l'arrachant à sa rêverie.

L'administrateur de l'Agence le scrutait attentivement. Ainsi son mentor savait ce qui l'avait poussé à revenir dans le Montana !

– Si vous connaissez les raisons de ma présence ici, pourquoi me posez-vous la question ?

– Nous n'ignorons rien de vous, mon garçon. Je vous l'ai déjà dit.

– Je n'ai pas encore vu Chase. Il est en Californie avec les siens.

– C'est ce qu'on dit. Le bandit a une nouvelle fois attaqué un train sur la ligne Burlington, hier après-midi, non loin de Cheyenne. L'homme a dû se faire passer pour l'un des conducteurs, après l'avoir solidement attaché et bâillonné. Vous rendez-vous compte ? Tout s'est passé sous le nez des gardes ! Le Gentleman Voleur a eu ensuite tout le temps de se changer et de quitter le train, sans difficulté...

Boyd s'interrompit un instant puis il reprit d'un air songeur :

– Vous savez que nous soupçonnons votre oncle...

Lane joua un instant avec son verre, l'estomac noué.

– Je suis au courant. Après avoir lu les rapports, j'ai décidé de venir ici pour vérifier l'authenticité de cette piste.

– L'Agence aurait un autre suspect sur sa liste. Rien

de bien fiable pour l'instant. Un certain Robert Mc-Kenna.

Lane réfléchit un instant.

– Je le connais de nom.

– Vous pourriez peut-être enquêter discrètement sur lui, puisque, de toute manière, vous vous occupez officieusement de l'affaire.

Boyd regarda autour de lui pour s'assurer qu'on ne les écoutait pas et ajouta :

– Feriez-vous arrêter votre oncle si vous aviez les preuves de sa culpabilité ?

Lane hésita.

– Il n'est pas coupable.

– Et s'il l'était ?

– Je ferais mon travail.

– Restez en contact avec Erlene. Elle peut vous aider dans votre enquête.

– Alors je peux me considérer comme sur l'affaire ?

Boyd sourit.

– Officieusement, seulement.

– Ce qui signifie ?

– Ce qui signifie que pendant votre séjour ici, vous serez peut-être amené à découvrir de nouveaux indices. Si votre oncle est vraiment coupable, il vous sera plus facile de lui parler. Vous pourrez même le convaincre de se rendre. Je vais essayer de vous réhabiliter à votre poste, mais vous devez savoir que tant que cela ne sera pas fait, l'Agence ne prendra pas la responsabilité de vos actes. En un mot, vous êtes seul.

Lane se redressa et se frotta le front avant de rabattre son chapeau sur ses yeux.

– Nous pourrions perdre tous les deux notre travail, si vous n'étiez pas réglo, Cassidy, enchaîna Boyd. Je compte sur vous pour m'assurer que je toucherai bien un jour ma retraite.

– Et maintenant ?

– Je prends le prochain train pour Denver. Et vous, tenez-vous à carreau.

Lane repoussa sa chaise, et se leva.

– Message reçu !

Alors que Lane s'apprêtait à quitter le saloon, Boyd s'approcha de lui à nouveau, et l'implora tout haut de lui offrir un autre verre.

Feignant de ne l'avoir pas entendu, Lane continua son chemin mais Boyd le suivit.

– Merci pour le whisky, jeune homme. A bientôt, j'espère, fit-il d'une voix nasillarde.

Lane hocha la tête et, le dépassant, se dirigea vers le magasin Carberry. Sur le trottoir, il croisa Rachel et Ty. La jeune femme saisit son fils par la main et considéra Lane avec une lueur de reproche dans le regard.

– Un ami à vous, cet ivrogne ?

7

Ignorant les regards des badauds, Lane se précipita derrière Rachel. Elle tenait Ty par une main et sa démarche était si précipitée qu'elle l'obligea presque à courir. Mais Lane n'avait pas l'intention de se laisser distancer, en tout cas pas sans avoir eu la possibilité de lui fournir des explications.

En deux enjambées, il la rattrapa et la saisit par le bras, la contraignant à faire volte-face. Elle le fusilla du regard.

— Lâchez-moi !

— Bonjour, Lane, s'écria joyeusement Ty.

— Bonjour, Ty.

Puis, reportant son attention sur sa mère, Lane ajouta :

— Pourquoi être en colère ? Je ne vous ai rien fait !

Elle jeta un coup d'œil aux doigts de Lane qui enserraient son bras.

— Je vous en prie, lâchez-moi.

— Quand vous m'aurez permis de vous expliquer.

Ils étaient plantés là, devant le magasin général, au milieu des passants et des curieux qui leur décochaient des regards inquisiteurs. Par la porte ouverte, Lane aperçut Millie Carberry qui, penchée derrière son comptoir, les observait attentivement.

— Ai-je le choix ? demanda-t-elle avec acrimonie.

Lane la libéra.

– Rachel, j'ai bousculé ce vieil alcoolique dans la rue. Je me suis senti coupable et, pour m'excuser, je lui ai offert un verre. C'est tout. Il n'y a quand même pas de quoi en faire un drame !

– Un whisky à 11 heures du matin ? Quelle honte ! Et en plus, vous empestez !

Avec une grimace dégoûtée, elle baissa la tête, refusant de croiser son regard, et tapa du pied avec impatience.

Ty, lui, demeurait parfaitement impassible, il se contentait de les observer tour à tour. Lane lui sourit et l'enfant haussa les épaules dans une complicité silencieuse.

– Vous n'avez plus à me parler comme à un élève, rappela-t-il sèchement à la jeune femme.

A ces mots, Rachel lui tourna le dos et continua son chemin, Ty sur les talons. Mais Lane la rejoignit et lui prit de nouveau le bras. Surprise, elle sursauta et laissa tomber son panier. Ne désirant pas provoquer d'esclandre, Lane espéra qu'elle garderait son calme et ne chercherait pas à tout prix à se dégager.

– Ma remarque était totalement déplacée, admit-il en ramassant son panier. Je suis désolé.

– Il y a de quoi !

– Il te dit qu'il est désolé, maman, intervint Ty en glissant sa menotte dans la main de Lane.

Ce dernier ferma les yeux et prit une profonde inspiration. Il perdait peu à peu tout contrôle de lui-même. D'abord avec Boyd, puis avec Rachel maintenant... Dans la chaleur du matin, dans la poussière que soulevaient les chariots, il étouffait. Il lui fallait sortir de la ville et surtout effacer au plus vite la lueur de mépris qu'il avait entrevue dans les yeux de Rachel.

– Pourquoi n'irions-nous pas faire une promenade à cheval ? proposa-t-il à son jeune compagnon. Nous pourrions trouver un ruisseau et nous y baigner. Nous asseoir à l'ombre.

Il rencontra le regard furieux de Rachel.

– Pour calmer nos esprits...

– Dis oui, maman, je t'en prie, supplia le petit garçon.

– Je ne peux pas, maugréa-t-elle. J'ai une multitude de choses à faire cet après-midi. Et j'ai promis à Delphie de...

– Moi, je peux y aller ! lança Ty en levant les yeux vers Lane.

– Il n'en est pas question ! protesta Rachel d'un ton brusque.

Elle s'empourpra. De toute évidence, elle était mal à l'aise. Ils étaient en effet l'objet de nombreux regards scrutateurs. Lane sentait bien que la jeune femme n'avait pas du tout l'intention d'accepter cette proposition. Elle ne céderait pas, il le savait. La seule chose qu'il lui restait à faire était de les quitter, et de s'éloigner.

– Et si je m'occupais un peu de Ty pendant que vous faites vos courses ? suggéra-t-il cependant. Je vous le ramènerai avant le dîner. Nous ferions une petite balade...

Rachel jeta à nouveau un coup d'œil autour d'elle avant de regarder son fils. Elle lui caressa le front et le petit garçon la gratifia d'un regard empli d'espoir. Comment pourrait-elle lui refuser quoi que ce soit ? Il faisait si chaud en ville... Il serait bien mieux à la campagne ! Finalement, elle acquiesça.

– Cela lui fera du bien, concéda-t-elle.

– Vous aussi, Rachel, vous en auriez bien besoin. Venez avec nous.

La jeune femme croisa son regard et secoua la tête.

– Je ne peux pas. Je vous verrai plus tard.

– Allons-y, Lane, on perd du temps, dit Ty en lui secouant la main.

– Vous êtes sûre que vous n'allez pas le regretter ?
insista Lane.

La jeune femme sourit, avant de se pencher et d'embrasser son fils. Ce dernier s'essuya du revers de la main comme si cette marque d'attention le gênait au plus haut point.

– Fais bien attention à toi, Ty.

– Promis, maman.

– A tout à l'heure, alors, dit Lane. Ne vous inquiétez pas pour Ty, je veillerai sur lui.

Rachel les quitta immédiatement et Lane la regarda s'éloigner, la tête haute. Quelques secondes plus tard, la jeune femme disparaissait à l'intérieur du magasin des Carberry.

– Où allons-nous ? demanda le petit garçon en remontant la rue aux côtés de Lane.

– Nous allons récupérer mon cheval et puis je t'emmènerai dans un coin secret où je me baignais lorsque j'étais enfant.

– Enfant comme moi ?

Lane lui coula un regard empli d'affection. De toute évidence, le petit garçon l'idéalisait. Que penserait-il de son héros quand ce dernier quitterait sa vie ?

– Je n'étais malheureusement pas un aussi gentil garçon que toi.

A ces mots, Ty rayonna de fierté.

– Vraiment ?

– Vraiment.

Ils rejoignirent Shield qui les attendait, attaché au bout de la rue. Lane ôta ensuite le manteau de Ty, et lui releva les manches de sa chemise. Quand ils furent tous deux en selle, Lane talonna sa monture et ils se dirigèrent vers la sortie de la ville, coupant par les ruelles transversales. Devant la porte de derrière du *Slippery Saloon*, Lane s'arrêta et sauta à bas de son cheval, demandant à son jeune compagnon de l'attendre un instant.

– Tu peux tenir les rênes ?

– Oui.

Ty ne semblait pas très rassuré ; toutefois, Lane n'en avait que pour quelques secondes. Une fois à l'intérieur, il chercha rapidement Erlene et lui fit signe de le rejoindre.

Un court instant après, la jeune femme était là. Son corset, sa jupe moulante et ses collants noirs faisaient ressortir l'extrême blancheur – presque maladive – de sa peau. Une simple bande ourlée de satin couvrait sa poitrine généreuse.

Ty, qui devisait allègrement avec Lane, se tut brusquement lorsqu'elle surgit dans la rue. Il la considéra, les yeux écarquillés par la stupeur.

– Cassidy ! s'exclama Erlene en regardant elle aussi le petit garçon avec curiosité. Vous en avez de drôles de bagages, dites donc !

– Rien de permanent, rassurez-vous.

A peine avait-il prononcé ces mots qu'il eut l'impression de trahir le petit garçon...

– Je voulais vous prévenir, je serai au ranch ces prochains jours, poursuivit-il. Si vous avez besoin de moi, faites-le-moi savoir.

– Vous avez pour mission de garder un œil sur votre oncle, c'est bien cela ?

Irrité, Lane secoua la tête et remonta en selle.

– Mon oncle n'est pas coupable. Je n'en ai pas encore la preuve, mais mon instinct ne me trompe jamais. Vous avez eu des informations ?

Erlene haussa les épaules.

– Rien de concret. Tout ce que je sais, c'est qu'il faut de l'argent pour voyager comme votre oncle le fait, et j'ignore où il le trouve ! L'Agence aimerait en savoir plus, mais Chase vient fort rarement en ville. Enfin... Vous réussirez peut-être à obtenir plus de renseignements en étant sur place. Bonne chance, en tout cas.

Et merci de m'avoir avertie que vous seriez au ranch. Il faut que je vous laisse maintenant.

La jeune femme jeta un regard furtif dans la rue, apparemment impatiente de rentrer au saloon. Quand elle ouvrit la porte, la musique, les rires et une fumée opaque se glissèrent au-dehors. Sans plus attendre, la jeune femme s'engouffra à l'intérieur, refermant le battant derrière elle.

Ty eut un sifflement admiratif.

— Elle a une sacrée paire de seins !

Lane ne put s'empêcher de rire. Il glissa un bras autour des épaules de son jeune compagnon et le plaqua contre lui tandis qu'il faisait repartir Shield au trot.

— Tiens bon, mon garçon. Encore quelques minutes, et nous nous baignerons.

Cinq heures et demie plus tard, Rachel, debout sur le seuil de sa maison, lança à Lane un regard furibond. Ty semblait épuisé mais ravi. Il avait les cheveux encore humides et les joues cramoisies d'être resté si longtemps au soleil. Et il souriait à Lane comme si cet homme était un dieu ! Rachel mesura brusquement à quel point il était dangereux de laisser Ty idolâtrer cet as de la gâchette...

— Rentre à la maison, Ty. Le dîner est prêt.

— Est-ce que Lane peut rester ?

Lane était stupéfait. Comment la jeune femme pouvait-elle lui en vouloir encore parce qu'il avait bu un verre de whisky le matin ? Elle le regardait d'un air furieux et ses yeux bleus flamboyaient.

— Je suis désolé, je ne peux pas, s'empressa-t-il de déclarer. Il faut que je sois rentré au ranch avant la nuit.

Soulagée, Rachel sut qu'il avait lu dans ses pensées et qu'il avait aussitôt inventé une excuse. Pourtant, en son for intérieur, elle se sentait coupable, déchirée entre son désir et les conseils que lui soufflait sa raison. Elle trouvait Lane fort séduisant, mais il n'était pas pour elle. A ce moment-là, elle lui en voulut presque des émotions et du trouble qu'il provoquait en elle.

– J'ai bien l'impression que vous n'êtes pas encore calmée.

– J'ai eu le temps de réfléchir.

– J'espère que vous avez pensé à moi.

– Absolument pas !

Elle avait répliqué trop rapidement pour qu'il la croie. Voilà où résidait son problème : elle ne songeait qu'à lui, qu'à ces moments délicieux où il l'avait tenue dans ses bras et embrassée. Dire qu'elle avait bien failli perdre tout contrôle d'elle-même la veille au soir... A y repenser, elle en avait froid dans le dos. Elle l'avait échappé belle !

Alors qu'elle faisait ses courses en ville aujourd'hui, elle avait dû supporter les regards inquisiteurs et les messes basses de toutes les commères. La passion qu'elle avait goûtée dans les bras de Lane ne pouvait pas lui faire oublier les réalités de sa vie et l'importance de sa réputation.

– Je vous verrai demain, souffla-t-il en lui effleurant la joue.

Rachel se raidit. Il laissa retomber sa main.

– Je ne pense pas que ce soit une bonne idée, commenta-t-elle d'un ton sec.

Il se rembrunit. L'avait-il à nouveau offensée ?

– Très bien. Je reviendrai dans un jour ou deux, quand vous serez calmée.

Et, avant même qu'elle n'ait pu lui dire non, il s'éloigna à grandes enjambées. Pas la peine d'être sorcier pour comprendre combien il était furieux ! Il monta en selle rapidement et lança son cheval à toute allure sans un regard derrière lui.

La soirée passa sans que personne fît allusion à Lane

et Rachel se sentit un peu soulagée. Mais Ty interrompit ce répit au moment du coucher.

– Pourquoi n'as-tu pas voulu que Lane reste pour le dîner ? lui demanda brusquement son fils d'un air triste.

Il était déjà tard et Rachel venait de lui lire une histoire afin de le préparer au sommeil. La jeune femme resserra les pans de son châle sur sa poitrine, réprimant un frisson.

– M. Cassidy est un homme très occupé.

– Lane, il préfère qu'on l'appelle Lane. J'ai passé une très bonne journée avec lui. Et, tout à l'heure, il m'a dit que je nageais bien.

Rachel fronça les sourcils.

– Il n'avait pas parlé d'aller se baigner, mais simplement de se rafraîchir.

Ty secoua la tête.

– Se rafraîchir, c'est bon pour les femmes ! Nous, nous sommes allés nous baigner. Nous avons enlevé nos vêtements et nous avons plongé.

– Vous avez... ?

– Je n'avais pas pied mais il me tenait. Il est drôle, tu sais. Il m'a dit que, si je me noyais, Delphie ne manquerait pas de le faire rôtir dans son four.

Rachel ne put s'empêcher de sourire. Ty ne cessait de parler de son nouvel ami. Lane par-ci, Lane par-là... Lane l'avait laissé viser avec son revolver. Lane lui avait appris à guider Shield. Lane nageait comme un poisson...

Lane, Lane, Lane...

Comment ferait Ty lorsque Lane quitterait la région ? Pourrait-il supporter cette séparation ? songea la jeune femme tristement. Il valait mieux penser à autre chose...

Alors elle décida de lire à son fils un chapitre de son livre préféré. Puis, elle passa une main sur son front et éteignit la lumière. Quand elle se leva, sa robe de chambre s'ouvrit légèrement.

– Maman, pourquoi ne portes-tu jamais de jolis corsets ? demanda-t-il d'un ton innocent.

– De jolis corsets ?

– Tu sais bien. Ceux avec plein de dentelles. Tu pourrais en acheter un noir comme celui que portait la dame du saloon.

Rachel sentit son visage s'empourprer.

– Quelle dame ?

– Une amie de Lane. Tu aurais dû la voir, elle avait une sacrée paire de seins !

Contenant du mieux qu'elle put la rage qui s'emparait d'elle, elle s'assit sur le bord du lit et, d'un ton qui se voulait détaché, elle demanda :

– Quand as-tu rencontré cette dame ?

– Aujourd'hui. Avant de partir nous baigner. Lane m'a emmené derrière le saloon et j'ai dû tenir son cheval pendant qu'il allait chercher la dame. Quand elle nous a rejoints, Lane lui a dit qu'il s'installait au ranch d'Eva et de Chase et qu'elle pourrait l'y trouver si elle avait besoin de lui.

– Je vois.

La jeune femme voyait surtout rouge. Elle ne songeait brusquement plus qu'à étrangler Lane Cassidy de ses propres mains.

– Maman ?

– Quoi ?

– Même dans la nuit, tu es toute rouge. Tu ferais peut-être mieux de boire un verre d'eau.

– C'est ce que je vais faire. Je te laisse, je descends à la cuisine.

Elle se leva, jugeant plus sage de ne pas prendre la lampe, préférant traverser la maison dans l'obscurité. En effet, elle était si bouleversée qu'elle était capable de la renverser et de mettre le feu à sa demeure.

– Est-ce que tu vas en prendre un ? la héla Ty tandis qu'elle s'éloignait vers la porte.

– Un verre d'eau ?

– Non, un corset comme celui de l'amie de Lane.

– Non. Sûrement pas. En tout cas, je demanderai quelques explications à M. Cassidy la prochaine fois que je le verrai. Tu peux en être certain.

Même les lourds nuages orageux qui recouvrirent le ciel le lendemain ne parvinrent pas à rivaliser avec la tempête qui faisait rage en Rachel. C'est avec frénésie qu'elle vaqua à ses tâches toute la matinée, maugréant entre ses dents et répétant les mots qu'elle dirait à Lane Cassidy dès qu'elle aurait l'occasion de le voir. Comment avait-il osé présenter son fils à une prostituée vêtue si légèrement ?

Ayant besoin de se retrouver seule, la jeune femme avait envoyé Delphie et Ty se promener juste après le petit déjeuner. La gouvernante devait déposer son fils chez une amie tandis qu'elle se chargerait des courses. Le petit garçon et la gouvernante déjeuneraient ensuite ensemble à l'hôtel *Wellington*. Rachel ne souhaitait pas les avoir à proximité quand Lane montrerait le bout de son nez ; ce qu'elle avait à lui dire ne regardait personne d'autre que lui.

Elle tenta de s'absorber dans la lecture du journal, parcourant les grands titres, puis les premiers paragraphes d'un article relatant une autre attaque de train, fomentée une fois encore par l'incroyable Gentleman Voleur. Incapable de se concentrer sur les détails, elle referma le journal et commençait à s'occuper de ses chères plantes lorsque quelqu'un frappa à la porte d'entrée.

Rachel se redressa et alla jeter un coup d'œil à son reflet dans le miroir. Ses longs cheveux étaient retenus en une épaisse tresse et, en dépit de la chaleur, elle avait boutonné son chemisier de soie crème jusqu'au cou.

Elle avait les joues brûlantes. Poussant un soupir

exaspéré, elle se dirigea finalement vers la porte. D'ores et déjà prête au combat, elle ouvrit le battant et... se retrouva nez à nez avec sa belle-mère, Loretta, accompagnée de sa sœur Mary Margaret! Elles se tenaient l'une à côté de l'autre, toutes deux vêtues de noir comme deux oiseaux de mauvais augure. Loretta, de taille pourtant honorable, donnait l'impression d'être écrasée par la stature de sa sœur cadette. Imposante n'était pas le mot adéquat pour décrire Mary Margaret. Trop enrobée, déjà trop marquée par les ans, peut-être... A trente-deux ans, cette femme était considérée comme une vieille fille, non qu'elle soit trop grosse pour séduire un homme, mais sa timidité l'avait toujours empêchée de quitter les jupons de sa sœur aînée. Cette femme docile passait désormais ses journées à écrire de la musique et de la poésie, bien déterminée à divertir ses proches lors des réunions familiales.

— Avez-vous l'intention de nous laisser sur le seuil, avec cette chaleur épouvantable, Rachel? grommela Loretta, en fronçant les sourcils devant la couleur de son chemisier.

Rachel s'effaça aussitôt.

— Je suis désolée, madame McKenna, mais je ne vous attendais pas.

Alors que Loretta la dépassait précipitamment, jetant des coups d'œil soupçonneux autour d'elle, Mary Margaret lui emboîta le pas. Cette dernière sourit à Rachel, comme pour s'excuser, avant de suivre sa sœur en direction du salon.

— Qui attendiez-vous? s'enquit Loretta. J'espère qu'il ne s'agit pas encore du bandit Cassidy!

— Je...

— N'essayez pas de nier. On raconte partout que vous avez eu une longue conversation avec lui, hier, au beau milieu de Main Street. Et, plus grave encore, vous auriez laissé Tyson partir en promenade avec lui.

Les nouvelles allaient vite... Il s'en fallait de peu pour que Millie Carberry et les autres commères de la ville racontent qu'elle s'était rendue avec Lane au ranch des Cassidy. Si elle n'avait pas été à ce point en colère contre Lane, elle se serait empressée d'informer sa belle-mère que, deux soirs plus tôt, elle avait invité cet homme à partager son dîner.

– Ne vous inquiétez pas. Je ne mettrai jamais mon fils en danger. Vous serez certainement heureuse d'apprendre que je n'ai pas l'intention de revoir cet homme.

Loretta poussa un soupir de soulagement.

– Je commençais à désespérer mais je vois que vous avez retrouvé vos esprits !

Pendant un instant, Rachel fut tentée de lui dire que c'était la rencontre de Lane avec une entraîneuse dans un bar et non l'absence d'attirance qui l'avait poussée à prendre cette décision. Au lieu de cela, elle planta là ses visiteuses et se précipita à la cuisine pour préparer un thé et des gâteaux. Lorsqu'elle revint au salon, elle se sentait un peu plus calme.

Loretta était penchée au-dessus de la table basse au milieu de la pièce, considérant les photographies de famille. Son regard passait d'un cadre à l'autre, le front plissé par la contrariété. Elle fit volte-face et posa des yeux accusateurs sur Rachel.

– Où sont les photos de mon fils ?

Sans s'énerver, Rachel tendit un verre de thé à Mary Margaret et lui offrit des gâteaux au citron.

– J'ai pensé qu'étant donné les circonstances il valait mieux que Ty les garde dans sa chambre.

– Je ne comprends pas votre attitude, Rachel. Mon pauvre Stuart a été un bon mari pendant des années, ce n'est quand même pas pour une petite entorse...

– Je vous en prie, Loretta. Je n'ai pas envie d'en parler à nouveau. Bien sûr, je vous suis reconnaissante de m'avoir aidée et entourée mais il est grand temps maintenant que je vole de mes propres ailes.

Rachel prit une profonde inspiration et s'efforça de sourire.

– Et maintenant, si nous parlions de choses plus plaisantes... ?

Mary Margaret était assise sur le bord d'une chaise et on pouvait avoir l'impression que seul le plateau de gâteaux l'intéressait. Pourtant, après avoir bu une large gorgée de thé, elle déglutit et déclara soudain :

– Robert sera à la maison demain. Le dîner en son honneur est prévu dans deux jours. Et il y aura du gâteau au chocolat !

– Quelle heureuse perspective ! commenta Rachel poliment. Quand voulez-vous que nous venions, Loretta ?

– Pourquoi n'arriveriez-vous pas dès demain matin ? Vous passeriez la journée et la nuit au ranch. Je n'aime pas vous savoir sur la route quand il fait nuit.

– Nous verrons... rétorqua Rachel sans conviction.

– Où est mon petit-fils ? demanda tout à coup Loretta en regardant autour d'elle comme si elle venait tout juste de s'apercevoir de son absence.

Rachel s'installa sur le fauteuil en face de sa belle-mère. Mary Margaret s'empara du dernier gâteau, parsemant son corsage de nombreuses miettes.

C'était une chance que son fils ne fût pas là, il n'aurait sans doute pas cessé de parler de Lane et de leur promenade de la veille ! Rachel informa sa belle-mère que Ty était chez une amie pour la matinée.

– Il est regrettable qu'il n'y ait personne de sa condition dans cette ville, déclara Loretta avec mépris. Dieu seul sait combien j'en ai moi-même souffert !

De nouveau, elle poussa un soupir.

– J'aurais bien aimé organiser une ligue des dames du comté, mais j'ai bien peur de ne trouver personne de convenable !

Rachel serra les lèvres, se bornant à hocher la tête. En outre, elle éprouvait un sentiment de pitié pour sa belle-mère. D'après ce qu'elle savait de Loretta, celle-ci serait née et aurait grandi dans un coin perdu du Montana, loin des réceptions et du grand monde. Ces seuls contacts mondains se résumaient aux journaux qu'elle passait au crible ! Et, pour elle, il n'y avait que très peu de gens fréquentables dans la région...

– Comment va Robert ? demanda Rachel, essayant obstinément de ne pas penser à Lane.

– Très bien, fit Loretta. Dans sa dernière lettre, mon fils nous annonce que ses affaires à La Nouvelle-Orléans marchent à merveille. J'espère que Tyson aura hérité de ce don pour le commerce. Malheureusement, son pauvre père en était dépourvu.

– Il a été un bon shérif.

Cela, Rachel devait bien le lui concéder, même si ce compliment posthume ne changeait rien au ressentiment qu'elle lui portait encore.

– Je ne le crois pas ! Il n'est devenu shérif que dans le but d'ennuyer son père. En tant qu'aîné, il se devait de prendre la tête du ranch et de gérer le domaine familial.

Loretta renifla et se tamponna les yeux avec un mouchoir. Aussi noir que le reste de ses vêtements ! Rachel détourna la tête pour ne pas éclater de rire.

– Stuart et son père ont toujours été en conflit. Depuis le premier jour. Peut-être se ressemblaient-ils trop...

– Ne parle plus de cela. Tu te fais du mal inutilement, conseilla Mary Margaret.

Rachel avait presque oublié la présence de cette dernière dans la pièce. Elle lui jeta un rapide coup d'œil et la vit ramasser les dernières miettes du plateau et les avaler de manière frénétique.

– Je ne me remettrai jamais de la mort de mon fils, se lamenta soudain Loretta.

Et tout aussi brusquement, elle se leva et s'approcha de sa belle-fille.

– Puis-je vous demander un service, Rachel ? Pourriez-vous porter quelque chose de plus adapté pour le dîner de jeudi ? Je ne sais pas... du noir, peut-être. Je ne supporterais pas qu'on me demande pourquoi vous avez renoncé au deuil si rapidement...

La jeune femme hocha la tête.

– Pour ne pas faire d'histoires, j'accepte. Et puis il s'agit du retour de Robert, je veux lui faire honneur... Mais, après cela, j'aimerais que vous soyez compréhensive.

– Et pour Lane Cassidy...

– Ne vous inquiétez plus ! Comme je vous l'ai dit tout à l'heure, il n'est rien de plus qu'un ancien élève.

– J'ai entendu dire qu'il était plutôt impressionnant, commenta Mary Margaret en se levant à son tour. Il est dangereux, paraît-il. Est-il vrai qu'il a tué plusieurs hommes ?

Rachel ouvrit de grands yeux.

– Je ne pense pas, non.

– On raconte qu'il ne se sépare jamais de son revolver.

– Il ne faut pas toujours écouter les rumeurs, Mary Margaret.

– Rachel, protesta Loretta, vous avez fait preuve de beaucoup d'inconscience en lui permettant d'entrer chez vous. Vous imaginez, un homme comme lui... Qui sait ce qu'il aurait pu vous faire ? Vous êtes seule, vous ne devez pas l'oublier !

Comme Rachel ne répondait pas, Mary Margaret s'écria :

– J'en ai des frissons rien qu'à y penser ! Je devrais peut-être écrire un poème à ce sujet...

Sa sœur se dirigea vers la sortie.

– Il est temps que nous partions. Viens, Mary Margaret, nous avons une multitude de choses à faire avant l'arrivée de Robert.

Soulagée de les voir enfin s'en aller, Rachel les escorta gentiment jusqu'à la porte d'entrée.

– Je suis heureuse que nous ayons eu cette petite discussion, déclara sa belle-mère. Mon mari était fort inquiet en apprenant que Tyson était resté seul avec ce bandit. Je lui ai dit de ne pas s'en faire, que vous aviez maintenant certainement recouvré tous vos esprits. Et la preuve en est faite ! Il semblerait que je ne me sois pas trompée. Nous nous verrons donc jeudi. Le dîner est prévu à 19 heures.

– Merci de nous avoir accueillies, renchérit Mary Margaret. Soyez prudente. J'imagine combien il doit être angoissant de parler à quelqu'un d'aussi dange-reux que Lane Cassidy...

– Mary Margaret ! la coupa sa sœur, déjà arrivée au bout du jardin. Tu veux vraiment que je suffoque de chaleur ? Dépêche-toi donc !

Dès qu'elles eurent disparu au coin de la rue, Rachel s'engouffra à l'intérieur et, refermant la porte, s'adossa au battant. Elle laissa échapper un soupir, réfléchissant au temps qu'il faudrait à ses beaux-parents pour comprendre qu'elle tenait par-dessus tout à sa nouvelle indépendance. Personne ne pourrait à présent l'en défaire. Si elle refusait de voir Lane, ce n'était pas à cause de leurs pressantes requêtes, mais bien parce qu'elle redoutait d'y perdre son cœur.

8

La véranda était baignée de soleil et la chaleur commençait à y être pratiquement suffocante. Lane, qui se tenait devant la porte close, son chapeau à la main, attendait avec impatience que quelqu'un vînt lui ouvrir. Mais personne ne répondit. Alors, à bout de nerfs, il tourna le bouton de la porte et découvrit que celle-ci n'était pas verrouillée. Il jeta un rapide coup d'œil derrière lui puis, poussant le battant, pénétra dans la pénombre du vestibule.

A peine avait-il refermé la porte qu'il entendit Rachel appeler du premier étage :

– Je suis ici, Delphie !

Lane sourit et s'élança dans l'escalier, grimpant les marches quatre à quatre. En atteignant le palier, il marqua une pause et tendit l'oreille. Un bruit s'élevait de la première pièce sur sa gauche. Il s'approcha. La chambre de Rachel ressemblait à ce qu'il avait imaginé : meublée avec goût et subtilement féminine. Un bouquet de fleurs fraîchement coupées trônait sur le secrétaire devant la fenêtre, et les rideaux d'organdi délicatement brodés adoucissaient encore l'atmosphère.

Lane ne vit pas immédiatement Rachel, mais il l'entendit se déplacer derrière le paravent fleuri. Brusquement, elle tendit le bras au-dessus d'elle, offrant à

117

Lane la vision d'une peau délicieusement satinée. Il fit un nouveau pas dans la pièce, mais le parquet gémit sous ses pieds. Il s'immobilisa.

– Delphie, pourrais-tu me passer mon peignoir ? Il est sur le lit.

Lane jeta un coup d'œil à l'audacieux déshabillé de soie posé sur la couverture. Soudain, mû par son seul instinct, il se saisit du vêtement et marcha jusqu'au paravent sur la pointe des pieds.

– Comment était la promenade ? demanda Rachel sans même attendre de réponse. J'espère que Ty a été sage. Lui as-tu déjà donné à manger ?

En silence, Lane s'appuya contre le secrétaire et croisa les bras. Quelques instants après, Rachel sortit de derrière le paravent et faillit hurler lorsqu'elle aperçut Lane. Avant qu'elle n'ait pu recouvrer ses esprits et fermer les pans de son déshabillé, le jeune homme eut le temps d'entrevoir les formes superbes de Rachel.

Elle se tenait là, immobile, les jambes gainées de bas sombres, les doigts crispés sur son vêtement, espérant ainsi probablement se protéger du regard de Lane. Il s'esclaffa et avança vers elle.

– Sortez de cette pièce ! s'exclama-t-elle en retrouvant brusquement l'usage de la parole.

Il tenta de sourire.

– Ce n'est pas exactement l'accueil que j'espérais !

Et, de nouveau, Lane fit un pas.

– Vous n'êtes pas le bienvenu ici. Je vous en prie, quittez cette maison avant que Ty et Delphie ne reviennent.

– Pourquoi êtes-vous en colère ?

– Je pense que vous le savez tout aussi bien que moi !

– Vous m'en voulez encore d'avoir fait cette balade avec Ty et de l'avoir ramené trop tard l'autre soir ?

– Non.

– Alors, qu'ai-je fait de mal ? Tant de colère ne vous ressemble pas.

– Vous savez parfaitement ce qui ne va pas.

Toujours très tendue, Rachel passa devant lui et alla s'asseoir devant sa coiffeuse.

Lane fronça les sourcils, observant le reflet de la jeune femme dans le miroir.

– Est-ce parce que j'ai permis à Ty de tirer avec mon arme ?

– Il y a autre chose.

– J'aimerais que vous me parliez, Rachel.

– Maintenant, il faut que vous partiez, se borna-t-elle à déclarer. Maintenant...

Faisant fi de ses ordres, il la rejoignit et posa les mains sur ses épaules. Elle se raidit tout en essayant de le repousser. En vain et à travers le miroir, leurs regards se croisèrent, puis se rivèrent l'un à l'autre...

La jeune femme se leva alors, obligeant Lane à reculer. Le déshabillé s'entrouvrit et il aperçut le satin noir de son corset.

– Ty m'a parlé de la femme du saloon, de son joli corset, ce corset qui lui allait si bien.

Lane ne put s'empêcher de sourire.

– Ce n'est pas ce que vous croyez...

– Je suis en train de faire du ménage dans mon existence, Lane. J'ai finalement décidé de balayer toute la douleur et l'humiliation que m'a infligées Stuart. Ce n'est pas pour que vous veniez empoisonner ma vie, Lane... Et, surtout, cessez de me prendre pour une imbécile !

– Si vous acceptiez de m'écouter une minute, je pourrais vous expliquer.

La confusion se peignit sur le visage de la jeune femme. Elle lui tourna le dos mais, dans le miroir, il vit ses beaux yeux bleus s'embuer de pleurs. Lane se maudit aussitôt de la faire souffrir ainsi. Il lui prit le bras, l'obligeant à lui faire face, puis, doucement, essuya les larmes qui maintenant sillonnaient son visage. Elle ne bougeait plus, visiblement aussi affolée qu'une biche aux abois.

– L'autre soir, après m'avoir embrassée, vous êtes certainement allé la rejoindre ! lança-t-elle d'un ton accusateur.

– Je ne suis pas Stuart...

– Vous avez dû bien rire en vous rendant au saloon !

Elle se sentait trahie, il le lisait sur son visage.

– Vous étiez sûrement satisfait d'avoir éveillé le désir de votre ancienne institutrice ! C'est une sacrée victoire, n'est-ce pas ? Comme vous avez dû vous moquer de moi avec votre amie ! Vous pouvez être fier !

Il lui saisit le bras et le serra. Il aurait aimé lui dire de se taire, de ne plus se tourmenter pour des choses qui n'existaient pas, mais son regard s'arrêta sur l'arrondi généreux de ses seins et les mots lui manquèrent.

– Lâchez-moi ! vitupéra-t-elle en essayant de se dégager.

– Je ne vous le dirai pas plusieurs fois, rétorqua-t-il. Je n'ai jamais couché avec personne dans cette ville. La nuit où je vous ai quittée, je suis rentré directement au ranch et j'y suis resté jusqu'au jour où je vous ai croisée en ville.

– Essayez-vous de me convaincre que mon fils est un menteur ?

– Non. Je dis simplement que Ty n'a pas la moindre idée de la raison pour laquelle je me suis arrêté au saloon ce soir-là. Il ne sait pas non plus pourquoi j'ai informé cette femme de l'endroit où elle pouvait me trouver. Pour tout vous avouer, il s'agit de motifs strictement professionnels.

– De motifs professionnels ?

– Je vous demande de me faire confiance, Rachel. Je vous en prie. Je voudrais pouvoir vous expliquer, malheureusement, je ne le peux pas. Pas maintenant.

Rachel aurait tant voulu le croire, la lueur qui traversa ses prunelles bleues en témoignait. Après ce qu'elle avait vécu avec Stuart McKenna, il était tout naturel qu'elle se méfiât des hommes. Lane ne pouvait pas l'en blâmer mais il aurait aimé la persuader de sa bonne foi.

– Rachel ?

Il lui prit la main.

– Il faut que vous partiez, murmura-t-elle dans un souffle. Ty doit revenir...

– Je n'irai nulle part tant que vous douterez de moi.

Elle voulut repousser sa main, il refusa de la libérer. La colère la rendait encore plus désirable, ses seins se soulevaient, tendant le tissu soyeux de son déshabillé. Soudain, elle ferma les yeux.

– J'ai beaucoup réfléchi, déclara-t-elle finalement. J'en ai conclu qu'il valait mieux pour tout le monde que nous ne nous revoyions plus.

Il ne s'attendait pas à de telles paroles. Pas de sa part. Pas de la part de Mlle Rachel. Celle qui, jadis, prenait sa défense quand tout le monde s'acharnait à lui jeter la pierre... Comment pouvait-elle lui demander de partir, de la laisser hors de sa vie ?

Un instant, il la dévisagea.

– Vous êtes de nouveau en deuil ? Les McKenna auraient-ils eu raison de votre rébellion ?

– Pas du tout ! répliqua-t-elle, sur la défensive. Ce soir, nous fêtons le retour de Robert au ranch et je porte le deuil pour que Loretta n'ait pas à s'expliquer sur ma tenue.

– Robert McKenna ? Robert McKenna est de retour ? Depuis quand ?

– Pourquoi ?

Rachel avait soudain eu l'air inquiet. Avait-elle remarqué son brusque intérêt pour cet homme ? Prudence ! Il valait mieux ne pas éveiller les soupçons.

– Je comprends mieux votre changement d'attitude,

lança-t-il d'un ton qui se voulait jaloux. Combien de temps doit-il rester ?

– Je n'en ai pas la moindre idée.

Elle redressa la tête avec défi.

– Mais cela ne vous concerne pas, n'est-ce pas ?

– Tout ce qui vous concerne m'intéresse.

– J'ai pensé longuement à ce qui s'était passé l'autre nuit, et je veux mettre un terme à quelque chose qui n'aurait jamais dû commencer.

– Je vous reconnais bien là, sage Rachel.

– Comme je vous l'ai déjà dit, Ty s'est attaché à vous. Je dois penser à lui.

– Au prix de vos sentiments ?

– Ty est mon fils. Il me faut le protéger. Un jour, vous repartirez, et je ne veux pas qu'il en souffre.

Ces mots obligèrent Lane à réfléchir. Elle avait raison : Ty était très attaché à lui, et Rachel, par égard pour son fils, se devait de le repousser hors de sa vie. Un autre que lui aurait accepté cette décision, or Lane ne pouvait s'y résoudre. Sans plus réfléchir, il attira Rachel contre lui et la serra au creux de ses bras. Il entrevit un instant encore son visage fermé, ses lèvres serrées et la colère qui brûlait dans ses yeux. Il se devait de la rassurer et de la calmer...

– Notre histoire n'est pas finie, Rachel, lui dit-il tout bas. Comment pouvez-vous me demander de m'en aller et d'oublier ce qui existe entre nous ?

– De quoi parlez-vous ?

Sa voix n'était plus qu'un murmure étranglé.

– Je vous parle de ceci.

La bouche de Lane captura les douces lèvres de la jeune femme et, du bout de la langue, il força la barrière de ses dents. Elle tenta de le repousser, mais il ignora ses poings qui martelaient son torse et intensifia son baiser, cherchant à anéantir toute résistance.

Les minutes passaient, il s'enivrait de Rachel, de son parfum de rose, du goût de ses lèvres. Le jeune homme aurait voulu que ce baiser ne cessât jamais, il resserra encore son étreinte. Il la désirait comme il n'avait jamais désiré une femme, il la voulait toute à lui, sans plus de compromis. Et, brusquement, alors qu'il commençait à désespérer, il sentit qu'elle s'animait. Elle s'éveillait à lui, elle s'éveillait au plaisir, lui demandant soudain autant qu'il exigeait d'elle. Le corps de Rachel se tendit vers lui.

Alors Lane perdit toute notion de réalité. Seul comptait son désir. Il souleva Rachel dans ses bras et, tandis qu'il l'emportait vers le lit, elle noua tendrement ses bras autour de son cou. Lorsqu'il s'écarta d'elle pour la déposer sur les draps, ils étaient tous deux à bout de souffle. Elle le regarda avec passion et ses yeux brillèrent alors d'un éclat inouï. Une mèche sombre s'était échappée de sa longue tresse et balayait son front. Il la repoussa tendrement derrière son oreille, avant de glisser les doigts le long de son cou, jusqu'à la naissance de ses seins. Des seins qui, comme de beaux fruits épanouis, tendaient la précieuse étoffe de son corset...

— Vous ne pouvez plus affirmer qu'il n'existe rien entre nous, souffla-t-il d'une voix rauque.

Elle tressaillit, mais ne trouva aucune échappatoire.

— Etes-vous devenu fou ?

— Certainement. Sinon comment pourrais-je croire à l'émotion que je ressens ? Comment pourrais-je espérer en vous, mon ancienne maîtresse d'école, si respectable, si digne... alors que je ne suis qu'un vulgaire hors-la-loi ?

— Ce n'est pas ce que j'ai voulu dire...

— Soyez honnête, Rachel. C'est quand même un peu cela. Je ne sais pas plus que vous ce qui se passe entre nous, mais, une chose est certaine, nous n'y pouvons rien. Vous ne pouvez quand même pas le nier ! Quand serez-vous enfin honnête avec vous-même ? Quand accepterez-vous vos sentiments ?

Elle gardait le silence, il caressa le doux renflement de sa poitrine. Elle frissonna et s'accrocha en tremblant à sa chemise.

Lane prit le silence de Rachel pour un assentiment et, penchant la tête, il fit pleuvoir mille baisers sur sa gorge : les battements du cœur de la jeune femme s'accélérèrent.

– Embrassez-moi, Rachel. Laissez-vous aller.

Avec un doux soupir de capitulation, elle l'attira vers elle et scella ses lèvres d'un tendre baiser, presque timide. Il se pressa contre elle, incapable de maîtriser le désir qui montait violemment en lui.

Rachel gémit et, se cambrant, glissa les doigts dans ses cheveux. Elle le voulait, elle ne s'en cachait plus... Le souffle chaud de son compagnon lui caressait la joue tandis qu'elle reprenait sa respiration.

– Vous êtes si belle, Rachel. Si belle, si...

Ses paroles moururent sous les lèvres de la jeune femme tandis que de nouveau elle s'emparait de sa bouche... pour un baiser exigeant, fougueux... De ses mains, il redessina le contour de ses hanches et repoussa les pans de son déshabillé.

– Lane, je vous en supplie, non...

Mais il ne l'entendait plus, aveuglé par la passion qui charriait des torrents de feu dans ses veines. Sa bouche papillonnait sur la tendre soie de sa gorge.

– Laissez-moi, geignit-elle.

Elle ressemblait à un ange déchu, avec ses cheveux épars sur l'oreiller, ses lèvres rouges d'avoir trop longuement embrassé. Mais la lueur dans ses yeux le fit s'écarter. De toute évidence, elle souffrait déjà de s'abandonner à lui. La raison la poussait sur la voie inverse. L'accès à son cœur et à son corps lui était interdit. Le déchirement était trop grand.

– S'il vous plaît, Lane... Ne faites pas cela ! fit-elle dans un souffle.

Elle n'eut pas besoin d'en dire plus, Lane roula sur le côté.

– Vous êtes irrésistible avec vos cheveux détachés, commenta-t-il en la regardant avec convoitise.

Elle s'humecta les lèvres, puis s'empourpra, et son regard glissa vers la porte.

– Partez, Lane. Ils seront là d'une minute à l'autre.

Alors il se leva bien malgré lui. Son cœur, qu'il avait toujours cru de pierre, se serra.

– Pouvez-vous, en toute honnêteté, me dire que vous ne voulez plus jamais me revoir ? demanda-t-il.

Rachel hocha la tête, comme si, brusquement, elle revenait à la réalité. Elle se redressa et le considéra avec gravité.

– Je vous en prie, j'ai besoin de temps pour réfléchir, murmura-t-elle.

Il récupéra son chapeau sur le lit et s'en coiffa.

– Rendez-vous à votre soirée, Rachel. Prenez tout votre temps. Je ne vous forcerai pas la main. Quand vous admettrez enfin ce lien qui nous unit, vous saurez où me trouver. Je serai à la cabane.

Il avait fait tout ce qui était en son pouvoir, la décision appartenait dorénavant à la jeune femme. Pivotant sur ses talons, il gagna la porte. Tandis qu'il rejoignait le vestibule, il entendit brusquement la voix de Ty derrière l'huis et, sans plus perdre un instant, se hâta vers la cuisine. Quelques secondes plus tard, il se faufilait au-dehors par la porte de derrière et rejoignit Shield qui l'attendait à l'ombre du magnolia.

Son cœur battait encore la chamade quand il monta en selle. Alors qu'il s'éloignait, il jeta un dernier coup d'œil derrière lui. Le rideau de sa chambre s'enflait sous le souffle du vent. Rachel n'était pas à sa fenêtre, de toute façon, il n'espérait pas l'y voir. Elle avait déclaré avoir besoin de temps pour remettre de l'ordre dans ses idées, pour voir clair dans ses sentiments. Si elle voulait vraiment qu'il ne remette pas les pieds dans sa vie, libre à elle. Il ne la supplierait plus. Toutefois, l'espoir qu'elle vienne à lui subsistait au plus profond de son être...

Même à la tombée du jour, la chaleur était toujours aussi écrasante. Pas le moindre souffle d'air ne se glissait par les immenses baies vitrées de l'élégant manoir des McKenna. Quarante invités se pressaient dans la gigantesque salle de réception, tandis que, sur l'estrade, Mary Margaret récitait ses derniers poèmes.

Rachel, assise près de Robert McKenna, regrettait de n'avoir pas choisi une place au fond de la salle, d'où elle aurait pu s'éclipser discrètement. Elle ne pourrait jamais quitter sa chaise sans se faire remarquer. Elle était certaine que tous les regards de l'assemblée ne manqueraient pas de se braquer sur elle, à la moindre tentative de fuite ! Il ne lui restait plus qu'à prendre son mal en patience !

A quelques mètres de là, Mary Margaret se tenait droite comme un « i », drapée de soie noire ourlée de dentelles rouges, ses cheveux blonds retenus par deux peignes en ivoire. Elle avait les mains plaquées sur son opulente poitrine, les yeux rivés au plafond comme si elle s'adressait directement au ciel.

Il traversait le jour comme la nuit
Pareil à une ombre, spectre tout de noir vêtu
Cherchant à effrayer,
Ceux au faible cœur, ceux qui s'évanouiraient à sa
[seule vue.

Rachel n'osait plus regarder en direction de Loretta, assise devant une large jarre de fleurs exotiques, faisant face à l'auditoire. Elle n'avait nul besoin de le faire. Elle devinait chez sa belle-mère toute sa colère difficilement réprimée. Depuis quelques minutes, le visage de Loretta était en feu, elle avait les lèvres pincées. Pauvre Mary Margaret ! Elle ne donnait pas cher de sa peau quand le dernier invité s'en irait...

Son revolver au dangereux canon de métal, luisant dans la lumière des crépuscules, prêt à tuer...
Il s'était fait un nom, comme ces bandits de grand chemin qui, autrefois, dérobaient l'or.
Ses mains étaient brûlantes, son cœur, de glace.

A son côté, Robert s'agitait, mal à l'aise, sur sa chaise. Ils étaient assis là depuis bientôt une heure, prisonniers de cette ambiance suffocante. Il se pencha tout à coup vers elle et lui chuchota à l'oreille :
– Suis-je victime de mon imagination, ou ma mère va-t-elle vraiment exploser comme un volcan ?
Rachel glissa un rapide coup d'œil en direction de Loretta. Elle semblait en effet sur le point de perdre le contrôle d'elle-même et fixait d'un air ulcéré un point imaginaire par-delà ses convives. La voix de Mary Margaret se faisait toujours plus forte.

Jusqu'à la porte de sa mie,
Le prince des ténèbres chevauchait.
Là, au beau milieu d'un tir nourri,
Il mourait dans ses bras
D'une balle fichée en plein cœur...

Mary Margaret hurla ses derniers vers, se hissant sur la pointe des pieds tout en tendant les bras vers le ciel.
– Mon Dieu ! souffla Robert, atterré.
D'un bond, il fut debout et se précipita vers la scène où, glissant un bras autour de la taille de sa tante, il s'adressa à l'assemblée :
– Et maintenant, mesdames et messieurs, un grand bravo pour ma tante et sa merveilleuse interprétation

de cette œuvre. Une œuvre entièrement créée et mise en scène pour ce soir !

Les applaudissements crépitèrent aussitôt dans la salle.

– Nous ne pouvions rêver de plus bel interlude, poursuivit-il dès que le silence se fit. Et, à présent, je suis sûr que mère aimerait que vous vous dirigiez vers la salle à manger pour déguster le dessert et le champagne.

Rachel regarda son beau-frère escorter Mary Margaret jusqu'au piano. Il lui tapotait gentiment l'épaule en lui offrant ses plus délicats compliments. « Très innovateur... une représentation époustouflante... audacieux. »

Pour la première fois, Rachel se risqua à regarder la foule. Plus d'une femme se cachait derrière son éventail alors que les hommes serraient les lèvres pour ne pas éclater de rire. Stuart Senior s'était déjà enfui, il avait dû se réfugier dans la bibliothèque pour boire un cognac et fumer un cigare en essayant de calmer sa colère.

Quand, dans la salle, ne restèrent plus que Mary Margaret, Robert et Rachel, Loretta se leva et, traversant la pièce en frémissant de rage, se planta devant sa sœur.

– Mais, enfin, as-tu perdu l'esprit ? gronda-t-elle.

Mary Margaret avait l'air de sortir d'une transe. A demi hébétée, elle resta un long moment sans parler. Elle se contenta de dévisager Loretta avec de grands yeux abasourdis.

– Que veux-tu dire ? demanda-t-elle finalement.

– Qu'essaies-tu de m'infliger ? Tu sais pourtant que depuis une semaine tout le monde n'a de cesse qu'il ne parle de Rachel et de ce... ce... ce maudit cow-boy !

Robert croisa le regard de Rachel et fronça les sourcils d'un air interrogateur. La jeune femme haussa les épaules et se leva, impatiente de quitter cette salle où flottait encore le parfum lourd et étourdissant de toutes les femmes de l'assemblée.

– Qu'ai-je fait de mal ? protestait Mary Margaret. Ce n'est quand même pas à moi que Lane Cassidy fait la cour ! Je me suis simplement bornée à écrire un poème sur ce bandit.

Il était tout à fait impossible d'ignorer la pointe de jalousie qui perçait dans la voix de Mary Margaret, et Rachel se sentit soudain fort embarrassée. Lorsque la femme éclata en sanglots, Loretta se tourna vers Rachel d'un air accusateur.

– Je vous avais bien dit que vous ne gagneriez rien de bon en laissant cet homme tourner autour de vous. Vous voyez ce que vous avez provoqué ?

S'arrêtant sur le seuil de la salle, Rachel fit volte-face.

– Je ne laisserai personne me reprocher mon attitude.

Elle jeta un coup d'œil en direction de Mary Margaret qui sanglotait de plus belle. Robert était resté à ses côtés mais il semblait ne plus lui prêter attention. L'air absent, il ajustait le nœud de sa cravate tout en observant son reflet dans un des nombreux miroirs de la salle.

– Si vous voulez bien m'excuser, déclara Rachel froidement, je vais faire un tour dans le jardin. Un peu d'air frais me fera du bien, j'ai la migraine !

– Je vous accompagne, s'empressa d'annoncer Robert en abandonnant sa tante éplorée.

Il traversa la pièce d'une démarche souple et féline. Avec ses cheveux roux soigneusement peignés et sa fine moustache, il était d'une grande élégance. Raffiné et séduisant, il était l'image même de la perfection que sa mère, malgré tous ses efforts, n'avait jamais pu atteindre.

En rejoignant Rachel, il la prit par le bras et l'entraîna vers les vantaux grands ouverts de l'entrée.

Çà et là, les couples se promenaient dans la véranda, tandis que d'autres se rassemblaient pour deviser en buvant du champagne.

– Allons dans le jardin, suggéra Robert. Vous avez certainement à me raconter nombre de choses intéressantes que je ne connais pas ! En tout cas, le récital de Mary Margaret me laisse supposer cela !

Elle acquiesça. Ils étaient amis depuis le soir où Stuart l'avait amenée à la maison pour la présenter à ses parents. Bien qu'il fût le plus jeune des deux fils, Robert semblait par maints aspects plus mûr que son frère. Il avait la tête sur les épaules et un talent indéniable pour les affaires. Stuart, lui, avait aidé son père au ranch jusqu'à ce qu'il devienne shérif de Last Chance au grand dam de Stuart Senior. Même si Robert lui avait confié qu'il ne reviendrait jamais s'installer dans la région, il avait amadoué son père en lui proposant d'investir une partie de sa fortune colossale dans l'importante société d'import-export qu'il avait créée à La Nouvelle-Orléans.

Une musique de chambre flottait dans l'air nocturne tout parfumé de fleurs. Robert et Rachel avancèrent à travers les jardins de Loretta sans dire un mot. Bras dessus, bras dessous, ils contemplaient en silence les massifs de roses et de géraniums, les arbustes aux senteurs de jasmin...

Ce fut Robert qui interrompit ce moment de paix.

– Auriez-vous l'amabilité de m'expliquer ce que signifie l'allusion faite par ma mère tout à l'heure ? demanda-t-il brusquement.

Voilà, le silence était brisé et Rachel se sentit ramenée à la réalité.

Elle ouvrit son éventail et, cachant son embarras, lentement, l'agita devant son visage. Ils marchaient maintenant le long d'une allée bordée de pétunias blancs.

– L'un de mes anciens élèves a fait son apparition

le soir du 4-Juillet et m'a invitée à danser. Evidemment, les commères se sont acharnées !... Votre mère en a entendu parler et, dès le lendemain, elle est venue me rendre visite, en compagnie de votre père, afin d'obtenir des explications.

– Qui est donc cet illustre élève ? Serait-il un bandit, le sujet du dernier triomphe poétique de Mary Margaret ?

– Il s'appelle Lane Cassidy. Je ne suis pas sûre que vous ayez déjà entendu parler de lui...

Pendant un instant, son compagnon sembla songeur.

– Est-il un parent de Chase Cassidy ?

Elle opina.

– Son neveu. Lane a quitté Last Chance il y a déjà quelques années.

Robert se pencha au-dessus d'un splendide bouquet de roses et huma le parfum des fleurs épanouies. Quand il se redressa, il lui souriait avec gentillesse.

– C'est le problème quand on reste absent trop longtemps, commenta-t-il. Je ne suis plus du tout au courant des potins de la ville !

– Lane s'est fait un nom, mais pas seulement ici, dans le Montana. Il n'avait jamais fait allusion à sa vie devant moi. J'en sais finalement très peu sur lui !

La jeune femme replia son éventail et le laissa pendre à son poignet. Parler ainsi de Lane lui donnait l'impression de le trahir et elle avait grand-peine à le supporter.

Elle s'en sentit brusquement irritée. Avait-elle à ce point besoin d'attentions pour compromettre ainsi sa réputation et devenir l'objet de la risée de tout Last Chance ? Elle avait dû perdre la raison pour laisser Lane la convaincre qu'il existait un lien magique entre eux. Cependant, elle ne pouvait chasser de son esprit l'émotion qu'elle avait connue avec lui, dans ses bras... Elle se souvenait du vertige qui l'avait saisie...

Robert l'arracha à sa rêverie.

– Vous ne ressentez rien de sérieux pour cet homme, n'est-ce pas, Rachel ? S'il a été votre élève, il est certainement plus jeune que vous.

Elle remercia l'obscurité de dissimuler le rouge qui lui monta aux joues.

– Il n'a que quatre ans de moins que moi et... non ! je n'éprouve rien pour lui.

Au moment où elle disait ces mots, elle comprit qu'elle mentait. Ses sentiments pour Lane Cassidy n'étaient pas aussi simples. Elle pria le Ciel pour que Robert ne remarquât pas son trouble.

Ils s'arrêtèrent sous une tonnelle envahie de glycine, tout au bout du parc. De là, ils pouvaient admirer la façade imposante de la demeure des McKenna, flanquée de deux tourelles et de sa porte cochère.

D'énormes lions de marbre trônaient devant l'entrée, dans un décor fastueux. Les McKenna avaient décidément le goût du luxe...

Des rires s'élevaient dans la douceur silencieuse de la nuit et dans ce coin de jardin l'air embaumait tout particulièrement. Rachel nota que Robert s'était approché d'elle lorsque, brusquement, il lui saisit la main.

– Je veux que vous sachiez que je serai toujours là pour vous aider, murmura-t-il.

Elle regarda leurs doigts enlacés, puis leva les yeux vers les sombres prunelles de son compagnon, tout en regrettant de ne ressentir qu'aussi peu d'émotion !

– Merci, Robert.

A cet instant, elle se demanda comment aurait été sa vie si elle avait épousé cet homme plutôt que son frère. Certes, elle aurait eu à supporter la présence de Loretta et de Stuart Senior, mais, au moins, Robert savait être attentionné et doux. En outre, il pouvait vivre sans se préoccuper de l'opinion de ses parents. Depuis bien longtemps déjà, il avait pris le large pour suivre seul sa destinée.

– Vous êtes une très belle femme, Rachel, chuchota-t-il. Une femme que tout homme serait fier d'épouser. Ne gâchez pas votre vie avec un vulgaire bandit, aussi excitant que cela puisse vous paraître.

– Mais je n'ai aucune relation avec lui ! protesta-t-elle immédiatement.

– Rachel, regardez-moi.

Docilement, elle releva le menton. Robert se pencha vers elle et effleura ses lèvres des siennes. Elle n'essaya même pas de s'écarter, elle subit cet assaut sans broncher. Et force lui fut de comparer ce baiser avec ceux de Lane...

La bouche de Robert était tendre contre la sienne, quand celle de Lane se faisait exigeante et passionnée. Elle ferma les yeux, attendant que son compagnon se fasse plus insistant, dépasse la barrière de ses lèvres pour goûter à son intimité. Mais rien ne se produisit. Robert craignait certainement de l'effrayer...

Une seule chose était sûre, Rachel se sentait complètement désorientée. Robert était raffiné, riche et bien élevé, mais son baiser n'avait rien d'exaltant. Il n'attirait aucune réponse de sa part, la laissant simplement aussi embarrassée que surprise.

– Mon frère était un idiot, fit-il en lui prenant la main.

– J'étouffe, se borna-t-elle à dire, cherchant déjà un moyen de reprendre ses distances. Il fait décidément trop chaud ce soir.

Elle libéra sa main pour récupérer son éventail. Robert glissa alors son bras sous le sien et l'escorta en direction de la demeure familiale.

– N'oubliez jamais ce que je vous ai dit, Rachel. Je serai toujours là si vous avez besoin de moi. Je sais combien il doit être difficile pour vous de supporter mes parents.

– Je pense qu'ils agissent pour le bien-être de Ty. Ce sont ses grands-parents, après tout !

– Stuart nous a quittés, il y a maintenant un an,

confessa Robert d'une voix humble, je peux aujourd'hui vous avouer toute l'admiration que j'ai pour vous. Accepteriez-vous de venir vivre à La Nouvelle-Orléans ? Avec votre fils, bien sûr. J'aimerais tellement vous faire découvrir le monde.

Cette proposition embarrassa Rachel. Et, tout en réfléchissant aux excuses qu'elle allait pouvoir invoquer pour se sortir de ce mauvais pas, elle trébucha contre une racine. Robert la rattrapa et, d'un geste furtif, lui caressa le bras. Ce qui gêna encore davantage la jeune femme.

Au moment où ils atteignaient le porche, Loretta surgit de l'ombre. Avait-elle vu Robert l'embrasser ? Les traits de sa belle-mère restaient imperturbables. Rachel jeta un rapide coup d'œil derrière elle et, à son plus grand soulagement, elle constata que, de la maison, on ne pouvait pas voir la tonnelle.

Loretta fit un pas vers eux.

– Ce serait fort aimable à toi, Robert, si tu passais un peu plus de temps avec les invités...

– Je suis ici, mère.

– Je le vois. Pourrais-tu me laisser quelques minutes avec Rachel ? J'ai à lui parler.

Robert interrogea la jeune femme du regard et, comme elle acquiesçait d'un signe, il s'éloigna dans le vestibule.

– Je sais que vous avez l'intention de rentrer chez vous dès ce soir, mais Ty était fatigué et Martha l'a déjà couché. Puis-je espérer que vous aurez la gentillesse de nous le laisser pour la nuit ?

La première réaction de Rachel fut de refuser mais elle se retint. Les McKenna avaient suffisamment de domestiques pour prendre soin de son fils, et passer une nuit seule lui permettrait de mettre un peu d'ordre dans ses idées. Elle essaierait également de mesurer l'intensité de ses sentiments pour Lane.

– L'idée me paraît merveilleuse, je sais combien

vous avez envie de passer un peu de temps avec votre petit-fils. Il sera heureux de rester, j'en suis certaine.

Loretta eut grand-peine à cacher sa surprise. Elle demeura un instant sans voix.

– Eh bien...

– Je viendrai le chercher demain en fin d'après-midi, cela vous va ?

– Vous dînerez avec nous.

Si seulement cette femme savait suggérer au lieu d'ordonner...

– Très bien, dit Rachel avec un sourire. Alors, à demain.

Et, sur ces mots, la jeune femme tourna les talons et s'éloigna.

Robert entra dans le salon, à présent désert, et se planta devant le miroir pour admirer l'élégance de son pardessus et repousser vers l'arrière une mèche rebelle.

Courtiser la veuve de son frère serait plus difficile qu'il ne l'avait imaginé. Il lui avait accordé un an de répit, connaissant l'importance des traditions familiales et sachant que sa mère imposerait une période de deuil à Rachel. Bien sûr, il avait été fort désappointé en apprenant que la jeune femme fréquentait un autre homme, et qui plus est un jeune vaurien fort entreprenant ! Cela ne lui ressemblait pourtant pas ! Rachel, sa prude belle-sœur...

Le rire de son père résonna dans la pièce voisine et le ramena à la réalité. Il fronça les sourcils, se demandant comment ils pouvaient être à ce point différents. Qu'importe le bétail et l'argent que Stuart Senior amassait chaque année, il n'en restait pas moins un rustre qui tapait dans le dos de ses partenaires de travail et leur offrait de se soûler avec lui.

Le vieil homme et Stuart avaient eu, en revanche,

quantité de points en commun. Le frère de Robert avait été fier de devenir le shérif de cette pauvre ville, perdue au beau milieu de nulle part ! Et il s'était soudain pris pour une célébrité...

Robert sortit de la poche de son manteau un cigare et le coupe-cigare plaqué or qui l'accompagnait toujours. Puis il laissa de nouveau ses pensées errer du côté de ce Lane Cassidy. L'homme ne désirait certainement pas plus Rachel que lui. Elle était sûrement un moyen, une manière comme une autre d'atteindre un but... Le tout était de découvrir ce que voulait vraiment Cassidy. Il ne pouvait évidemment pas savoir que Ty avait hérité, à la mort de son père, d'une grande partie de la fortune des McKenna, une fortune qui ne lui reviendrait qu'à sa majorité. Non, c'était certainement autre chose...

Plus tôt dans la soirée, un peu avant l'arrivée des premiers invités, un jeune commis épicier avait laissé un mot pour lui. Un mot qu'il avait reçu des mains d'une serveuse du *Slippery Saloon*...

Ce message provenait de Lane Cassidy. Jusqu'à ce soir, Robert n'avait jamais entendu parler de cet homme. Cassidy lui demandait un rendez-vous qui, selon les propres mots de ce vaurien, serait profitable à tous les deux.

Tout d'abord, Robert n'avait pas eu l'intention de rencontrer ce vulgaire cow-boy... jusqu'à ce que son nom fût brusquement associé à celui de Rachel. Cassidy tenait peut-être à le voir en tant que représentant de la famille McKenna afin de l'assurer que, pour un prix honnête, il saurait sortir de la vie de Rachel... A moins qu'il ne s'agisse d'un marché plus sordide encore ! Mais il ne le croyait pas. Même si cette dernière avait nié entretenir une relation avec Lane Cassidy, elle ne savait pas mentir. La requête de ce cow-boy était par conséquent à prendre au sérieux.

Il en était presque sûr, il y avait bien plus qu'une

simple amitié entre Rachel et ce Cassidy, et Robert se devait d'intervenir avant que ce bandit ne demandât Rachel en mariage et ne ruinât ainsi tous ses projets.

De nouveau, il contempla son reflet dans le miroir, et le dessin de sa bouche tandis qu'il formait des ronds de fumée bleutés avec son cigare. Il aurait Rachel, non par convoitise, mais parce que c'était la seule manière pour lui de tuer le fils de son frère et de récupérer ainsi la fortune familiale.

En quête d'un cognac, il gagna la bibliothèque, là où tous les hommes s'étaient rassemblés. Avec un peu de chance, il saurait glaner quelques informations sur ce Lane Cassidy.

9

Quelque part, dans la pinède qui s'étendait jusqu'au sommet des collines, un geai pépia de sa voix suraiguë, réveillant Lane en sursaut. Il se dressa d'un bond sur son matelas, posé dans un coin de la cabane. Torse nu, il passa une main dans ses cheveux et bâilla en s'étirant. Puis il vérifia si son revolver était toujours là.

Tandis qu'il traversait la pièce pour allumer le poêle, il leva les yeux vers le plafond, entre les rondins qui servaient de toiture. Le soleil s'y faufilait, baignant la cabane d'une douce lumière. C'était une bien belle journée qui s'annonçait, une journée au terme de laquelle il devait rencontrer Robert McKenna.

A l'exception de quelques commodités, comme le nouveau poêle et le plancher, la vieille cabane, qui offrait un refuge aux cow-boys de Trail's End, était demeurée semblable à son souvenir. Les draps et le linge sentaient le moisi, et les boîtes de conserve rangées sur les étagères disparaissaient sous une épaisse couche de poussière. Pourtant, il préférait séjourner ici plutôt que dans la nouvelle demeure cossue de Chase et d'Eva.

La porte du poêle grinça lorsqu'il voulut l'ouvrir. Il enfourna plusieurs bûchettes à l'intérieur et craqua une allumette. Tout en faisant chauffer le café, Lane songeait à Rachel et à sa coquette cuisine. L'odeur de son pain à peine sorti du four revint lui chatouiller les narines et lui mit l'eau à la bouche. Il imagina aussi la jeune femme, drapée de soie, assise à la table, riant et parlant avec Delphie et Ty.

Décidément, malgré tous ses efforts, il ne pouvait pas chasser cette jeune femme de son esprit ! Quel idiot il était !

Irrité, Lane secoua la tête. Son estomac criait famine. Il jeta un coup d'œil aux conserves et se décida pour une boîte de pêches au sirop. Tandis qu'il époussetait le couvercle, il tenta de se concentrer sur Robert McKenna, le second suspect dans l'affaire du Gentleman Voleur.

Quand Rachel lui avait appris le retour de Robert à Last Chance, il était allé au saloon boire un verre en compagnie d'Erlene. Cette dernière lui avait expliqué qu'elle se renseignait depuis plusieurs mois sur cet homme. La tâche n'était guère compliquée puisque Robert McKenna, lors de ses séjours en famille, fréquentait souvent le bar. La jeune femme avait ainsi très rapidement remarqué que la plupart des déplacements de Robert McKenna coïncidaient étrangement avec les attaques de train.

Erlene lui révéla également que le frère de Stuart McKenna avait amassé une immense fortune grâce à ses affaires à La Nouvelle-Orléans ! Sans parler de l'argent que ses parents auraient investi dans sa société...

Lane s'était alors demandé ce qui pouvait bien pousser un homme à devenir un hors-la-loi et voleur alors qu'il était né dans le luxe et qu'il s'attendait à hériter d'une fortune considérable... Mais les affaires de Robert McKenna étaient-elles aussi reluisantes qu'il le laissait entendre ? Il devait bien exister une raison ! A moins que cela ne fût qu'un simple défi... Certains individus avaient besoin de vivre dangereusement, Lane était bien placé pour le savoir !

Celui-ci avait raconté à Erlene qu'il était revenu à

Last Chance dans l'espoir d'innocenter son oncle. D'après ce qu'il avait appris de la bouche de Ramon et des ragots glanés çà et là, Chase n'était décidément pas le genre d'homme à mettre en péril la vie de sa femme et de ses enfants. La nouvelle demeure des Cassidy avait dû coûter beaucoup d'argent, toutefois Chase avait pu utiliser ses bénéfices du ranch afin de faire des investissements de ce genre. En outre, le Mexicain ne lui avait-il pas parlé d'un héritage imprévu dont avait bénéficié Eva ?

Lorsque la conversation avec Erlene s'était achevée, Lane avait décidé qu'il ne lui serait pas utile de filer McKenna. Il n'y avait plus un instant à perdre ! Il fallait le coincer au plus vite... Alors, sans plus attendre, il avait griffonné rapidement un message à l'adresse de Robert, l'invitant à le rencontrer près de la cabane, à la lisière de Trail's End. Erlene s'était chargée de faire passer le mot jusqu'au ranch des McKenna.

Si Robert acceptait de venir au rendez-vous, Lane n'aurait plus qu'à l'affronter ouvertement. Il demanderait au Gentleman Voleur de lui verser la moitié de ses gains en échange de son silence. Et si McKenna tombait dans le panneau, Lane se mettrait immédiatement en contact avec Boyd Johnson pour monter une embuscade...

Hélas, il n'avait pas la moindre idée de la manière dont se déroulerait cette rencontre, cependant, s'il devait en venir aux armes, Lane ne doutait pas du résultat : il l'emporterait. N'était-il pas le meilleur tireur de la région ? Il espérait toutefois ne pas en arriver là. En effet, il aurait besoin d'une personne bien vivante, et non d'un cadavre, pour prouver l'innocence de son oncle...

En avalant un bout de pêche au sirop, il réprima une grimace. Ces fruits n'avaient décidément rien à voir avec les véritables pêches, mûres à point, cueillies à même l'arbre. Lane soupira. Le soleil était déjà haut dans le ciel et la lumière éclatante se faufilait à l'intérieur de la cabane, faisant étinceler toutes les particules de poussière.

Il se servit un café, espérant effacer le goût acide des pêches, et retourna s'allonger sur le lit pour le savourer. Ses pensées allèrent une nouvelle fois vers Rachel. Ne l'avait-il pas poussée trop loin la veille ? Cependant la jeune femme n'avait pas rejeté l'idée qu'il puisse exister quelque chose entre eux. Non, elle l'avait simplement renvoyé sans lui donner de réponse !

Mais avant... Il avait perdu l'esprit ! Emporté par la vision de son corps, à peine voilé de dentelle et de satin noirs, il n'avait plus réfléchi, il l'avait entraînée jusqu'au lit, oubliant qu'avec une femme comme Rachel on ne devait pas se risquer à ce genre de jeux. Pour séduire Mlle McKenna, il fallait être capable de lui offrir le mariage. Ce qui signifiait également être à la hauteur de ses besoins et de ceux de son fils...

Lane se croyait désormais capable de poser définitivement ses valises. Mais Rachel pourrait-elle accepter d'épouser un homme tel que lui ? Bien sûr, il gagnait à présent honorablement sa vie en travaillant pour l'Agence Pinkerton, mais accepterait-elle pour autant de vivre avec un agent secret ? Un homme qui passait sa vie sur la route n'était pas précisément un modèle d'époux et de père. En outre, qu'en serait-il de sa propre réputation si l'on apprenait qu'il était marié, qu'il avait un fils, et qu'il possédait une petite maison à Last Chance, dans le Montana ?

Il avait décidément commis une grossière erreur en revenant sur son passé. Avec un soupir agacé, il se leva et sortit de la cabane pour aller jusqu'au ruisseau. Avec un peu de chance, l'eau glacée lui éclaircirait les idées.

« Pouvez-vous, en toute honnêteté, me dire que vous ne voulez plus jamais me revoir... ? »

Les paroles de Lane, le souvenir de ses caresses et de ses baisers hantèrent Rachel toute la nuit. Elle était rentrée à la maison seule et, incapable de dormir, avait arpenté sa chambre de long en large jusqu'au lever du jour. Cela ne lui ressemblait pas de laisser les choses en suspens ! Elle aimait l'ordre et la rigueur. Mais aux premières lueurs de l'aurore, elle savait ce qu'il lui restait à faire. Elle allait rendre visite à Lane et lui avouer son attirance. Toutefois, elle lui préciserait qu'il n'y avait pas de place pour lui dans sa vie. En effet, elle se devait de penser à l'avenir de Ty. Pour lui, elle ne pouvait pas s'amouracher d'un as de la gâchette !

En effaçant ainsi l'espoir avant qu'il ne fût trop tard, avant que l'amour ne lui fît perdre toute notion de réalité, elle n'aurait peut-être pas le cœur brisé...

Rachel courut jusqu'à sa garde-robe et chercha parmi ses toilettes celle qui serait la moins austère, sans être frivole. Elle finit par reporter son choix sur une robe de cotonnade bleu marine qu'elle avait depuis longtemps oubliée. En l'enfilant, elle espéra que ce modeste ensemble ne tenterait pas Lane Cassidy, cet homme au sang chaud !

Puis, son chapeau dans la main, elle quitta la maison précipitamment, se hâtant dans le dédale de ruelles, craignant à tout instant de rencontrer des voisins matinaux. Et, enfin, elle atteignit la pension pour chevaux.

La grange, avec son plafond voûté, lui fit penser à une gigantesque cathédrale déserte. Il y faisait frais et elle referma les pans de son châle sur sa poitrine. Tom Castor se trouvait dans la dernière stalle ; elle le héla.

Il posa aussitôt sa pelle et vint à sa rencontre, un grand sourire sur les lèvres.

– Bonjour, madame McKenna. Que puis-je faire pour vous ?

Elle lui rendit son sourire.

– Croyez-le ou non, j'aimerais emmener Dimple faire un tour. Ty est chez ses grands-parents, et la journée est si belle. Je voudrais me promener un peu... (Elle s'arrêta, cherchant ses mots.) ... dans la campagne.

Il ne lui posa pas de questions, se contentant de sortir Dimple de son box et de le seller. Rachel l'attendit au-dehors, impatiente de quitter la ville avant que celle-ci ne s'éveille.

Tom aida la jeune femme à monter en selle et lui tendit les rênes.

– Faites bien attention, d'accord ?

– Promis.

Elle faisait tourner bride à sa monture lorsque Tom Castor la rappela :

– Madame McKenna ?

Il semblait tout à coup mal à l'aise. Son visage était devenu rouge brique. Il enfonça les mains dans ses poches.

– Je voulais juste que vous sachiez que je n'écoute pas ce que l'on raconte en ville.

Rachel demeura parfaitement impassible.

– Que voulez-vous dire ?

– Vous savez, ces ragots à propos de vos prétendues relations avec ce cow-boy, le neveu Cassidy...

La jeune femme était si stupéfaite qu'elle resta un instant privée de l'usage de la parole.

Comme s'il devinait son embarras, Tom déclara :

– J'ai rencontré Lane Cassidy la nuit où il est arrivé en ville. Il a dormi ici, à la grange... Enfin, je voulais juste vous préciser que je ne croyais absolument pas aux racontars.

Rachel sentit ses joues s'empourprer. Elle parvint toutefois à le remercier avant de prendre la route en direction de Trail's End. En longeant l'avenue principale, elle s'efforça de garder les yeux rivés devant elle.

Hélas, peu à peu, la colère l'envahit. Elle ne songeait plus à Lane comme au jeune adolescent de seize ans

143

qu'il avait été. Il avait vieilli, il s'était endurci. Et, surtout, il était devenu dangereusement séduisant... Une femme sensée l'aurait éconduit immédiatement. Et elle aurait refusé de danser avec lui. Elle ne lui aurait pas non plus permis de s'installer à sa table, et encore moins de l'embrasser. Mais voilà, Rachel, elle, voulait tellement gagner son indépendance et se démarquer qu'elle avait refusé de réfléchir ! Qu'importe que ses intentions soient totalement innocentes, toute association avec Lane Cassidy ne pouvait que ternir sa réputation !

Elle se traita d'idiote tout en talonnant avec irritation sa monture. Pourtant, il n'était plus question maintenant de rebrousser chemin. Pas maintenant. Elle était assez courageuse pour affronter Lane et lui dire en face qu'elle ne voulait plus le voir. Elle lui devait au moins la vérité.

« Quand vous admettrez enfin ce lien qui nous unit, vous saurez où me trouver... » Le souvenir de ces mots fit battre son cœur plus vite encore. Alors qu'elle s'élançait dans la vallée, une pensée effrayante lui traversa l'esprit : et si Lane s'imaginait en la voyant qu'elle était venue lui avouer son désir ?

Elle allait devoir le convaincre du contraire. Malgré les sentiments qu'elle nourrissait pour Lane Cassidy – des sentiments qui allaient à l'encontre de tous ses principes –, rien n'importait d'autre que de rapidement mettre un terme à leur relation.

Dans l'allée qui menait au ranch de Trail's End, elle s'arrêta un instant pour contempler l'admirable demeure de Chase et d'Eva. Leur maison s'élevait sur deux étages, elle était entourée d'un superbe et vaste jardin clôturé... Cet endroit respirait l'amour et le bonheur, une sérénité à laquelle Lane ne pourrait jamais prétendre...

Dans le lointain, elle aperçut Ramon Alvarado qui se dirigeait vers le corral. Elle préférait ne pas être repérée et fit tourner rapidement bride à sa monture, puis elle se dirigea tout droit vers la colline. En contournant les dépendances et la maison principale, elle pourrait rejoindre discrètement le sentier qui montait à la cabane dans les pins.

« Une dame doit savoir se conduire avec dignité »... Voilà ce que lui avait seriné sa mère pendant des années. Mais il était désormais trop tard pour faire marche arrière.

Assis à l'orée du bois, Lane entrevit une cavalière qui galopait au milieu des arbres, puis, stupéfait, il reconnut Rachel. Quelle cavalière accomplie ! Complètement ébahi, il resta immobile tout en la regardant s'approcher. Il n'en croyait pas ses yeux ! Serait-elle venue lui avouer de tendres sentiments ?

Lorsque la jeune femme émergea du couvert des arbres et s'arrêta devant la cabane, il entreprit de la rejoindre. Elle redressa brusquement la tête et l'aperçut.

— Une visite bien matinale, Rachel ! commenta-t-il avec un sourire radieux qu'il ne pouvait dissimuler.

Rachel sentit que son visage s'empourprait. Lane se tenait devant elle, torse nu, les muscles brillants sous la lumière, la peau hâlée. Il avait de larges épaules et une taille étroite.

Elle prit une profonde inspiration, se rappelant brusquement les raisons de sa visite, et tenta de s'arracher à la fascination que cet homme, ô combien séduisant, exerçait sur elle.

— Il faisait si beau ce matin, lança-t-elle d'un ton détaché. J'ai eu envie de me promener...

Lane sentit une imperceptible hésitation dans la voix de Rachel comme si, brusquement, elle regrettait d'être venue. Elle sauta à bas de sa monture, sans lui demander d'aide. Dans ses yeux bleus, luisait l'anxiété. De toute évidence, hélas ! elle n'était pas là pour se jeter dans ses bras.

Alors, il se mit à l'observer avec attention, se demandant ce qui avait bien pu la pousser à lui rendre visite.

– Je suis surpris de vous voir ici, Rachel.

– Il fallait que je vous parle.

Lane glissa un regard en direction du soleil levant.

– Cela a dû vous tenir éveillée toute la nuit... (Il tendit la main et fit glisser ses doigts sur la joue de la jeune femme.) Sinon vous n'auriez pas ces vilains cernes sous les yeux...

Un frisson s'empara d'elle tandis qu'il lui caressait le visage, lentement, doucement. Elle craignait de se noyer dans les profondeurs de ses sombres prunelles. Alors, elle détourna le regard et recula d'un pas, espérant ainsi briser la magie de l'instant.

– Etes-vous ici parce que vous avez décidé de ne plus vous mentir à vous-même ?

– Non...

Elle lutta pour ne pas céder à la panique qui commençait à s'emparer d'elle. Mais il le devina.

– Vous me désirez autant que je vous désire, c'est une évidence !

Sa voix n'était plus qu'un murmure rauque, plus envoûtante encore que le regard enflammé dont il enveloppait la jeune femme. Lane la fixait avec intensité, attendant patiemment qu'elle lui confesse ses sentiments. Le cœur de la jeune femme se mit à battre la chamade et une douce chaleur s'empara de tout son corps. Elle désirait Lane comme jamais elle n'avait désiré un homme... Et pourtant, il n'avait fait que lui effleurer la joue...

Cette découverte lui fit cependant l'effet d'une douche froide. Elle se ressaisit.

– Non... Je suis désolée de vous contredire, mais je n'ai pas entrepris tout ce chemin pour m'abandonner

146

dans vos bras... Je suis... Ce ne peut être qu'un moment d'égarement !

– Je vous en prie, Rachel ! Ne vous cachez pas la vérité ! C'est bien plus que cela, et nous le savons tous les deux !

La jeune femme secoua la tête et fit un pas en arrière, croisant les bras sur sa poitrine dans l'espoir fou de se protéger de ses propres sentiments.

– Laissez-moi finir, Lane.

– Vous y avez longuement réfléchi, n'est-ce pas ?

– Lane, je vous en prie.

Il ne cachait plus son sourire.

– Continuez... Vous en étiez à... un moment d'égarement.

– Quoi que vous disiez, ce n'est rien d'autre que cela. Vous m'avez confié ne pas pouvoir me faire de promesses, je n'en attends pas. Et je ne cherche pas non plus de relation clandestine... Il me faut penser à Ty. J'ai cru que vous me comprendriez si je vous demandais de ne plus jamais venir chez moi.

– Qu'allez-vous dire à votre fils ?

– Que vous avez dû quitter la ville à la hâte... pour votre travail, par exemple !

– Que de mensonges, Rachel !

– Je ne mens pas.

Brusquement, elle fit volte-face et lui tourna le dos, incapable de soutenir son regard.

– Si. Vous me mentez, comme vous vous mentez à vous-même. Et voilà maintenant que vous comptez mentir à votre propre fils !

Lane fit un pas vers elle. Il ne voyait pas son visage, et pourtant, il aurait juré qu'elle était troublée.

Un bref instant, il crut l'entendre murmurer : « Je vous en prie, non... » Il posa une main sur son épaule et l'obligea à se retourner, à lui faire face. Puis, lentement, il défit le nœud qui retenait son chapeau en paille.

– Je sais bien pourquoi vous ne voulez plus jamais me revoir. Cela n'a rien à voir avec les prétextes que vous avez invoqués. Vous avez simplement peur de...

Il n'acheva pas sa phrase, effleurant ses lèvres tremblantes d'un léger baiser. Mais, dès l'instant où leurs bouches se touchèrent, il sentit un incroyable désir monter en lui, et ce fut non sans peine qu'il s'écarta.

– Vous avez peur de n'être pas à la hauteur, je me trompe, Rachel ? Vous avez encore à l'esprit ce que vous reprochait Stuart. Vous êtes persuadée d'être une catastrophe au lit et vous êtes terrifiée à l'idée de voir ces accusations confirmées.

Les larmes aveuglèrent la jeune femme. Elle tenta de les contenir. En vain. Lane lui prit alors les mains. Elle avait les doigts glacés malgré le soleil qui déjà écrasait la campagne. Il lisait en elle comme dans un livre ouvert, et elle lui en voulait. Pourtant, tout ce qu'il avait affirmé était vrai : elle en prit conscience au moment même où il prononçait ces mots. Elle ne se souciait pas des ragots, elle en avait trop souvent fait les frais après la mort scandaleuse de Stuart.

L'opinion que les McKenna pouvaient avoir d'elle lui importait peu. Rien de ce qu'ils pouvaient dire ou lui reprocher ne la touchait.

Les paroles de Lane faisaient tomber une à une toutes ses piètres excuses. Et, brusquement, elle eut peur. Les yeux de son compagnon brillaient de passion, et ce qu'il avait soupçonné était vrai : elle craignait par-dessus tout de le décevoir, de ne pouvoir jamais rassasier son désir.

– Vous êtes effrayée, insista-t-il. Vous êtes effrayée à l'idée qu'un homme puisse vous toucher.

Rachel fit demi-tour et alla se réfugier contre l'encolure de son cheval, tentant de refouler l'irrépressible envie de pleurer qui était en train de la submerger.

– C'est vrai, j'ai peur, avoua-t-elle dans un souffle.

– Moi aussi, j'ai eu peur, Rachel. Il fut un temps où j'étais terrifié dès que l'on m'approchait de trop près.

Lane ne pouvait se résoudre à faire un pas vers elle, il se tut. Alors, il se contenta de demeurer là, attendant que ses paroles s'immiscent en elle, et qu'elle en mesure toute la portée. Il savait qu'elle lui poserait des questions et qu'il devrait y répondre. Mais il était prêt à tout pour l'aider et pour qu'elle retrouve sa confiance.

Quelques minutes passèrent avant que Rachel ne relevât la tête. Puis elle essuya son visage inondé de larmes du revers de la main. Elle glissa un regard étonné dans sa direction et se risqua à lui parler :

– Vous, Lane Cassidy ! Mais vous n'avez jamais eu peur...

Rachel vit les yeux de son compagnon s'assombrir comme si une douleur inconnue les voilait. Sa bouche se serra presque imperceptiblement. Brusquement, il était tel qu'elle l'avait connu des années auparavant, un adolescent rebelle et farouche.

La jeune femme étudia soigneusement son compagnon : la ligne dure de sa mâchoire, le dessin soudain crispé de ses lèvres... Finalement, un visage froid lorsqu'il ne souriait pas. Elle connaissait beaucoup de choses sur lui, sur ses qualités et sur ses faiblesses, mais cela ne lui expliquait pas pourquoi il avait si peur de l'intimité.

– Lane, demanda-t-elle doucement, que s'est-il donc passé ?

Lane soupira, et passa une main dans ses cheveux. Puis il regarda en direction des pins sur les collines dans le lointain.

Il était né sur ces terres, et pourtant les circonstances l'avaient obligé à partir. Dix ans plus tôt, il avait préféré croire que c'était à cause de Chase, parce qu'il ne voulait pas se plier à sa volonté, parce que quelque part en lui brûlait la flamme de la révolte. Inconsciemment, il lui en avait voulu de l'avoir abandonné en se mettant en quête des tueurs de Sally.

Personne ne connaissait la véritable histoire. Personne ! Il se tourna enfin vers Rachel et vit qu'elle le regardait avec une réelle sollicitude. Même si elle repoussait ses avances, il savait qu'elle tenait à lui, et qu'elle tiendrait à lui à jamais. Il lui faisait confiance. Et qu'importe ce qui se passerait entre eux, il lui porterait toujours cette même confiance. Alors pourquoi ne pas lui révéler ses secrets ?

– Quand mon oncle est parti pourchasser les frères de l'homme qui a tué ma mère, il m'a laissé à une voisine, une certaine Auggie Owens.

Elle hocha la tête.

– Je me souviens qu'à l'époque mes parents en avaient parlé, mais j'étais trop jeune pour comprendre.

Il sourit, essayant de l'imaginer enfant avec son sourire espiègle, et ses longues tresses qui flottaient dans son dos.

– Chase ne connaissait pas Auggie Owens, poursuivit Lane. Personne, d'ailleurs, n'avait idée de ce qu'elle était. Elle vivait en recluse dans une masure qui tombait en ruine, loin de tout voisinage. Mais, voilà, cette femme savait y faire. Elle se montra délicieuse quand mon oncle me laissa chez elle. Elle lui affirma même qu'elle serait fort heureuse de veiller sur moi en son absence, que je lui serais d'un grand soutien car elle se sentait bien seule depuis qu'un garçon qu'elle avait adopté au Texas s'était enfui quelques mois plus tôt.

Lane enfonça les mains dans ses poches et pivota sur ses talons. Il n'avait plus la force de soutenir le regard de la jeune femme. Pourtant, il continua à parler :

– Je me souviens de Chase remontant en selle et m'assurant avec un sourire qu'il serait bientôt de retour. Je devais obéir à Mlle Owens et être... gentil.

Rachel ne le quittait pas des yeux. Il semblait tendu

et fébrile. Une peur insidieuse se glissa en elle. Quelque chose d'effroyable était arrivé à Lane pendant son séjour chez cette femme, cela au moins elle en était sûre...

– Lane, je vous en prie, vous n'êtes pas obligé de poursuivre votre récit.

– Je le sais, mais il le faut. Je veux que vous compreniez qu'il est toujours possible de se remettre de ses blessures.

La jeune femme s'approcha de lui. Sans la regarder, il lui donna la main. Après un moment d'hésitation, elle l'accepta. Et, ensemble, ils regardèrent le soleil monter dans le ciel.

Lane s'éclaircit la voix. Craignant de découvrir des larmes dans les yeux de son compagnon, Rachel gardait les yeux rivés vers l'horizon.

– Auggie Owens était une femme sale et négligée. Elle vivait dans un intérieur qui ressemblait à une porcherie. A peine étais-je arrivé qu'elle m'installa un grabat dans un coin de la cuisine, à même la terre battue, et me prévint qu'à la moindre bêtise je serais puni et frappé. Et ce ne furent pas des menaces en l'air... Je n'avais jamais reçu un coup de fouet de toute ma vie, ni fait quelque chose pour le mériter. J'étais terrifié. Ma mère venait de mourir sous mes yeux, et voilà que mon oncle m'abandonnait. Je n'avais pas le droit de mettre Auggie en colère. Je décidai donc d'être un petit garçon modèle... Après le souper, cette première nuit, elle se mit à boire et à injurier le garçon qui s'était enfui quelques mois plus tôt. Elle ne cessait de répéter qu'elle avait longuement imploré le Ciel de rencontrer quelqu'un comme moi. Le Seigneur avait finalement exaucé ses prières. Plus elle buvait, plus j'avais peur, parce qu'elle commençait à me regarder bizarrement...

Rachel réprima le frisson d'horreur qui s'emparait d'elle. Les pires présomptions naissaient dans son esprit. Lane avait besoin de se libérer de ses cauchemars trop longtemps tus. Et elle pensa qu'elle était là pour l'écouter.

– Comme si je ne souffrais pas suffisamment, Auggie m'a obligé à rejoindre son lit cette même nuit, dit-il dans un souffle.

– Je ne veux pas en savoir davantage, murmura la jeune femme, interdite.

– Ne vous inquiétez pas, je vous épargnerai les détails les plus sordides. Tout ce que vous devez entendre, c'est qu'elle n'avait pas le droit de m'imposer ce qu'elle m'a fait. Personne n'a le droit d'infliger cela à un... enfant.

Sa voix se brisa.

– Cela a continué jusqu'au retour de Chase ? demanda Rachel. Comment avez-vous pu le supporter ?

– J'étais un petit garçon, comme Ty. Les enfants n'ont pas le choix. Le jour de mes douze ans, je me suis enfui et j'ai réussi à regagner Trail's End pour y récupérer le revolver avec lequel ma mère avait trouvé la mort. Je l'avais caché pendant que Chase enterrait Sally, parce que, dans mon esprit, je pensais que cette arme le tuerait, comme il avait tué ma mère.

D'un air songeur, il caressa la crosse de son Smith & Wesson.

– Auggie avait engagé un commis. Devinant où j'étais passé, elle l'envoya me chercher. Et je n'ai eu d'autre choix que de retourner chez elle. Je ne savais pas où aller et j'étais mort de faim. Ce soir-là, je lui ai dit que je la tuerais si elle osait une fois encore mettre la main sur moi. Elle dut avoir peur car, à partir de ce moment, elle me laissa tranquille. Le commis, un jour, s'en alla, et je fus également chargé de son travail... en plus du mien, bien sûr !

Rachel ferma les yeux, cherchant à repousser les visions cruelles que ces mots lui évoquaient. Lane était plus jeune que Ty quand Chase Cassidy l'avait laissé entre les mains de cette misérable femme...

– Quand Chase est-il rentré définitivement ?

– J'avais quinze ans, presque seize. Un matin, Auggie a appris en allant faire ses courses que Chase avait été relaxé. Une semaine plus tard, elle vendait son lopin de terre et sa masure, chargeait toutes ses maigres affaires dans une carriole et s'enfuyait, me laissant là derrière elle. Chase fit son apparition quinze jours plus tard et me ramena enfin à la maison.

– Comment a-t-il réagi en apprenant ce qui s'était passé ?

– Mon Dieu, Rachel ! Comment vouliez-vous que je lui en parle ? Je ne l'ai jamais avoué à personne... jusqu'à ce jour !

Emue, la jeune femme lui prit le bras et l'obligea à la regarder. Elle n'osait même pas imaginer la souffrance qu'il avait dû connaître en taisant pendant si longtemps un tel secret. Et tout à coup, son comportement d'autrefois lui sembla beaucoup plus clair. Comment ne pas devenir un rebelle après avoir subi tant d'injustices ?

– Je comprends maintenant mieux votre attitude d'adolescent ! Et pourquoi vous ne vous êtes jamais entendu avec Chase...

– Je lui en voulais de m'avoir abandonné, et surtout de m'avoir confié à Auggie. Quand il est rentré, je ne pensais plus qu'à une chose : lui faire payer ses erreurs.

– Alors pourquoi avez-vous quitté le ranch ?

– Je ne me souvenais plus de ce qu'Auggie m'avait fait subir. Comme si, inconsciemment, je l'avais effacé de ma mémoire... Jusqu'à cette nuit où j'ai surpris Chase et Eva en train de faire l'amour. Alors tous les souvenirs ont resurgi : l'assassinat de ma mère, Auggie et tout le reste. Je ne pouvais plus rester au ranch, je me sentais incapable d'affronter le regard de mon oncle et d'Eva, le secret était trop lourd à porter, j'ai donc choisi de m'enfuir.

Lane eut brusquement le cœur plus léger. Il avait réussi à soulager sa conscience, à exorciser les démons qui vivaient en lui, et cela, grâce à Rachel.

La jeune femme se tenait près de lui, une main posée sur son épaule. Dans ses yeux bleus, brillait une lueur d'amour. Ainsi que de...

– Je ne veux pas de votre pitié, Rachel.

– Je n'en ai pas. Seulement, je ne peux pas m'empêcher de vous comparer à Ty. Vous avez dû être particulièrement fort pour réussir à survivre à un tel cauchemar. Je ne sais pas si mon fils en serait capable.

– Je suis têtu. Vous le savez bien.

Avec un sourire, il lui prit la main et caressa doucement sa paume.

– Vous disiez que vous ne supportiez pas qu'on vous touche. Comment avez-vous guéri, Lane ?

– Un jour, à Denver, j'ai rencontré une femme, plus âgée que moi. Elle était douce et sage.

Rachel sentit une pointe de jalousie la traverser même si, au plus profond de son être, elle savait que cette expérience lui avait été bénéfique.

Mais Lane gardait les yeux rivés sur elle et la jeune femme se sentit à nouveau mal à l'aise.

– Je dois être toute décoiffée, déclara-t-elle pour faire diversion.

– Vous êtes belle, Rachel. Et vous êtes l'être le plus adorable que j'aie jamais rencontré. McKenna ne savait certainement pas la chance qu'il avait. Vous n'êtes pour rien dans l'échec de votre mariage. Laissez-moi vous aimer, ajouta-t-il en s'approchant d'elle.

Elle voulut détourner le regard, mais il lui saisit le menton entre les doigts.

– Je vous en prie.

– Je ne... Et si Stuart avait raison ?

Ses prunelles bleues s'étaient tout à coup embuées.

Il aurait aimé les voir s'illuminer comme autrefois. Il voulait être celui qui, de nouveau, redonnerait vie et espoir à ses yeux.

– Il n'y a qu'une manière de le savoir.

La prenant dans les bras, il ne lui donna pas le temps de protester, il s'empara de ses lèvres. Il la plaqua contre lui et, alors qu'il commençait à l'embrasser, elle se serra contre lui et répondit avec fougue à son baiser.

Il s'écarta enfin et reprit son souffle.

– Il y a des choses pour lesquelles je ne me trompe jamais, chuchota-t-il. Je suis sûr que vous surmonterez vos peurs, je vous y aiderai. Me faites-vous confiance, Rachel ?

Il venait d'abattre la dernière de ses défenses. Elle croisa son regard. Aujourd'hui, elle ne pouvait plus rien lui refuser. Elle n'avait plus qu'à prier pour ne pas commettre la plus grande erreur de sa vie.

Robert McKenna fit ralentir sa monture, puis il s'arrêta sur la colline, juste à la lisière des terres de Cassidy. Il était venu bien avant l'heure du rendez-vous, avec l'intention de surveiller Lane Cassidy jusqu'à leur rencontre.

Sa mémoire ne l'avait pas trahi. Il aperçut la vieille cabane au beau milieu des pins. Il y était venu une fois par hasard, alors qu'il patrouillait dans la région.

Ce à quoi il ne s'attendait pas, c'était de trouver le cheval gris de Rachel, paissant à quelques mètres de là. Dimple hennit et recula jusqu'au couvert des arbres. Mille questions assaillirent alors Robert. Et mille inquiétudes...

Robert repoussa un pan de son manteau afin de pouvoir dégainer son arme plus aisément. Puis il glissa de sa selle sans un bruit et avança jusqu'à la cabane. Un bruit de voix l'arrêta brusquement. Sa main se referma sur la crosse de son revolver. La curiosité le poussa pourtant, à nouveau, à approcher.

Il se raidit en apercevant un jeune homme, qu'il identifia aussitôt comme étant Lane Cassidy. Et les mains de ce vaurien étaient posées sur les épaules de Rachel ! Il fit un autre pas et une brindille craqua sous son pied. Il attendit encore quelques instants puis atteignit enfin le seuil de la cabane.

Cassidy dut percevoir une présence étrangère car il leva soudain les yeux dans sa direction et, en un éclair, dégaina son arme tandis qu'il poussait la jeune femme derrière lui, comme pour la protéger.

Lane avait un physique agréable, mais son regard était aussi meurtrier que le canon de son arme. Cet homme était de toute évidence capable de tout.

— Vous n'avez quand même pas l'intention de tirer, n'est-ce pas ? demanda Robert d'un ton aussi détaché que possible.

Un sourire étira les lèvres de Cassidy.

— Il ne faut pas en jurer...

Robert regarda Rachel se débattre entre les bras de Cassidy, les yeux affolés et confus.

— Lâchez-moi, Lane, fit-elle d'une voix tremblante.

Mais ce dernier ne l'entendait pas ainsi. Il la tenait fermement, visant Robert de la pointe de son arme.

— Laissez-la, Cassidy ! ordonna celui-ci.

— Et pourquoi, je vous prie ? Qui diable êtes-vous pour me donner ainsi des ordres ?

— Lane, intervint Rachel, tout va bien. C'est Robert, mon beau-frère. Pourquoi ne baissez-vous pas votre arme ? Que vous arrive-t-il ?

— C'est ce que j'aimerais bien savoir, fit Robert.

Il croisa le regard de Lane sans sourciller.

— Cassidy m'a invité à le rencontrer ici dans une heure, reprit-il. J'étais curieux d'apprendre ce qu'il me voulait, alors je suis venu plus tôt pour essayer de le découvrir. En atteignant la clairière, j'ai reconnu votre monture, Rachel, et j'ai décidé de pousser plus loin mes investigations.

A sa mine stupéfaite, Robert devina que la jeune femme n'était pas au courant de leur rendez-vous.

– Je... commença-t-elle.

– Taisez-vous.

Le ton de Cassidy était aussi cinglant que son regard. Il repoussa une fois encore la jeune femme derrière lui.

– J'ai été aussi étonné de la voir ici que vous, McKenna. Elle a surgi sans crier gare, fourrant son nez partout, comme par le passé, lança-t-il avant que Rachel n'ait pu protester.

Lorsque la jeune femme tenta de se libérer, la main de Robert serra la crosse de son arme. Il ne pouvait tuer Cassidy sans risquer de blesser la jeune femme.

– Posez votre arme, McKenna.

Robert étudia Lane Cassidy soigneusement et sentit tout à coup la peur le prendre à la gorge. Il s'exécuta, jetant au sol son revolver.

– Et maintenant, pourquoi ne vous débarrasseriez-vous pas de votre revolver, vous aussi ? lança-t-il avec aplomb. Et dites-moi ensuite ce qui se passe.

– J'avais l'intention de régler une petite affaire avec vous, mais nous verrons cela plus tard.

De plus en plus déconcerté, Robert se raidit.

– Laissez-la partir, Cassidy, et nous discuterons.

– Il est trop tard pour cela. Pourquoi ne reprendriez-vous pas votre cheval ? Je veux que vous vous en alliez !

Bien décidé à ne pas s'en aller avant d'avoir découvert le fin mot de l'histoire, Robert rétorqua d'un air hautain :

– Vous plaisantez, j'espère. Je ne laisserai jamais Rachel ici seule avec vous. Regardez-la, elle est morte de peur.

– Mêlez-vous de ce qui vous regarde !

Toutefois, Lane sentait la jeune femme trembler

entre ses doigts. Si seulement ce maudit McKenna n'avait pas cherché à le prendre par surprise... Tirer Rachel derrière lui avait été un geste instinctif destiné à faire impression sur Robert McKenna. Il aurait aimé pouvoir expliquer ses intentions à Rachel... Mais le moment n'était pas choisi. Il devait laisser croire à McKenna qu'il n'hésiterait pas à blesser Rachel si ce dernier l'y forçait.

– Lane, écoutez-moi, supplia Rachel dans son dos, je ne sais pas pourquoi...

– Taisez-vous.

Puis, se tournant vers Robert, il ajouta avec un sourire mauvais :

– Reculez !

Il agita la pointe de son revolver en direction de la porte.

– Et mettez les mains en l'air, McKenna !

Robert fit un pas en arrière. Puis un autre... Sans dire un mot, Lane lui montra sa monture, un peu plus loin, dans la clairière.

– Laissez-la partir, Cassidy, c'est un ordre.

– Ça suffit, Lane. Lâchez-moi ! renchérit Rachel en se débattant de plus belle.

Sans quitter McKenna des yeux, Lane se pencha vers la jeune femme et lui chuchota à l'oreille :

– Je vous en prie, faites-moi confiance.

Quand il releva la tête, il enchaîna assez fort pour être entendu par McKenna :

– Ne bougez plus, Rachel, si vous ne voulez pas que je me fâche.

La jeune femme se calma un instant, jetant tour à tour des coups d'œil en direction de Lane et de Robert. Elle feignit à nouveau de vouloir se libérer, mais cette fois sans grande conviction.

– Détachez votre monture ! gronda-t-il à l'adresse de Rachel quand, peu après, ils eurent rejoint Shield.

Elle obéit sans plus tarder. Ses doigts tremblaient

tandis qu'elle défaisait le nœud des rênes. Robert, lui, se tenait au beau milieu de la clairière.

– Et maintenant, montez, Rachel ! reprit Lane, son revolver fixé sur McKenna.

La jeune femme souleva ses jupons, puis s'immobilisa comme si elle venait de changer d'avis et s'apprêtait à prendre ses jambes à son cou.

– Ne faites pas cela, Rachel, lui souffla Lane.

Il rencontra son regard empli de confusion. Le temps s'arrêta pour eux quelques secondes. Avec un soupir agacé, elle se hissa en selle.

Lane savait qu'ils n'étaient pas encore hors de danger. Il leur fallait d'abord rejoindre le couvert protecteur des arbres.

– Allongez-vous sur le sol, McKenna !

L'homme ne bougea pas.

– Dépêchez-vous !

Robert obéit enfin, plaquant son visage contre le sol. Lane mit un pied dans son étrier et rejoignit Rachel en selle.

– Criez à l'aide, lui murmura-t-il en éperonnant sa monture.

– Non ! Non ! hurla-t-elle alors qu'ils dépassaient McKenna à toute allure.

– Bien.

– Lane Cassidy, vous avez intérêt à avoir de bonnes excuses, maugréa la jeune femme entre ses dents.

– J'en ai. J'espère seulement que vous les accepterez.

10

Rachel entendit Lane jurer entre ses dents. Elle se risqua à jeter un coup d'œil en arrière, se demandant si Robert avait eu le cran de se mettre à leur poursuite.

Il y avait bien un cavalier qui galopait dans leur direction, mais ce n'était pas son beau-frère. Elle reconnut Chase Cassidy. Lane tira sur les rênes et fit tourner bride à sa monture.

Il avait dégainé son arme.

– Lane, que faites-vous ? C'est Chase ! hurla-t-elle avec frénésie.

Derrière elle, son compagnon se raidit. D'un bras, il la serra plus violemment contre lui. Dans leur fuite, tout à l'heure, elle avait perdu les rubans qui retenaient sa tresse, et ses longs cheveux se répandirent sur ses épaules.

Lane demeurait silencieux, regardant son oncle approcher. Son chapeau dissimulait presque entièrement l'expression de ses yeux sombres.

Vêtu d'un pantalon à rayures, d'une chemise de coton bleue et d'une petite veste en daim, Chase donnait l'image d'un riche fermier d'âge mûr. Il ressemblait à Lane avec ses boucles noires et sa silhouette athlétique.

– On dirait que rien n'a changé, commenta Chase, les yeux fixés sur l'arme que Lane brandissait.

– Détrompe-toi.

Si Lane se borna à cette réponse laconique, Rachel décela néanmoins une pointe de nostalgie dans sa voix. Le regard de Chase se posa sur elle.

– Vous allez bien, Rachel ?

Furieuse, confuse et se sentant soudain extrêmement vulnérable, elle ne put retenir les larmes qui déjà embuaient son regard. Et ce fut Lane qui répondit d'un ton agressif :

– Elle va on ne peut mieux !

– Ramon m'a dit que tu t'étais installé à la cabane, fit Chase, en observant son neveu avec insistance.

– Je pensais que tu étais en Californie.

– Nous sommes rentrés hier soir.

– Il faut que nous te laissions, Chase, déclara Lane. Nous sommes pressés.

Le visage de son oncle s'assombrit. Rachel ne comprenait décidément pas pourquoi Lane réagissait avec autant de morgue, elle se devait de rassurer Chase, de lui dire que les choses n'étaient pas ce qu'elles semblaient être. Mais les mots lui échappaient...

– Laisse-la partir, Lane. Laisse-la partir, et va-t'en loin d'ici. Rachel ne t'a jamais fait de tort.

– Je ne toucherai pas à un seul de ses cheveux si tu nous laisses nous en aller !

– Que suis-je censé trouver à la cabane ? J'ai entendu des cris tout à l'heure. Ils m'ont semblé provenir de là.

Shield se cabra brusquement et, pendant un instant, Lane dut libérer Rachel pour tirer sur les rênes. La jeune femme fut tentée de sauter à terre, mais elle craignait tout autant les réactions de Chase que l'impulsivité de Lane. Elle jugea plus prudent de prendre son mal en patience.

– C'est seulement le beau-frère de Rachel qui mord la poussière, expliqua Lane. Ne t'en fais pas. Il est sain et sauf.

Chase parut dubitatif.

– Vraiment ?

– Vraiment.

Rachel savait qu'aucun de ces deux hommes ne ferait le premier pas. Ils se défiaient du regard, incapables d'avouer qu'ils étaient heureux de se revoir.

– Je vous en prie, Chase, intervint Rachel d'un ton apaisant. Laissez-nous partir. Tout se passera bien.

Chase leur décocha un long regard inquisiteur avant de hausser les épaules d'un geste résigné et de prendre la direction du refuge.

– Si tu réfléchissais un peu, Lane, tu la relâcherais, lança-t-il sans se retourner. Les McKenna seront fous furieux en apprenant que tu l'as kidnappée.

Lane hocha lentement la tête tandis que son oncle s'éloignait. Rachel lui saisit le bras.

– Et si maintenant vous m'expliquiez exactement ce qui se passe ?

Lorsque Lane la regarda enfin, ses yeux sombres avaient retrouvé toute leur tendresse.

– Je voudrais d'abord rejoindre le sommet des collines, avant que votre beau-frère ne se mette en tête de nous poursuivre. Je sais que c'est beaucoup vous demander, mais, je vous en prie, attendez encore un peu. Je vous expliquerai plus tard.

Elle tenta de sonder son regard.

– Pourquoi faut-il toujours que je fasse vos quatre volontés, Lane ?

– Parce que vous êtes suffisamment intelligente pour savoir que j'ai raison.

Il esquissa un sourire et enfonça son chapeau sur ses yeux.

– Prête ?

– Où allons-nous ?

– Quelque part où nous pourrons nous cacher. Faites-moi confiance, Rachel. S'il vous plaît.

Pour la deuxième fois ce matin, il l'implorait de le croire.

– J'espère que je ne le regretterai pas, souffla-t-elle.

Alors que le cheval s'élançait à l'assaut des pentes, Lane maugréa :

– Moi non plus...

Pendant deux heures, ils chevauchèrent à travers les prairies et les bois. Quand, enfin, ils atteignirent une clairière ceinturée de pins, ils s'y arrêtèrent, Rachel semblait à bout de force. Au cours de leur chevauchée, la jeune femme s'était un peu laissée aller, elle avait même posé la tête sur l'épaule de Lane et avait fermé les yeux. Plus d'une fois il avait été tenté de la gratifier d'un baiser sur le front, cependant il avait résisté à la tentation, refusant de prendre des libertés. Avant toute chose, il devait s'expliquer. Ensuite... il espérait surtout qu'elle le comprendrait !

Puisque son plan initial ne pouvait plus fonctionner et que Robert McKenna avait contrecarré ses projets, il lui devenait impossible de laisser Rachel en dehors de cette histoire. Il fallait tout lui avouer et s'assurer également que son retour à Last Chance se ferait sans encombre. Ensuite, il devrait compter sur sa bonne étoile pour n'être pas arrêté avant d'avoir démasqué McKenna. Boyd Johnson lui avait dit clairement que l'Agence ne le couvrirait pas tant qu'il n'aurait pas repris officiellement ses fonctions.

Sur ces hauteurs, l'air était plus frais qu'au pied des collines, moins étouffant. Alors que Lane se dirigeait vers le couvert des arbres, il vit un geai s'envoler. Le bleu nacré de ses ailes chatoyait dans la lumière du jour. Si seulement Rachel et lui pouvaient vivre ici ! Loin de tout souci, heureux et sereins avec Ty...

Ils gagnèrent l'orée de la forêt, là où le tapis d'herbe s'achevait, faisant place à un ruisseau qui s'enfonçait en serpentant vers la profondeur du sous-bois. L'endroit était une invitation au repos et aux échanges amoureux. A l'abri du monde et à l'image d'un Eden retrouvé !

Cependant, songea Lane, ils n'étaient pas amants...
Et ne le seraient probablement jamais... Le jeune
homme sauta à bas de sa monture et aida Rachel à
descendre. Elle posa ses mains sur ses épaules et il se
sentit aussitôt réconforté.

Or, les remords l'assaillirent quand, immédiatement
après, il surprit une lueur d'anxiété dans les yeux bleus
de Rachel. Des mèches rebelles barraient son visage
presque aussi pâle qu'un linge. Il tendit la main et, du
bout des doigts et avec d'infinies précautions, repoussa
les cheveux de la jeune femme en arrière.

Rachel s'écarta brusquement comme si elle avait été
touchée par le diable en personne ! Elle garda toutefois
les yeux rivés à ceux de Lane, demandant d'une voix
glaciale :

– Alors ? Expliquez-vous.

Sans lui répondre, Lane lui tourna le dos, cherchant
une chemise dans la sacoche accrochée à sa selle.

La jeune femme le regarda enfiler le vêtement de
coton blanc, ne pouvant s'empêcher d'admirer le jeu
de ses muscles sous sa peau bronzée. Puis, elle baissa
les yeux, furieuse d'être à ce point attirée par cet
homme.

Le comble, c'est qu'il n'était certainement pas venu
ici par hasard ! Cette clairière dans ce coin reculé était
à des kilomètres et des kilomètres de toute habitation.
Elle était seule avec un homme qui, pour des raisons
qui lui échappaient totalement, exerçait une réelle fascination sur elle.

Une autre qu'elle aurait été effrayée, mais Rachel,
curieusement, n'éprouvait aucune peur.

Jamais Lane ne lui ferait de mal, elle l'avait toujours
su. Mais les questions les plus diverses se bousculaient
dans son esprit. Pour quelle mystérieuse raison l'arrivée de Robert à la cabane l'avait-il rendu si nerveux ?
Pourquoi l'avoir conduite aussi loin sur ces collines ?
Que craignait-il ? Elle attendait avec impatience des

explications. Pourtant, elle savait qu'il était inutile de le presser, il ne parlerait que lorsqu'il serait prêt.

– De l'eau ? lui proposa-t-il en faisant volte-face.

Elle acquiesça. D'un geste autoritaire, il lui prit le bras et l'entraîna jusqu'au ruisseau. Rachel, le cœur battant, s'agenouilla dans l'épais tapis d'herbe et, se penchant au-dessus de l'eau cristalline, y plongea les doigts. Elle était glacée.

Elle s'en aspergea le visage et se désaltéra, imitée par son compagnon. Quand elle regarda en direction de Lane, elle découvrit qu'il la fixait avec intensité.

– Ça va mieux ?

Elle opina.

– Il y a de cela quelques années, commença alors son compagnon, j'ai rencontré un homme qui a irrémédiablement changé le cours de ma vie. Il s'appelait Boyd Johnson. C'est l'homme déguisé en ivrogne avec qui vous m'avez vu l'autre jour à Last Chance. Celui à qui j'ai offert un verre au saloon... En vérité, il s'agit de l'administrateur de l'Agence nationale de détectives Pinkerton.

– Il est à votre recherche ?

Lane ne put s'empêcher de sourire, il secoua la tête.

– D'une certaine manière, il est toujours après moi, pour s'assurer que je joue bien le jeu.

Il soupira.

– Je suis un agent de Pinkerton, Rachel... en tout cas, je le redeviendrai dès que ma sanction sera levée.

– Quoi ?

Rachel semblait abasourdie.

– Je sais que cela peut vous paraître difficile à croire, mais c'est la stricte vérité. Je travaille pour l'Agence depuis presque six ans...

– Mais... j'ai... j'ai entendu dire que vous...

– Que j'étais un bandit sans morale, un tireur professionnel ? Ce n'est qu'une couverture. Je n'ai jamais tué personne, sauf cas de légitime défense...

Il leva les yeux vers elle.

— Pour vous résumer la situation, enchaîna-t-il, lorsque Boyd m'a accosté la première fois, il m'a dit avoir besoin d'un homme comme moi. Il avait dans l'idée que je pourrais devenir sans mal un de leurs agents. J'ai d'abord refusé son offre car, vous devez vous en souvenir, j'étais alors illettré et incapable de répondre à son attente. Mais Boyd s'était déjà renseigné sur moi et était au courant. Il m'a donc envoyé à Denver, où j'ai pris des cours avec un précepteur. Grâce à lui, j'ai appris à lire, à écrire et à compter. Boyd m'a ensuite donné des ouvrages de droit à étudier. La lecture m'a ouvert de nouveaux horizons... et je suis devenu insatiable...

Stupéfiée et étourdie par cette révélation, Rachel le regardait, les yeux écarquillés. Dire qu'un autre avait réussi là où elle avait échoué...

— Continuez, le pressa-t-elle.

— Quand ils ont estimé que j'étais prêt, ils m'ont envoyé sur le terrain. Avec un partenaire, bien sûr ! Au début, je n'étais rien d'autre qu'un larbin chargé d'acheter le café et de préparer les repas.

Il lui saisit la main avant d'affronter de nouveau son regard.

— C'est pendant cette période de ma vie que j'ai rencontré la femme dont je vous ai déjà parlé tout à l'heure, celle qui m'a libéré de la honte que m'avait infligée Auggie Owens.

La jalousie s'empara une nouvelle fois d'elle. Elle se surprit même à envier soudain cette femme mystérieuse que Lane évoquait avec respect et chaleur. Gênée bien malgré elle, elle baissa la tête. Gentiment, Lane lui caressa la main.

— Après deux ans d'entraînement, on m'a enfin confié ma première mission, que j'ai réussi à mener à bien. Et depuis cette date, je travaille pour Pinkerton...

Lane lâcha soudain la main de Rachel et s'allongea

dans l'herbe, gardant un instant le silence, cherchant les mots pour expliquer la suite, ces événements qu'il regretterait toute sa vie.

– Au cours de la dernière opération, j'étais sur les traces d'un faussaire. L'affaire était particulièrement difficile et j'ai dû demander de l'aide, mais on m'a répondu de me débrouiller seul. Alors j'ai voulu arrêter le suspect le plus vite possible. Cela se passait un samedi après-midi, la ville était en pleine activité. Les rues étaient noires de monde. J'ai coincé l'homme dans une rue, mais, hélas, cela s'est terminé par une fusillade et un bain de sang. Deux badauds ont été blessés, et l'un d'entre eux est mort de la suite de ses blessures.

Combien de jours et de nuits n'avait-il pas passés à ressasser les événements de cet après-midi-là, à se blâmer et à se reprocher son impulsivité !

– Alors, on vous a suspendu... souffla Rachel.

Il releva son chapeau et glissa un regard dans la direction de la jeune femme. Elle attendait qu'il poursuive.

– Oui, j'ai été suspendu et, comme j'avais du temps à perdre, je me suis penché sur l'un des dossiers les plus épineux de l'Agence. L'affaire de celui qu'on surnomme le Gentleman Voleur. Aujourd'hui, je suis donc à la recherche de cet individu qui dévalise les trains.

Sa compagne ouvrit de grands yeux.

– Oui, j'ai lu un article sur lui pas plus tard que cette semaine, fit-elle. On dit que son butin, après l'attaque du mois de mars, s'élève à plusieurs millions de dollars.

Lane se redressa.

– Robert était-il au ranch en mars dernier ?

– Robert ? Pourquoi, je...

Elle fronça les sourcils, essayant de comprendre ce qu'il laissait entendre.

– Vous ne suspecteriez quand même pas Robert d'être le Gentleman Voleur ? C'est absurde !

– Vraiment ? Réfléchissez bien, Rachel. Robert n'a

167

pas cessé d'aller et venir au cours de ces derniers mois... Je trouve cela très curieux. Et je ne suis pas le seul ! On sait également qu'il a amassé une fortune colossale et, pourtant, ses affaires ne sont pas si florissantes... Coïncidences surprenantes, non ?

– Comment êtes-vous parvenu à ces conclusions ?

– L'Agence Pinkerton s'arrange toujours pour être bien renseignée. Vous pouvez me croire...

– S'il est le suspect numéro un, pourquoi n'envoient-ils pas un officiel pour l'arrêter ?

– Il y a eu une telle recrudescence de vols dans les trains ces derniers temps que la Compagnie des chemins de fer a exigé de renforcer la surveillance. L'Agence a mobilisé la plupart de ses hommes dans la région. Au début, je ne suis venu ici que pour innocenter mon oncle. Expliquons-nous, il fut pendant longtemps le seul suspect ! Cependant, il y a quelques jours, Boyd m'a informé des soupçons qui pesaient sur Robert...

Un sombre pressentiment s'empara d'elle. Lane était revenu dans le Montana dans le seul but de traquer un voleur de train, et son suspect n'était autre que Robert, son beau-frère. En outre, qui était mieux placé qu'elle pour lui fournir des informations sur Chase et l'aider à le disculper ?

Depuis sa réapparition, Lane s'était immiscé dans sa vie, était devenu l'ami de Ty, puis avait essayé de la séduire... et tout cela, certainement, à seule fin de se servir d'elle et d'obtenir les renseignements qui lui manquaient. N'était-ce pas grâce à elle qu'il avait appris que Robert était de retour au pays ?

– Rachel ? Que se passe-t-il ?

Il n'avait pas besoin d'être devin pour comprendre qu'elle était furieuse. Ses yeux s'étaient dangereusement assombris et étincelaient de colère.

– Vous cherchiez des preuves, n'est-ce pas ? sifflat-elle. Pendant tout ce temps, vous souhaitiez obtenir des renseignements sur Chase, et maintenant sur Robert...

– Qu'y a-t-il ? Vous pensez que je vous mens ?

– Lane, si vous m'aviez dit que vous dressiez des éléphants dans un cirque ambulant, je n'aurais pas été plus étonnée. Je comprends mieux à présent pourquoi vous avez fait croire à Robert, puis à Chase, que vous m'enleviez. Il s'agit de préserver votre couverture, je me trompe ?

Le ton de Rachel était glacial. Quelque chose la préoccupait. Mais il avait beau réfléchir, il ne voyait pas ce qui pouvait la tourmenter ainsi.

– J'avais donné rendez-vous à Robert près de la cabane, expliqua-t-il. J'avais l'intention de lui dire que je savais qu'il était le Gentleman Voleur et que j'étais prêt à m'associer avec lui. S'il avait accepté, j'aurais aussitôt prévenu l'Agence. Et nos agents auraient été sur le terrain au prochain vol de Robert. Pris la main dans le sac !

Lane sentit sa gorge se nouer. Il n'aimait vraiment pas le regard de la jeune femme.

– Je suppose que McKenna a décidé de me prendre par surprise. Peut-être n'était-ce pas une mauvaise chose, après tout ! En me voyant agir ainsi avec vous, je pense qu'il me prend vraiment maintenant pour un bandit...

– Mais vous oubliez un détail important ! Toute la ville va se mettre à vos trousses. Chase a raison, les McKenna ne reculeront jamais devant rien pour me récupérer.

– Ils se calmeront dès qu'ils vous retrouveront, saine et sauve, chez vous.

– Avez-vous songé à ma réputation ? maugréa-t-elle. Elle va être ruinée !

Il l'étudia attentivement.

– Racontez-leur que vous avez réussi à vous enfuir.

Lorsque Robert sera sous les verrous, vous pourrez leur révéler la vérité.

– Si Robert est écroué...

– Que voulez-vous dire ?

– Il ne vous est pas venu à l'esprit qu'il puisse être innocent ?

– Qu'est-ce qu'un homme innocent pouvait donc attendre d'une rencontre avec quelqu'un d'aussi peu recommandable que moi ?

Elle le fusilla du regard.

– Des gens honnêtes font parfois des choses qu'ils regrettent ensuite. Peut-être est-il tout simplement curieux ! Imaginez qu'il se soit arrêté chez moi et que, ne me trouvant pas, il se soit mis à ma recherche.

– Pourquoi ai-je la désagréable impression que vous le défendez ?

Rachel ignora la question et se contenta de lisser les plis de sa robe d'un air absent. Elle se demandait comment Loretta réagirait en apprenant qu'elle avait été enlevée. Et Ty ? Il fallait espérer que ses beaux-parents avaient eu la présence d'esprit de ne pas lui en parler.

– Avant qu'il ne soit trop tard et que les dommages deviennent irréparables, retournons en ville, ordonna-t-elle en se redressant. Vous pouvez me laisser à l'entrée de Last Chance si vous le désirez, je ferai le reste du chemin à pied. Je raconterai que je me suis échappée.

Lane bondit sur ses pieds et s'approcha d'elle. Rachel lui tourna le dos. Mais, alors qu'elle s'apprêtait à rejoindre Shield, il lui saisit le bras et l'arrêta dans son élan.

La jeune femme se raidit.

– Lâchez-moi, Lane.

Il s'exécuta.

– Que se passe-t-il, par tous les diables ? s'écria-t-il. Je pensais que vous me croiriez.

– Oh, mais je vous crois ! rétorqua-t-elle en repre-
nant son chemin.

– Alors, qu'y a-t-il ?

La jeune femme s'arrêta à la hauteur de la monture.
En deux enjambées, Lane franchit la distance qui les
séparait. Rachel était si bouleversée, qu'elle tremblait.

– Ne comprenez-vous pas ? murmura-t-elle d'une
voix tremblante. Faut-il que vous utilisiez tout le
monde, y compris Ty, pour parvenir à vos fins ?

Il fronça les sourcils.

– Je suis désolé, Rachel. Je ne vous suis pas. De quoi
parlez-vous ?

– De qui, devriez-vous dire ! Eh bien, de moi, de
mon fils ! cria-t-elle.

Elle serra les poings et reprit d'un ton plus calme :

– Réfléchissez, Lane. Vous débarquez un beau jour
en ville, sans crier gare, et vous vous mettez à tourner
autour de moi, à me couvrir de compliments, à seule
fin de me convaincre que je vous plais...

– Mais vous me plaisez !

– Vous m'avez embrassée, vous avez essayé de... dit-
elle dans un souffle.

Les larmes roulèrent sur ses joues.

– Vous m'avez utilisée, Lane. Tout ce que vous vouliez, c'étaient des renseignements sur Chase, puis plus
tard sur Robert.

– Non, c'est vous que je veux, et cela, depuis que je
vous ai aperçue au bord de la piste de danse, le premier
soir.

Il fit un pas vers elle. Elle voulut reculer, mais le
cheval l'en empêcha.

– Ne soyez pas ridicule, Rachel. Quand je vous ai
revue ce soir-là, j'étais loin d'imaginer que vous aviez
été mariée à Stuart McKenna.

– Ne m'avez-vous pas dit tout à l'heure que tout
savoir faisait partie de votre travail ?

– Il ne faut tout de même pas exagérer. Je ne suis qu'un simple agent. Pas un devin.

– Je ne vous crois pas.

– Je vous assure, je ne suis pas devin !

L'espace d'une seconde, un sourire effleura les lèvres de la jeune femme, mais déjà elle se rembrunissait. Lane lui prit la main et glissa ses doigts entre les siens.

– Je suis navré, je ne voulais pas que vous soyez mêlée à cette histoire, Rachel. Sincèrement. Je n'ai jamais voulu vous blesser, ni vous ni Ty, d'ailleurs. Quoi qu'il arrive, ne l'oubliez pas.

Elle avait envie de croire à ses paroles, de croire en lui. Il l'emprisonna du regard, l'obligeant à s'approcher, à oublier toutes ses réticences. Il l'attirait comme la lumière attire les papillons, la nuit venue. La plaquant contre lui, il déposa un baiser sur son front.

– Oh ! Lane, souffla-t-elle d'un ton douloureux, je ne sais plus que penser.

Il lui releva le menton.

– Je sais que j'exige beaucoup de vous, mais je vous en prie, ayez confiance en moi. Je ne vous ai raconté que la stricte vérité. Auggie, l'Agence et les soupçons que nous avons au sujet de Chase et de Robert... J'aurais aimé que les choses se passent différemment mais pas un instant je n'avais imaginé que Robert essaierait de me prendre de court. Enfin, il est inutile de continuer à y penser, il vaut mieux que nous trouvions une solution pour nous en sortir sans trop de dommages.

– Qu'allons-nous faire ?

Un vif soulagement envahit Lane. Rachel ne semblait plus en colère.

– Suis-je pardonné ? demanda-t-il, plein d'espoir.

– Pour l'instant, oui.

Il la sentit se détendre. Elle noua ses bras autour de son cou.

– Les choses sont bien compliquées, chuchota-t-elle.

– J'ai bien peur de ne pas les avoir arrangées.

Lane effleura sa joue du bout des doigts avant de se pencher et de sceller ses lèvres d'un doux baiser.

– Je vous aime, Rachel.

– Qu'avez-vous dit ?

– J'ai dit : je vous aime... mais aujourd'hui, je ne peux vous faire aucune autre promesse.

Elle lui caressa le menton.

– Je ne vous demande rien.

– Je ne peux pas vous assurer que je resterai ici, une fois cette histoire terminée.

– J'ai été mariée sans que cela me donne la moindre garantie. Alors, vous savez...

11

Alors que l'après-midi avançait, la chaleur dans le bureau du shérif de Last Chance devenait suffocante. Robert McKenna regardait la sueur perler sur le front d'Arnie Wernermeyer, affalé dans son fauteuil, derrière son imposant bureau. Décidément, celui qui était chargé de faire respecter la loi ne semblait pas briller par son intelligence ! Ses petits yeux porcins fixaient le vide comme s'il ne comprenait pas un mot de ce que Robert lui racontait à propos de l'enlèvement de Rachel. Derrière lui, sur le mur, était épinglé un avis de recherche concernant le Gentleman Voleur...

Le shérif bâilla bruyamment.

– Voyons si nous pouvons intervenir... déclara-t-il enfin. Reprenons ! Vous voudriez que je lance un mandat d'arrêt contre Lane Cassidy pour avoir kidnappé Mme McKenna ? Mais que veut-il à votre mère ?

Arnie fronça les sourcils avant d'observer Robert d'un air hébété. Ce dernier réprima une envie de se lever et de secouer son interlocuteur, ne serait-ce que pour tenter de le réveiller ! Peut-être serait-il alors plus apte à comprendre ses propos...

– Il n'a pas kidnappé ma mère, shérif. Il s'est enfui avec Rachel McKenna, ma belle-sœur, après m'avoir menacé de son arme.

– Pourquoi ?

– Probablement parce que je l'ai surpris au moment où il allait la violer.

– Et si elle était partie avec lui de son plein gré ? Tout le monde en ville l'a vue danser avec Cassidy l'autre soir.

Robert serra les dents. Il était si furieux d'être tourné en ridicule par Cassidy qu'il dut une nouvelle fois se contenir pour ne pas se jeter sur le shérif ! Cette fois, il l'aurait même étranglé !

Faute de quoi, le plus calmement du monde, il rétorqua :

– Elle se débattait comme une forcenée lorsque je suis arrivé. Et quand il l'a enlevée sur son cheval, elle a hurlé de tous ses poumons. Et puis, réfléchissez un peu ! Que ferait une femme de sa classe avec un homme comme Cassidy ?

Il secoua la tête.

– Non, de toute évidence, reprit-il d'un ton convaincu, elle a été enlevée.

Wernermeyer laissa échapper un soupir. Il posa les mains sur son bureau et se mit debout.

– Vous êtes certain qu'elle criait à l'aide ?

La coupe était pleine. Bondissant sur ses pieds, Robert se mit à vitupérer :

– Ma belle-sœur est en danger, et j'ai bien l'intention de voler à son secours, avec ou sans votre concours, Wernermeyer ! Et si j'ai un bon conseil à vous donner, vous feriez mieux de ne pas oublier qui vous a permis d'accéder à ce poste de shérif.

Après la mort de son fils, Stuart McKenna Senior s'était en effet chargé de le remplacer. Il avait proposé la fonction de shérif à Wernermeyer qui, en échange, avait accepté de fermer les yeux sur les querelles qui opposaient le clan McKenna et les autres éleveurs de bétail.

175

L'homme de loi avait pâli.

– Ne vous inquiétez pas, monsieur McKenna. Je vais rassembler mes adjoints et nous allons nous mettre à la recherche de votre belle-sœur.

– Très bien. Je me tiens prêt à partir. Dès que vous aurez réuni vos hommes, envoyez quelqu'un me chercher au saloon.

Le shérif leva le bras pour redresser son chapeau et une forte odeur de sueur se répandit dans la pièce. Robert détourna le regard avec un peu de répulsion.

– Wernermeyer ?

– Oui ?

– Dites-leur bien que je n'ai pas l'intention de revenir bredouille.

Et, sur ces mots, il se dirigea vers la sortie, le shérif dans son sillage. Les deux hommes se quittèrent sur le seuil, puis Arnie Wernermeyer s'éloigna rapidement en direction du magasin des Carberry. Dans moins d'un quart d'heure, toute la ville serait au courant de l'enlèvement de Rachel par Cassidy ! Robert esquissa un sourire. Une fois arrachée aux griffes de ce bandit, la jeune femme accepterait sans doute de le suivre à La Nouvelle-Orléans. Elle voudrait de toute façon échapper au scandale qui allait désormais entacher sa réputation... Cette perspective l'enchantait...

Robert se frotta les mains avec satisfaction. D'un bref coup d'œil, il vit Wernermeyer disparaître chez les Carberry et salua *in petto* le choix de son père. Le nouveau shérif était un idiot parfait, qui gouvernait une ville d'imbéciles ! Il eut brusquement pitié de sa mère, et comprit mieux la haine qu'elle nourrissait pour les habitants de Last Chance. Si Loretta survivait à son époux, il ne lui faudrait pas plus de deux heures pour réunir tous ses effets et laisser derrière elle ce lieu perdu. Elle irait sans aucun doute se réfugier dans une ville plus mondaine.

Pour sa part, il n'avait pas l'intention de rester ici très longtemps. Dès qu'il aurait récupéré Rachel et son fils, il s'en irait, lui aussi !

Tenant Lane par la main, se faufilant dans la nuit entre les bosquets familiers de son jardin, Rachel se dirigea vers sa maison. Une maison plongée dans l'obscurité. Il était presque 21 heures, Delphie avait dû se retirer dans sa chambre. A moins que sa gouvernante n'ait décidé de rejoindre Ty au ranch des McKenna...

Une porte claqua dans le lointain. Ils sursautèrent tous les deux. Rachel retint son souffle. Une voiture passa dans la rue, martelant les pavés de ses roues cerclées de fer, puis le silence retomba. Ils reprirent alors leur chemin vers la demeure.

Même après s'être glissée dans la véranda, la jeune femme tremblait encore d'angoisse. Elle ne pouvait oublier que Robert avait certainement envoyé toute la ville à leur recherche. Mille pensées se bousculaient dans son esprit, l'emplissant d'effroi. Et si Robert avait cru Lane suffisamment audacieux pour se réfugier ici, sous son propre toit... ? Quelqu'un l'y attendait peut-être, tapi dans le noir, pour le faire prisonnier...

D'une main peu assurée, elle récupéra la clé de la demeure sous un pot de bégonias, près de la porte de derrière. Puis, sans un bruit, elle poussa le battant. Lane la suivit dans la cuisine obscure, et ferma la porte à double tour, avant de prendre Rachel par la main.

– Nous avons réussi, souffla-t-il avec un soupir de soulagement.

– Vous êtes totalement fou, Lane Cassidy.

– Personne ne pensera à venir nous chercher ici, alors détendez-vous.

Il passa d'une fenêtre à une autre, fermant un à un les rideaux, avant de s'arrêter devant la table, au beau milieu de la pièce.

Rachel n'était pas convaincue qu'il savait ce qu'il faisait, mais elle avait accepté aveuglément son plan. Laissant la monture à la lisière de la ville pour se faufiler jusqu'ici...

– Où est Delphie ? demanda-t-il.

– Probablement chez les McKenna avec Ty. Du moins, je l'espère.

Rachel serra les poings et s'efforça de ne pas céder à la panique comme chaque fois qu'elle songeait à son fils et à l'épreuve qu'il avait dû supporter depuis le matin.

– Vous avez quelque chose à manger, Rachel ? Je suis mort de faim.

Sans attendre sa réponse, il ouvrit les placards.

– Je m'en charge, fit-elle en le poussant gentiment.

La jeune femme se dirigea vers la huche à pain et en sortit la miche préparée la veille par Delphie. Elle la tendit à Lane avant de sortir un couteau. Alors qu'elle refermait le tiroir, un bruit de pas dans le vestibule la figea sur place.

Le claquement d'un fusil qu'on charge résonna bientôt dans le couloir.

– Ne bougez plus ou je vous tire comme un lapin ! menaça une voix tonitruante.

Rachel se mit à trembler de tout son corps. Une silhouette apparut dans l'encadrement de la porte. Lane fit un pas en avant.

– Delphie ? s'enquit-il. C'est nous.

– Rachel ?

Soulagée, la jeune femme éclata en sanglots.

– Oui, c'est moi, Delphie, souffla-t-elle. Je suis avec Lane.

La gouvernante posa aussitôt son arme et pénétra dans la pièce.

– Doux Jésus ! Vous pouvez dire que vous m'avez fait une peur bleue.

Rachel s'approcha de Delphie et, affectueusement, la prit dans ses bras.

– Je suis désolée. Ne voyant pas de lumière, nous avons cru que tu étais partie chez les McKenna.

– Ils m'ont fait parvenir un message comme quoi je ne devais pas m'inquiéter pour Ty. Ils ne lui ont pas dit ce qui se passait. Mais toute la ville est partie à votre recherche.

La gouvernante se tourna vers Lane.

– Ils veulent vous inculper pour enlèvement. Pour ma part, lorsque j'ai appris la nouvelle, j'ai eu des difficultés à le croire. Cependant, je dois bien vous l'avouer, à mesure que la journée avançait, j'ai commencé à avoir de sérieux doutes.

– Je vais très bien, la rassura Rachel, et je n'ai pas été kidnappée... Ce ne sont là que des ragots !

– Que s'est-il passé ? Je n'y comprends rien.

– L'enlèvement n'était qu'une mascarade, répondit Lane. Il me fallait faire croire que j'avais kidnappé Rachel. C'est tout ce que je peux vous dire pour l'instant. Je serai parti avant l'aube, ne vous inquiétez pas, mais, ce soir, je vais rester ici. Personne n'aura l'idée de venir me chercher dans la maison de Rachel ! Demain, elle fera savoir qu'elle est saine et sauve, qu'elle a réussi à m'échapper et qu'elle est rentrée par ses propres moyens à Last Chance. Mais, pour cela, nous allons avoir besoin de votre aide, Delphie. Si, par hasard, quelqu'un venait frapper ici, pourriez-vous lui dire que vous ne nous avez pas vus ?

– Est-ce bien ce que vous voulez ? interrogea la gouvernante en s'adressant à la jeune femme.

– S'il te plaît, oui. Je t'expliquerai tout dès que je le pourrai.

– Alors, vous pouvez compter sur moi. D'ailleurs, pourquoi n'iriez-vous pas à l'étage ? Je vais vous apporter un dîner froid... et je vous prépare un bain chaud, ajouta Delphie en regardant Rachel.

La jeune femme lui prit la main.

— Merci, merci du fond du cœur.

— Je vous serai à jamais redevable, renchérit Lane en enveloppant la gouvernante d'un sourire de gratitude.

Lane tira les rideaux, après avoir jeté un rapide coup d'œil dans la rue. La ville semblait parfaitement calme et tranquille.

Rachel ne se rendit pas directement dans sa chambre, elle s'arrêta dans celle de Ty. Lane l'attendit dans le couloir, l'observant tandis qu'elle évoluait dans la pièce, remettant un nounours en place, arrangeant une photo dans son cadre.

Il l'entendit soupirer quand elle sortit de la chambre et ferma la porte derrière elle. Par sa faute, elle était séparée de son fils... Brusquement, il eut mal pour elle.

Sans un mot, sans un reproche, elle s'éloigna devant lui dans le couloir, les épaules affaissées, le pas traînant. Il la rattrapa et lui saisit la main tandis qu'ils se dirigeaient vers sa chambre, longeant le couloir où trônaient fièrement les portraits des ancêtres Albright.

Lane crut qu'elle lui interdirait l'accès à cette chambre qu'elle avait autrefois partagée avec Stuart McKenna, mais elle n'en fit rien.

— Vous pensez qu'on peut allumer ? demanda-t-elle en se tournant vers lui.

— Si nous mettons la lampe sur le sol, cela ne devrait pas poser de problème.

Rachel alla jusqu'à la table de nuit et en revint avec la lampe à pétrole. Lane alluma la mèche avec son briquet et régla la flamme au minimum.

— Je n'arriverai jamais à dormir cette nuit, lança-t-elle.

Traversant la pièce, Lane la saisit par les épaules et l'obligea à lui faire face.

– Ne vous inquiétez pas, Rachel. Personne ne songera à venir vous chercher ici, et si quelqu'un s'aventurait jusqu'à votre porte d'entrée, Delphie saurait le renvoyer. Vous savez ce qu'il vous reste à faire demain matin ?

– Dès la première heure, je me rendrai chez le shérif et je lui raconterai que je vous ai frappé sur le crâne, que je vous ai volé votre monture et que je suis revenue jusqu'à Last Chance. Votre cheval m'a désarçonnée à l'orée de la ville et j'ai dû rentrer à pied jusqu'ici, où, morte de fatigue, je me suis endormie.

– Bien.

– Suis-je convaincante ?

– Ils vous croiront. Vous êtes la digne Mme Mc-Kenna, ne l'oubliez pas.

– J'espère. Que ferez-vous ? Où irez-vous ?

– Je dois tout d'abord rendre visite à Chase et lui expliquer la situation. Peut-être acceptera-t-il de m'aider...

– J'aurais aimé que votre première rencontre se passe différemment. Si seulement les choses pouvaient s'arranger entre votre oncle et vous !

Elle se frotta les tempes.

– Et Robert ?

– Je le retrouverai lorsque le calme sera revenu. Maintenant qu'il me croit capable de kidnapper quelqu'un, il acceptera plus facilement de s'associer avec moi.

– Et s'il n'était pas le bandit ?

Lane haussa les épaules.

– J'aurais fichu une sacrée pagaille pour rien !

– J'en ai bien peur.

Au moins était-elle honnête. Il l'attira contre lui.

– Ne vous faites pas de soucis, Rachel. Tout va bien se passer.

– J'espère de tout cœur que vous dites vrai.

Delphie apparut à cet instant sur le pas de la porte, leur apportant une multitude de mets plus appétissants les uns que les autres. Lane libéra sa compagne et prit le dîner des mains de la gouvernante.

– Quand vous aurez fini, Rachel, venez me rejoindre à la cuisine, annonça Delphie sur un ton neutre. Votre bain est prêt. Je garde le fusil près de moi. Si quelqu'un venait frapper à la porte, laissez-moi régler la situation toute seule.

– Comment pourrais-je assez te remercier, Delphie ? s'écria Rachel, sincèrement émue.

– N'en parlons plus. D'ailleurs, il était temps que nous ayons un peu de distraction. On commençait à s'ennuyer ici.

Lane la regarda s'éloigner dans le couloir. Puis il porta le plateau jusqu'au lit et attendit que Rachel vînt le rejoindre.

– Vous feriez mieux de vous dépêcher, faute de quoi je vais tout dévorer, lui dit-il, l'air gourmand.

Rachel vint s'installer en face de lui. Comment réussirait-elle à avaler une bouchée de ce dîner en sachant que Lane et elle passeraient la nuit sous le même toit ?

– Vous pouvez utiliser la chambre d'ami au rez-de-chaussée, déclara-t-elle alors qu'il mordait à pleines dents dans une cuisse de poulet.

Lane mâcha lentement, déglutit, mais ne répondit pas. Il ne la quittait plus du regard. Il resta ainsi un long moment silencieux, puis il lui sourit.

– Comme vous voudrez.

– Pourquoi me regardez-vous ainsi ?

– Comment voulez-vous que je vous regarde ?

– Je ne sais pas. J'ai l'impression que vous vous moquez de moi.

Le sourire de Lane s'évanouit.

– Pourquoi le ferais-je ? J'aime vous contempler, c'est tout.

Elle rougit et détourna les yeux.

– Vous vous êtes bien gardée de répondre à ce que je vous ai dit cet après-midi, lança-t-il.

– De quoi parlez-vous ?

– Vous le savez bien. Il n'est pas si fréquent de déclarer son amour à une femme ! En fait, je ne l'avais jamais fait auparavant... Mais vous n'avez même pas réagi...

Il se trompait. Dire que le fin limier de l'Agence Pinkerton n'avait pas remarqué les mains moites et les battements effrénés du cœur de Rachel...

Brusquement elle se redressa, cherchant désespérément à se dérober au regard brûlant de son compagnon. Elle savait ce qu'il attendait, elle n'ignorait pas qu'il voulait l'entendre avouer ses sentiments, mais c'était plus fort qu'elle, ces mots-là se refusaient à dépasser la barrière de sa bouche.

– Je vais prendre mon bain, fit-elle avant de rapidement quitter la chambre.

L'eau parfumée et chaude l'aida un peu à recouvrer ses esprits. Une fois changée, rassurée par le silence de la nuit, elle prit le temps de brosser ses cheveux, humant avec délices le parfum entêtant du jasmin qui s'immisçait par la fenêtre, porté par le souffle du vent.

Elle aurait aimé se glisser dans la fraîcheur du jardin, goûter aux senteurs mystérieuses des fleurs épanouies, mais elle ne pouvait pas prendre le risque d'être aperçue. Alors, elle rassembla tous ses effets et quitta la cuisine. Elle passa devant la chambre de Delphie sur la pointe des pieds et ne put s'empêcher de sourire en l'entendant pousser des ronflements à réveiller les morts.

Sa gouvernante avait beaucoup de chance de pouvoir dormir. Si seulement elle parvenait à en faire de même... Mais voilà, il y avait fort à parier qu'elle ne fermerait pas l'œil de la nuit. Elle s'engouffra dans la cage d'escalier.

Pas un bruit ne provenait de là-haut. Lane aurait-il rejoint la chambre d'ami ? Cependant, elle en doutait fort. Cela ne lui ressemblait guère. Il n'était pas le genre d'hommes à abandonner la lutte si vite !

Lane l'aimait.

Cette confession l'avait d'autant plus émue qu'elle ne s'attendait pas à une telle révélation. En outre, il ne devait pas avoir l'habitude de parler en l'air ; ce qu'il lui avait révélé aujourd'hui en témoignait. Quand elle songeait à tout ce qu'il avait enduré pour devenir celui qu'il était aujourd'hui, elle s'émerveillait encore de son courage et de sa force.

Et voilà... malgré tout ce qu'elle avait pu dire, elle était éprise de cet homme. Il était temps pour elle de lui avouer ses sentiments, il était temps de sortir de ses retranchements et de saisir au vol cette chance d'aimer. Il lui offrait ce qu'elle n'espérait plus connaître un jour : une passion effrénée.

Il l'aimait. Contrainte d'affronter la vérité, elle se devait d'admettre qu'elle l'aimait elle aussi. Il était inutile de nier plus longtemps l'évidence...

Sur le seuil de sa chambre, elle marqua une pause. La pièce était plongée dans le noir le plus complet. Lentement, elle se dirigea vers le lit.

Lane ne s'y trouvait pas. Alors, brusquement, la panique la submergea. Relevant ses jupons, sans plus prendre la peine de réfléchir, elle quitta la pièce et s'élança dans le couloir, puis dans l'escalier pour rejoindre le vestibule où se trouvait la chambre d'ami.

Ses doigts tremblaient quand elle tourna le bouton de la porte. Une fois encore, elle fut accueillie par l'obscurité mais, cette fois, elle distingua un bruit de draps froissés.

– Rachel ?

184

La voix de Lane. Un vif soulagement s'empara d'elle.

– Oui.

Elle l'entendit soupirer, et reconnut le bruit métallique de son revolver déposé sur la table de nuit. Toute tremblante, elle s'appuya contre le chambranle.

– Venez ici, Rachel.

Docilement, elle s'exécuta, après avoir refermé la porte derrière elle. La fenêtre donnait sur le jardin, elle s'y dirigea dans l'espoir d'apaiser les battements de son cœur.

– Je vous en prie, Rachel. Approchez.

Il n'était plus qu'une voix dans l'ombre jusqu'à ce qu'elle atteignît le bord du lit où elle s'installa. Alors elle le vit, allongé sur le dos. Il la regardait.

– Je croyais que vous insisteriez pour dormir près de moi dans ma chambre, lui avoua-t-elle. Quand je ne vous ai pas vu, j'ai pensé que vous étiez parti, que vous aviez quitté la maison.

– Où auriez-vous voulu que j'aille quand je n'ai qu'une envie : vous savoir à mon côté, vous caresser, vous sentir contre moi ?

Elle frissonna, soulagée qu'il n'ait pas décelé l'effet qu'il lui faisait. Le désir lentement s'emparait d'elle, brisant toute résistance.

– Je vous aime, Rachel.

– Je le sais.

Combien elle avait peur ! Elle avait si peur qu'elle craignait de voir son cœur bondir hors de sa poitrine. De sa place, Lane devait l'entendre battre !

– Ce qui se passera maintenant dépendra uniquement de vous, murmura-t-il.

– Je le sais.

– Alors, que décidons-nous, mademoiselle Rachel ?

Il ne se voulait pas irrespectueux.

– Je veux...

Les mots s'étranglèrent dans sa gorge.

– Que voulez-vous, Rachel ?

– Je vous veux.

– Vous... vous avez peur ?

– Non... oui. Je n'en sais rien.

Il s'appuya sur son coude et la regarda. Elle ne voyait pas ses yeux, mais elle les sentait transpercer sa fine chemise, lui brûler la peau.

– N'ayez pas peur. Ce soir, pour une fois, je serai le professeur et non plus l'élève.

Elle patientait, figée sur le bord du lit. Avec Stuart, c'était toujours le même refrain. Elle restait allongée au beau milieu du lit, attendant qu'il lui relevât sa chemise de nuit pour la pénétrer, et cela, qu'elle le veuille ou non !

Stuart avait été son époux, il était de son devoir de le contenter.

Aujourd'hui, elle priait simplement pour que Lane lui donnât la clé du bonheur dont elle rêvait tant.

Ses yeux s'accoutumaient lentement à l'obscurité. Le drap avait un peu glissé ; Lane était torse nu. Elle s'approcha de lui.

– Ne bougez plus, lui dit-il.

La jeune femme se raidit.

– Otez votre robe.

Elle s'humecta les lèvres.

– Pourquoi ?

– Otez votre robe, répéta-t-il doucement.

Jamais elle ne s'était montrée nue devant un homme. Avant que la peur ne lui fît changer d'avis, elle dégrafa les boutons de nacre. Puis, lentement, elle fit glisser sa chemise par-dessus sa tête.

– Continuez, souffla-t-il alors qu'elle hésitait imperceptiblement.

– Lane...

– Vous êtes si belle, Rachel.

Ces mots achevèrent de la convaincre. D'un geste,

elle se débarrassa de ses vêtements et les laissa tomber sur le parquet.

Alors Rachel apparut à Lane dans son plus simple appareil, le laissant contempler son corps baigné par la douce lumière de la lune. Lentement, il s'approcha et, du bout des doigts, caressa une ligne invisible entre son genou et la courbe de sa hanche. Elle réprima un frisson alors qu'au plus profond d'elle-même la peur faisait place à une douce langueur.

La caresse de ses mains stimulait encore la passion qui s'emparait d'elle. Lane continua son exploration plus haut, remontant le long du ventre de la jeune femme pour atteindre ses seins. Il les effleura seulement, lui arrachant pourtant un gémissement.

– Ecartez les jambes.

Elle ferma les yeux et obéit. Le sol était ferme sous ses pieds, et pourtant, elle avait soudain l'impression que la pièce se mettait à tournoyer autour d'elle. Elle sentit les doigts de son compagnon se glisser entre ses cuisses et s'enfoncer doucement jusqu'au joyau sombre de sa féminité.

Sa main remonta encore.

Elle serra les poings et retint son souffle. Il effleurait sa toison, ses doigts légers l'entraînaient dans un vertige de sensations et de désir. Elle se mordit les lèvres.

Les yeux clos, elle rejeta la tête en arrière. Tous ses sens s'éveillaient à la vie. Les caresses de Lane, comme le souffle du vent, se faufilaient jusqu'au plus profond d'elle-même. De nouveau, elle laissa échapper un gémissement.

– Venez, Rachel. Il y a encore tant de choses que je veux vous montrer avant la fin de la nuit.

Il la guida vers lui.

– Repoussez le drap, lui ordonna-t-il.

Elle avait grand-peine à saisir le sens de ses paroles.

– Repoussez le drap, Rachel.

Prenant une profonde inspiration, elle s'exécuta, dévoilant un Lane entièrement nu, son désir manifeste.

– Je vous veux, murmura-t-il en l'attirant sur lui.

Lui saisissant la main, il la referma sur son membre durci et... gémit.

– Oh ! oui, je vous veux.

– Moi aussi, Lane.

– Alors, aimez-moi...

12

Frustré par l'inertie désolante d'Arnie Wernermeyer, et furieux contre Lane Cassidy, Robert McKenna arpentait la bibliothèque de son père, ne supportant plus les discours de ce dernier qui avalait cognac sur cognac. Un si bon alcool ingurgité en quelques minutes, c'était décidément donner de la confiture aux cochons !

– Si elle croit qu'elle va pouvoir montrer le bout de son nez ici et récupérer Ty après cet... après cet incident, elle se trompe ! grondait le vieil homme. Qui osera me dire qu'elle n'a pas cherché ce vaurien...

C'était au moins la quatrième fois en vingt minutes que Stuart répétait cette phrase. Sans plus l'écouter, Robert se remémora les événements de la journée. A tout bien réfléchir, Rachel ne s'était pas franchement débattue dans les bras de Cassidy, en tout cas pas comme elle l'aurait dû ! Elle semblait sous le choc, confuse, et même un peu effrayée, mais elle était loin d'être terrifiée. Toutefois, tout s'était passé trop vite pour qu'il se rappelât la scène avec précision.

Rachel et Lane Cassidy auraient-ils pu être complices ? Et tout cela n'être qu'une mise en scène ? Mais alors, dans quel but ?

Non, c'était impossible ! En dépit des protestations

et des hauts cris de son père, il ne pouvait pas le croire. Les choses étaient simples : Lane Cassidy avait décidé d'enlever Rachel. A présent, il se devait, lui, Robert McKenna, de donner une leçon à ce bandit !

– Père, je pense à votre santé, vous devriez cesser de boire.

– Ne t'inquiète pas. Je vais très bien...

– Vous me donnez pourtant l'impression d'être au bord de la crise cardiaque. Ce n'est pas bon pour votre cœur !

Stuart secoua la tête.

– C'est la dernière fois que je permets à cette femme d'ignorer tout ce que nous faisons pour elle. Je sais ce que ferait mon fils s'il était encore là.

Ses yeux injectés de sang s'embuèrent de larmes.

– Il n'est pas question que mon petit-fils vive sous son influence. Elle est devenue une traînée, une mère indigne !

– Vous ne croyez pas que vous exagérez un peu à propos de Rachel ? Attendez au moins que nous l'ayons retrouvée et que nous en apprenions plus sur cette histoire. Mon Dieu, cette pauvre femme doit souffrir le martyre en ce moment, et vous êtes là en train de la condamner et de parler de lui retirer son fils.

Robert alla jusqu'à la fenêtre et repoussa le lourd rideau de brocart pour tenter de percer l'obscurité de la nuit. Il faisait très sombre et les recherches avaient dû être interrompues jusqu'à l'aube. Poussant un soupir, il laissa retomber la tenture et se tourna vers son père, affalé dans le fauteuil en cuir, derrière l'immense bureau d'acajou.

– Quand nous trouverons Rachel...

– Si nous la retrouvons, le coupa Stuart.

– Quand nous la retrouverons, il vaudrait mieux que vous me laissiez régler cette histoire. Vous avez les nerfs à vif...

– Je ne suis pas énervé du tout !

– Vous pourriez gâcher vos relations avec Ty, continua Robert sans plus prêter attention aux remarques de son père. Après tout, Rachel est sa mère. Vous vous mettriez ce garçon à dos en essayant de les séparer. Est-ce ce que vous voulez ?

Lorsque Stuart Senior prit la parole quelques secondes plus tard, il s'était un peu calmé :

– Après cet incident, sa réputation sera à tout jamais ruinée. Elle devra venir s'installer ici avec nous.

Ce n'était ni le moment ni l'endroit pour suggérer qu'il se chargerait volontiers de Rachel et de son fils en les emmenant avec lui à La Nouvelle-Orléans. Oui ! Rachel, Ty et la plus grosse partie de l'héritage McKenna avec lui, rien que pour lui...

– Vous avez peut-être raison, se borna-t-il à répondre.

– Je le sais. Demain, les recherches reprendront et on débusquera ce vaurien. Rachel viendra alors s'installer ici et nous veillerons avec soin sur l'éducation de Ty.

Tournant le dos à son père qui venait de renverser son verre de cognac, Robert se dirigea vers la sortie. Mais il s'arrêta soudain, la main posée sur la clenche dorée à l'or fin et, jetant un bref regard à Stuart Senior, il lui lança en souriant :

– Nous en rediscuterons demain, n'est-ce pas ?

Rachel se frotta la joue contre l'oreiller, étourdie par les sensations qui se bousculaient en elle, enveloppée par les douces senteurs de lavande que Delphie avait coutume de glisser dans les armoires. Elle prit une profonde inspiration et s'étira avant d'ouvrir les yeux à la gloire d'un nouveau jour.

La jeune femme faillit suffoquer lorsqu'elle réalisa

qu'elle était nue sous les draps. Avec un regard affolé en direction de la porte, puis de la fenêtre ouverte, elle se dressa sur son séant et tira la couverture jusqu'à son menton. Elle ferma les paupières.

Et compta jusqu'à dix... Puis, jusqu'à vingt. Elle trouva enfin le courage d'ouvrir les yeux et promena un regard autour d'elle. Lane n'était plus là, et rien dans la pièce ne permettait de prouver qu'il y avait passé la nuit. Rien, si ce n'était la douce impression de bonheur qui flottait dans l'air... et, en elle, l'envie de le crier au monde entier.

La chambre d'ami était, comme à l'habitude, parfaitement rangée, avec ses rideaux d'organdi et son papier mural fleuri de roses.

Rien n'avait changé, et pourtant elle ne se sentait plus la même.

Elle se sentait transformée. Tout son être semblait rempli de force et elle avait le sentiment que plus rien de difficile ne pourrait désormais entraver sa vie. Dans les bras de Lane, elle avait découvert la passion sous ses multiples facettes, et cela, jusqu'au bout de la nuit. Elle avait aussi appris la confiance.

Le rouge monta aux joues de Rachel tandis que les souvenirs les plus brûlants revenaient à sa mémoire. Après avoir suivi Lane sur tous les sentiers de l'amour, elle l'avait elle-même guidé, inventant et réinventant un rite existant depuis toujours. Puis, épuisée, comblée, elle s'était endormie dans ses bras.

Fidèle à sa parole, Lane avait été son professeur toute la nuit, lui prouvant qu'elle n'était ni frigide ni insensible, comme l'accusait injustement Stuart. En quelques heures, Lane l'avait éveillée à la sensualité, lui avait donné le véritable sens de la féminité et de l'amour.

Pendant un instant, elle se demanda où puiser le courage de quitter le lit, de s'habiller et d'affronter le regard inquisiteur de Delphie. Elle grimaça en se souvenant de la scène avec Robert McKenna. Elle pensa aussi aux invraisemblables explications de Lane pour justifier son enlèvement et lui révéler que Robert n'était autre que cet incroyable Gentleman Voleur, recherché à travers tout le pays...

Voilà, Lane s'était évanoui dans la nature sans même un au revoir, et elle allait devoir affronter seule les commérages. Rejetant furieusement draps et couverture, tout en évitant de regarder ce corps que Lane avait aimé, elle bondit sur ses pieds. Elle jeta un regard à l'horloge qui trônait sur la commode : 6 heures ! Elle devait se rendre sans plus tarder au bureau du shérif pour prévenir Arnie Wernermeyer qu'elle était saine et sauve.

Elle découvrit sa chemise de nuit roulée en boule sous l'oreiller et, rapidement, l'enfila. Une fois encore, elle lança un coup d'œil vers l'horloge et c'est alors qu'elle le vit... un bouquet sublime qu'elle n'avait même pas remarqué quelques minutes plus tôt !

Un bouquet de fleurs, dans un camaïeu de roses... qui provenaient de son jardin. Lentement, elle traversa la pièce et s'arrêta, bouleversée, devant cette magnifique composition. Les pétales de velours semblaient aussi fragiles que ses sentiments, ce matin. Elle n'osa pas les toucher, se contentant de se pencher et d'enfouir son nez en leur cœur.

Derrière ces roses, il y avait un papier. Rachel sourit en le saisissant, puis sentit des larmes d'émotion rouler sur ses joues tandis qu'elle parcourait la missive.

Chère Rachel,
Comme je traversais votre jardin, j'ai vu toutes ces fleurs perlées de rosée, scintillant avec faste dans les premières lueurs de l'aurore. Alors je me suis rappelé le poème de Thomas Bayly :

Je serais un papillon né dans un berceau de verdure,
là où les roses, le lis et les violettes se croisent.

Jusqu'à ce jour, je ne comprenais pas pourquoi ces
vers hantaient mon esprit...

Soyez forte, Rachel.
Lane.

Encore, et encore, elle relut ces lignes, et ses doutes,
peu à peu, s'estompèrent. Quand elle quitta la pièce,
elle avait les roses dans ses bras.

— Delphie ? appela-t-elle, s'arrêtant un instant sur le
palier.

Elle entendit soudain la porte de la gouvernante
s'ouvrir au rez-de-chaussée et, bientôt, Delphie apparut
au bas de l'escalier.

— Vous réveilleriez un mort à crier ainsi ! grommela
la gouvernante. Je croyais que vous étiez censée vous
cacher.

— Lane doit être parti tôt ce matin. Sa chambre est
vide, lança Rachel sur un ton désinvolte.

Tout à coup, elle se souvint des fleurs qu'elle tenait
dans les bras. Il était trop tard pour les cacher !

Alors, prenant un air détaché, elle redressa la tête
et, s'élançant dans l'escalier, fit :

— Si tu m'aidais à m'habiller, je pourrais rendre
visite au shérif avant d'aller récupérer Ty.

Delphie fronça les sourcils.

— Je viens avec vous.

— Je m'en sortirai bien toute seule.

— Sûrement, mais je vous accompagne.

— Alors, tu ferais mieux de te dépêcher, parce que je
serai prête à partir dans vingt minutes. Oh, avant que
je n'oublie, nous aurions tout intérêt à nous endeuiller !
Il serait certainement plus sage que chacun voie en
moi la respectable veuve de Stuart McKenna.

Quarante minutes plus tard, entièrement vêtue de noir, Rachel se tenait devant le bureau du shérif Wernermeyer, essayant de ne pas penser à toutes ces fois où, dans le passé, elle venait apporter un plat chaud à son époux. Arnie était assis dans son fauteuil et l'observait intensément. Il avait les bras croisés sur sa bedaine.

– Comment m'avez-vous dit que vous vous étiez enfuie ? demanda-t-il d'un ton méfiant.

Elle s'éclaircit la voix.

– J'ai frappé Lane Cassidy sur la tête avec un bâton.

– Un bâton ?

– Oui, ou plutôt une grosse branche.

– Une branche ?

– Exactement.

Elle hocha la tête avec emphase.

– Et vous avez volé son cheval ensuite ?

– Eh bien... Lane Cassidy était inconscient, je n'ai eu aucun mal à le lui voler, ou plus exactement à le lui emprunter. La monture a accepté de m'emmener jusqu'à la lisière de la ville...

– C'est alors qu'elle vous a désarçonnée et que vous avez dû terminer votre chemin à pied.

– Oui.

– Bon... Hormis le fait qu'il vous ait effrayée, Cassidy ne vous a pas maltraitée, je ne me trompe pas ?

Il y avait une pointe de méfiance dans sa voix...

– C'est tout à fait exact.

Elle poussa un soupir exaspéré.

– Mais ça fait quatre fois que je vous le répète, shérif. Ne pensez-vous pas que je puisse m'en aller maintenant ? J'ai besoin d'avertir les McKenna et je voudrais récupérer mon fils. Il doit commencer à se demander pourquoi je tarde tant à venir le chercher.

Wernermeyer la fixa un long moment avant de poser les yeux sur Delphie.

– Robert McKenna devrait être ici d'une minute à l'autre. Pourquoi ne l'attendriez-vous pas ? Ainsi, je ne serais pas le seul à lui raconter votre incroyable histoire. Je préfère que ce soit vous qui lui appreniez votre aventure... Je suppose que vous êtes d'accord ?

La jeune femme redoutait de devoir parler à Robert. Il la connaissait mieux que Wernermeyer, et il saurait déceler le moindre de ses mensonges et de ses hésitations. La partie était loin d'être gagnée... Ainsi, elle avait besoin de temps pour réfléchir, de temps pour préparer la version des événements qu'elle fournirait à Robert et au reste de la famille McKenna. En effet, elle se devait d'être convaincante... faute de quoi Lane se retrouverait à cause d'elle en très fâcheuse posture.

– Shérif, je préfère m'en aller maintenant.

– Je comprends, mais encore une dernière chose qui me chiffonne... commença Wernermeyer.

Il y avait tant de choses qui devaient chiffonner l'esprit de cet homme... Rachel serra les poings pour ne pas devenir ironique. Ce n'était ni le moment ni l'endroit !

Et elle s'efforça de demeurer parfaitement détachée quand elle lui demanda :

– Laquelle ?

– J'aimerais savoir pourquoi le jeune Cassidy s'est enfui avec vous de la cabane.

– Moi aussi, fit une voix masculine derrière elle.

La jeune femme pivota sur ses talons et découvrit Robert, élégant comme toujours, et apparemment tout à fait détendu. Rachel sentit Delphie se rapprocher d'elle et fut tentée de lui prendre la main, mais ce n'était certainement pas le moment de montrer sa peur.

Elle avait su mentir au shérif avec un aplomb qu'elle

ne se connaissait pas, mais refaire ce numéro pour Robert serait bien plus difficile.

– Robert ! s'écria-t-elle, avec une affection feinte.

Elle se précipita vers lui, il lui saisit les mains. Leurs regards se croisèrent et demeurèrent rivés l'un à l'autre. Elle aurait aimé détourner les yeux mais il ne le fallait pas. Elle devait soutenir son regard. Il la détailla bientôt de haut en bas.

– Dieu soit loué, vous êtes vivante ! s'exclama-t-il.

Doucement, il l'attira contre lui.

– Je vais bien. Et j'en remercie le Ciel, ajouta-t-elle dans un souffle.

Arnie quitta son fauteuil et contourna le bureau. Ils se tenaient à présent tous les quatre au milieu de la pièce. Le soleil du matin brûlait déjà sans merci, et la chaleur se répandait entre les murs chaulés. Il n'y avait pas un souffle d'air et l'atmosphère devenait de plus en plus écrasante.

– Robert, fit Rachel doucement, pourriez-vous m'accompagner au ranch de vos parents ? Il faut que je voie Ty.

Elle marqua une pause, comme si elle tentait de rassembler ses esprits.

– Après ce que je viens de vivre, je veux m'assurer qu'il va bien.

– Il va bien, c'est évident, mais je vous y conduis tout de suite.

Robert se tourna vers le shérif.

– Il faut que vous continuiez les recherches et retrouviez ce bandit, à moins que vous n'ayez déjà définitivement perdu sa trace !

– J'ai l'intention de reprendre les recherches ce matin. Nous devrions le retrouver très facilement. En outre, d'après Mme McKenna, Cassidy serait à pied.

– Je l'espère.

Il regarda Rachel.

– J'ai récupéré votre jument. Je l'ai ramenée au ranch de mon père.

– Merci.

– Voulez-vous emmener Delphie ?

Rachel jeta un coup d'œil en direction de sa gouvernante.

– Non, il vaut mieux qu'elle reste à la maison au cas où... enfin, on ne sait jamais...

– Bien, déclara Robert en saluant Delphie brièvement. Vous me raconterez tout cela en chemin...

Et aucun des deux n'eut un regard pour Arnie !

Lane chassa avec résolution Rachel de son esprit et se concentra sur la tâche qui l'attendait. Il avait trouvé Shield là où il l'avait laissé, juste un peu avant Last Chance, sous le couvert d'un bois. Et il se dirigeait vers Trail's End quand, en chemin, il rencontra Ramon. Ce dernier insista pour l'accompagner jusqu'au ranch.

– Ton oncle et sa femme sont de retour, annonça Ramon avec un sourire.

– Je le sais. J'ai croisé Chase hier.

Son compagnon le considéra alors longuement.

– Une patrouille est venue hier au ranch, elle te cherchait. Je vois que rien ne change. Toujours en déroute ?

– Vous seriez surpris si vous saviez...

Puis, offrant un sourire au fidèle bras droit de son oncle, il ajouta :

– Pas d'adages, pas de paroles sages, Ramon ? Vous m'étonnez ! Si je me souviens bien, vous en aviez pour toutes les occasions.

– Pas cette fois, mon ami !

Ils chevauchèrent en silence, comme autrefois lorsqu'ils surveillaient le bétail dans les collines. Bientôt, ils furent en vue du ranch. Lane se demanda si, un jour, il s'habituerait à une si somptueuse demeure et à tant de luxe... !

Ils attachèrent leurs montures, près de la véranda, à l'arrière de la bâtisse. Lane glissa un regard à la longue cabane de rondins qui se tenait à quelques mètres de là. Elle avait été repeinte entièrement, cependant, comme autrefois lorsqu'il était enfant, elle n'avait rien d'accueillant... Ici, il n'avait jamais connu le bonheur.

Ramon pénétra dans la cuisine de la demeure de Chase, mais Lane resta sur le seuil un instant. Lucy, la ravissante épouse blonde du Mexicain, était penchée au-dessus du fourneau, surveillant la cuisson des œufs brouillés et du bacon. Dans un coin de la pièce, près de la baie vitrée, étaient assises deux versions minia-tures de Chase et d'Eva : un petit garçon aux cheveux noirs et aux yeux sombres, et une fillette aux boucles auburn et au nez constellé de taches de rousseur. Ils le regardaient en silence.

Lane salua la femme de Ramon d'un bref hochement de tête, puis il s'approcha des enfants.

– Qui es-tu ? demanda la petite fille en posant sur lui des yeux d'un vert aussi lumineux que ceux de sa mère.

– Je suis Lane Cassidy. Et vous ?

– Vous êtes l'oncle Lane ? s'écria le garçon. Moi, je m'appelle aussi Lane Cassidy. Papa et maman m'ont donné votre prénom.

Il bondit de sa chaise et, contournant la table, vint se poster devant Lane.

– Des gens vous cherchaient hier. Ils étaient au moins une dizaine.

– Maman était en colère contre toi ! renchérit la petite fille. Je suis Ellie, et j'ai cinq ans !

Lane lui tendit la main avec un sourire.

– Enchanté de te rencontrer.

– Vous allez avoir de gros ennuis, Lane ! lança son frère. Mon père était très préoccupé à cause de vous.

Maman lui a dit de se calmer et d'attendre vos explications. Mais papa était persuadé que vous ne reviendriez pas rôder dans le coin.

Ellie entraînait déjà Lane jusqu'à la table.

– Ramon est parti prévenir M. Cassidy que vous étiez là, l'avertit Lucy en lui souriant amicalement. Je vous prépare un petit déjeuner ?

– Je veux bien, si cela ne vous dérange pas.

Il regarda la jeune femme s'éloigner jusqu'à ses fourneaux. Où diable Ramon avait-il pu dénicher une aussi adorable créature ? songea-t-il une fois encore. Le Trail's End n'était pas précisément un lieu de grand passage et le Mexicain ne quittait que très rarement le ranch... Mais, évidemment, en dix années il avait eu le temps de faire quelques nouvelles rencontres !

Tandis que les enfants se mettaient à manger, Lane en profita pour promener un regard autour de lui. La pièce était spacieuse et ensoleillée, rien de comparable au taudis sale et poussiéreux qui servait de cuisine dans la cabane jadis. Lucy déposa devant lui une assiette fumante.

– Mais comment avez-vous atterri ici ? lui demanda-t-il avec curiosité.

La femme s'empourpra jusqu'à la racine des cheveux.

– J'ai... j'ai travaillé autrefois avec Eva à... Cheyenne.

– Vous étiez danseuse ?

– Oui. J'avais appris qu'Eva avait épousé un fermier et qu'elle vivait à l'ouest de Last Chance, alors un beau jour je suis allée lui rendre visite au ranch... Eva m'a accueillie à bras ouverts et m'a dit de rester aussi longtemps que je le souhaitais. (Elle haussa les épaules.) C'est la meilleure chose qui me soit arrivée, puisque j'ai rencontré Ramon. Quelques mois plus tard, il me demandait de l'épouser.

– Viens t'asseoir près de moi, oncle Lane, implora Ellie.

– Non, à côté de moi. Après tout, nous avons le même prénom ! protesta le jeune garçon en prenant place près de lui.

Il tira la langue à sa sœur.

– Ne fais pas cela ! gronda Lane.

– Je le dirai à papa, menaça Ellie avec colère.

– Ça ne se fait pas de rapporter ! gourmanda Lane.

Mais lorsqu'il vit d'énormes larmes rouler sur les joues de la fillette, il regretta tout aussitôt de s'être fâché.

– Je suis désolé, Ellie, s'empressa-t-il de dire en se penchant vers elle. Je ne voudrais surtout pas voir pleurer une aussi jolie petite fille que toi !

Visiblement peu troublé par les sanglots de sa sœur, le petit Lane engloutissait le contenu de son assiette sans dire un mot. Lorsqu'il eut terminé, il leva les yeux vers son oncle :

– Faut pas vous en faire, oncle Lane. Ellie pleure tout le temps. Maman dit que c'est son côté théâtral, comme grand-père et grand-mère. Nous étions chez eux en Californie...

– Lane ! s'exclama une voix chaleureuse.

Eva Eberhart Cassidy fit son entrée dans la pièce comme si elle pénétrait sur une scène. Ses cheveux d'or étaient retenus en un chignon. Elle devait se lever car elle avait juste pris le temps d'enfiler un peignoir sur sa longue chemise de nuit de soie jaune.

Lane bondit à ses pieds, soulagé par l'accueil d'Eva. Il n'en serait sûrement pas de même avec Chase...

La jeune femme referma les bras autour de lui et, pendant quelques minutes, ils restèrent ainsi immobiles et émus. Puis elle s'écarta de Lane et se mit à l'examiner de pied en cap.

– Tu me sembles être en pleine forme. Après tout ce

que j'ai entendu à ton propos ces dernières années, je craignais un peu de te revoir.

Lane s'esclaffa et la regarda à son tour.

– Et vous, vous êtes aussi belle que dans mon souvenir.

Rougissant, elle resserra les pans de son peignoir et se tourna vers ses enfants qui assistaient à la scène, les yeux brillants de curiosité.

– Alors, mes chéris, vous avez rencontré votre oncle ? s'enquit-elle tendrement.

– C'est moi qu'il préfère ! s'exclama Ellie.

– Menteuse ! s'insurgea Lane Junior.

Il fusilla sa sœur du regard.

Au même instant, Chase entra dans la cuisine, suivi de Ramon, et le silence tomba brusquement sur la pièce.

– Où est Rachel McKenna ? demanda-t-il sans autre préambule.

Eva se tourna vers Lane.

– Le shérif Wernermeyer et le beau-frère de Rachel sont venus ici hier, ils sont à ta recherche. Ils ont dit que tu t'étais enfui avec elle. J'ai eu beau leur dire qu'il devait y avoir une erreur, que tu n'aurais jamais pu...

– Eva ! gronda Chase d'un ton sans réplique.

Son épouse se tut aussitôt.

Lane jeta un coup d'œil en direction de Ramon, de Lucy et des enfants. Il n'avait pas l'intention d'expliquer la situation devant tant de monde !

– Puis-je te parler en privé ? demanda-t-il à son oncle.

Chase marqua une légère hésitation avant d'opiner. Sans plus tarder, il tourna les talons et se dirigea vers la sortie. Lane le suivit, l'air grave.

– Je viens avec vous, que vous le vouliez ou non, lança Eva.

Et, sans attendre la réponse de son époux, elle s'élança dans leur sillage. Alors que Lane avançait dans le couloir, il ne put s'empêcher de remarquer le superbe parquet, les meubles de style et les précieux tapis disposés avec goût. Le couloir débouchait sur une grande salle de réception, puis sur un bureau, auquel on accédait par deux immenses portes de chêne. Chase s'effaça pour leur laisser le passage.

Lane se dirigea tout droit vers l'âtre, un peu intimidé par tout ce luxe. Accroché au manteau de la cheminée, trônait une sorte de petit cercueil égyptien.

– Qu'est-ce que c'est ? s'enquit-il en s'adressant à Eva.

– Un héritage, rétorqua-t-elle laconiquement avant de s'esclaffer.

Avec un hochement de tête, Lane prit place sur une chaise près de la baie vitrée. Il comprit que Chase ne supportait toujours pas les espaces exigus qui devaient, bien sûr, lui rappeler ses longues années passées à croupir en prison... Mais, ici, tout était spacieux et tranquille.

– Tu prendras un café, Lane ? proposa Eva. Et toi, mon chéri ?

Les deux hommes secouèrent la tête en signe de refus.

Avec un soupir résigné, la jeune femme s'installa dans un fauteuil et observa attentivement son époux. Lane croyait que Chase allait la renvoyer mais, incroyablement, il ne broncha pas. Tant mieux, après tout... Eva saurait adoucir les esprits en colère si le besoin s'en faisait sentir.

– D'abord, commença Lane, Rachel est saine et sauve. Et elle est rentrée chez elle. En fait, la dernière fois que je l'ai vue, elle était paisiblement endormie dans son lit !

Un silence embarrassé salua ses paroles.

– Mon Dieu ! souffla Eva.

Réalisant la gaffe qu'il venait de commettre, il tenta de nuancer ses propos.

– En tout cas, c'est ce que m'a dit sa gouvernante...

Chase se détendit aussitôt et se carra confortablement dans son large fauteuil, derrière son bureau.

– Tout est réglé alors, fit-il d'un ton interrogateur, ou bien devons-nous nous attendre à une nouvelle visite du shérif ?

– Je n'en sais rien. En tout cas, je ne l'espère pas.

Immédiatement, Chase se rembrunit et ses yeux lancèrent à nouveau des éclairs.

– Ce n'est pas une réponse ! Tu es revenu semer la zizanie à Last Chance, et tu n'as rien de plus à me dire ? Ne serait-ce que pour me rassurer un peu... Je te rappelle que j'ai des enfants et que je n'ai pas la moindre envie de les voir mêlés à tes sordides affaires.

Eva se pencha vers son époux et lui caressa gentiment la main.

– Chase...

– Il n'y a pas de Chase !

– Ce que j'ai à vous dire maintenant doit rester strictement confidentiel, déclara Lane sans perdre son sang-froid. Puis-je compter sur votre discrétion ?

La jeune femme hocha la tête.

– Bien sûr.

Chase attendit en silence que Lane continuât.

– La seule personne qui sache exactement ce qui se passe ici est Rachel. Pour vous résumer l'histoire en quelques mots, je suis détective de l'Agence Pinkerton, et cela depuis six ans.

– Et les poules ont des dents ! grommela Chase avec ironie en passant les doigts dans ses cheveux.

– Je suis désolé de n'avoir pas suivi tes prédictions, oncle Chase, mais, aussi étonnant que cela puisse te paraître, je marche aujourd'hui du bon côté de la loi. Je suis ici pour mon travail, une enquête qui me donne du fil à retordre ! Pour les besoins de cette affaire, j'ai dû simuler cet enlèvement, et ce à seule fin de ne pas mettre la vie de Rachel en danger.

– Mais si tu es un Pinkerton, pourquoi le shérif en a-t-il après toi ? voulut savoir Eva.

– Je mène cette enquête pour mon compte personnel. En fait, je suis suspendu de l'Agence pour six semaines, mais cela, c'est une autre histoire.

– Quelle est cette enquête ? interrogea Eva, les yeux brillants de curiosité.

Lane prit une profonde inspiration et regarda son oncle droit dans les yeux.

– Je suis ici sur la piste du Gentleman Voleur... Vous avez certainement dû entendre parler de lui. Il s'agit de ce bandit qui dévalise les trains depuis deux ans. Cela m'ennuie de te l'apprendre, oncle Chase, mais, pour l'Agence Pinkerton, tu es le principal suspect !

13

L'atmosphère dans le bureau des Cassidy s'électrisa soudain. Même les hennissements des chevaux et le grondement du bétail dans les corrals, au-dehors, ne purent masquer la tension qui régnait dans la pièce. Le silence devint lourd... Aucune des trois personnes ne disait mot. Chacun se scrutait attentivement...

Chase avait les yeux rivés sur Lane. Son expression n'avait pas changé, mais Lane le savait passé maître dans l'art de dissimuler ses sentiments.

Eva réagissait différemment. Ses yeux immenses s'emplirent aussitôt de larmes et elle semblait mal à l'aise. Elle tenta nerveusement de refouler les sanglots qui montaient en elle et qui risquaient de la submerger.

– Comment peux-tu dire une telle chose, Lane ? demanda-t-elle d'un ton douloureux. Tu sais combien ton oncle a souffert lorsque tu as quitté le ranch... Ne me dis pas que tu es revenu ici pour lui faire encore plus de mal.

La jeune femme aimait profondément son époux. Et le défendrait envers et contre tous...

– Je suis désolé de vous blesser tous les deux, murmura Lane en regardant son oncle, mais les vols ont tous eu lieu dans la région, tu avais donc tout loisir d'organiser ces attaques. Voilà pourquoi tu es malheureusement suspecté, Chase. Rien d'invraisemblable dans ma démarche !

– Mon mari est un citoyen exemplaire depuis sa sortie de prison ! lança Eva.

Lane se leva et marcha de long en large avant de revenir s'appuyer au dossier de sa chaise.

– C'est bien ce que je pense. Je ne le crois pas coupable, mais encore faut-il le prouver et convaincre l'Agence de son innocence. Il faut cependant reconnaître que vous avez une splendide maison, magnifiquement décorée. Hormis Rachel, Tom Castor et les siens, vous ne côtoyez personne en ville. Et on ne sait pratiquement rien de vous.

– Tu penses que tout ici a été acheté avec de l'argent volé ? demanda Chase d'un ton glacial.

– Non. J'ai entendu dire qu'Eva avait hérité d'une grosse somme d'argent.

La jeune femme bondit de son siège.

– C'est vrai ! J'ai hérité des bijoux de mon arrière-arrière-grand-père !

– Assieds-toi, Eva, conseilla gentiment son époux. Tu ne lui dois aucune explication.

Lane reconnut les intonations de sa voix, elles étaient menaçantes.

Toutefois, son épouse les ignora.

– Tu crois vraiment que nous pourrions vivre avec de l'argent qui ne nous appartient pas ?

Elle se dirigea vers la cheminée où trônait le cercueil égyptien.

– Cet objet a appartenu à ma famille pendant des années. Ce cercueil nous a toujours porté chance. Quand mon cousin me l'a envoyé de Cheyenne, Chase l'a ouvert et a découvert que la momie qui reposait à l'intérieur n'était pas une véritable momie, mais la marionnette ventriloque de mon arrière-arrière-grand-père.

Eva s'approcha du coffre près de la fenêtre et l'ouvrit.

– Voici Chester ! annonça-t-elle en brandissant une marionnette de bois. Prends-la.

– Ça ira, fit Lane en déclinant l'invitation.

– Oh, je t'en prie !

Lane s'exécuta enfin et Eva lui montra le dos de la poupée, ainsi qu'une petite cachette, secrète, dissimulée derrière un battant coulissant.

– C'est là qu'il avait caché des bijoux d'une valeur inestimable. En vieillissant, il a fini par perdre la tête et a oublié qu'il avait dissimulé un véritable trésor dans sa marionnette. Les bijoux y sont restés pendant des années, jusqu'à ce que Chase découvre leur cachette.

Elle reprit Chester dans ses bras et le pressa tendrement contre elle tout en souriant à son époux. Puis, après avoir déposé la marionnette sur un fauteuil, elle rejoignit Chase. Elle lui prit la main et continua son histoire :

– Nous avons bien sûr partagé ce trésor avec ma famille. Chase m'a laissé gérer ma part. Il a insisté pour continuer à se charger du ranch avec ses propres revenus. Chase est un homme honnête, un homme qui n'a besoin de personne pour s'en sortir. Voilà pourquoi je ne laisserai personne l'insulter et l'accuser de vol. Si c'est là ton intention, tu peux t'en aller immédiatement.

Lane observa Chase et Eva tour à tour.

– Je vous le répète, je n'ai jamais cru à ces accusations, lâcha-t-il. Et je suis navré d'avoir dû vous en parler. Ce sont de bien tristes nouvelles ! Ce n'est pas exactement ainsi que j'envisageais nos retrouvailles.

Les yeux de Chase se voilèrent.

– Il n'y a pas de mal, souffla ce dernier sans grande conviction.

– Quand je suis arrivé ici ce matin, tu étais convaincu que j'étais encore un malfrat en fuite, lui rappela Jane. Je suppose que c'est dans la nature de l'homme d'envisager toujours le pire quand il s'agit de son prochain.

Chase regarda sa femme, puis posa les yeux sur son neveu.

– Peux-tu répondre à une question, Lane ?

– Pose-la.

– Pourquoi es-tu parti ?

La gorge de Lane se noua. Il avait blâmé Chase de l'avoir abandonné entre les mains d'Auggie Owens, mais, aujourd'hui, il se rendait compte qu'il n'aurait pas agi autrement à sa place. La réaction de son oncle était toute naturelle ; il lui fallait venger la mémoire de sa sœur. Qu'il fût ainsi parti à la recherche de ses meurtriers n'avait rien d'extraordinaire, il avait dû alors penser qu'il n'en avait que pour quelques jours...

Autrefois, Lane avait cru ne jamais pouvoir pardonner à Chase. Mais, aujourd'hui, il avait réussi à exorciser les démons du passé. Ses plaies étaient désormais cicatrisées. Tout révéler à Chase ne ferait que le culpabiliser et réveiller le passé... Alors, était-il nécessaire de lui dire toute la vérité ? Devait-il à nouveau faire surgir toutes les douleurs de son enfance ?

– Je suis parti parce que j'étais fou furieux à l'idée que tu m'aies abandonné. Je ne supportais pas qu'à ton retour tu puisses me dicter ma conduite et le moindre de mes faits et gestes. Tu avais une réputation d'as de la gâchette. J'étais jeune, je voulais être le plus fort, je voulais rivaliser avec toi, et c'était impossible en restant au ranch, sous tes ordres !

Il fallut un moment à Chase pour répondre. Quand il parla enfin, il ne regardait ni Eva ni Lane, mais fixait le jardin à travers les baies vitrées.

– J'aurais aimé que tu rentres pour d'autres raisons que des soupçons de vol... Evidemment, on ne choisit pas toujours !

Contre toute attente, il se leva et s'approcha de Lane.

Il lui tendit la main. Lane bondit aussitôt sur ses pieds et étreignit Chase avec émotion. Pendant un instant, ils demeurèrent sans bouger ni parler jusqu'à ce qu'Eva vînt se joindre à eux. Lane fut le premier à s'écarter. Les yeux de la jeune femme brillaient de larmes.

– Tu peux dire à l'Agence Pinkerton que ton oncle est innocent, affirma-t-elle. S'ils veulent m'interroger à propos de ma famille et de mes bijoux, dis-leur qu'ils seront les bienvenus ici.

– Je ne pense pas que cela soit nécessaire, rétorqua Lane.

– Vous avez d'autres suspects sur la liste ? s'enquit Chase en haussant un sourcil interrogateur.

– Un seul.

– Qui est-il ? demanda Eva en se blottissant contre son époux. Quelqu'un que nous connaissons ?

– Peut-être.

– Tu disais que Rachel était impliquée dans cette affaire, fit Chase. Que voulais-tu dire exactement ?

Eva poussa un cri.

– Qu'est-ce que Rachel peut avoir à faire avec cette histoire de Gentleman Voleur ?

– Rien, s'empressa de la rassurer Lane. J'aimerais que vous oubliez tout ce que je vous ai dit...

La jeune femme s'esclaffa, d'un rire sans joie.

– Vous n'oublierez peut-être pas, reprit Lane, mais au moins promettez-moi de ne parler à personne de notre conversation tant que l'enquête ne sera pas terminée. Ai-je votre parole ?

Chase hocha la tête d'un air préoccupé.

– Je n'arrive toujours pas à le croire. Toi, un agent de Pinkerton !

Mais Lane fit comme s'il n'avait rien entendu, il croisa les bras en attendant leur promesse. Eva leva la main droite et dit :

– Je jure de ne rien dire.

Rachel serra très fort son fils contre elle. Malgré la chaleur, elle ne pouvait pas s'écarter de lui. Loretta avait tiré les lourds rideaux de velours, plongeant le salon dans la pénombre, pourtant la chaleur lui sembla soudain suffocante.

La jeune femme avait la tête qui tournait ; toutes ces émotions étaient difficiles à vivre ; et, en particulier, l'interrogatoire serré que venaient de lui infliger les McKenna. En outre, le visage déformé par la colère de Stuart Senior et les lèvres pincées de sa femme laissaient supposer qu'elle n'était pas encore au bout de ses peines. Ses beaux-parents n'étaient manifestement pas satisfaits de ses réponses.

Elle se demanda de nouveau comment Lane parvenait à gérer sa double vie et à conférer un peu de vérité à ses histoires inventées de toutes pièces. Elle avait eu, pour sa part, beaucoup de mal à s'en sortir. Sans cesse elle avait été hantée par la peur de commettre des gaffes et de voir ses mensonges trahis. De fait, elle s'était jusqu'ici contentée de répondre aux questions par des monosyllabes.

Sur le chemin du ranch, elle avait expliqué à Robert, aussi calmement et lentement que possible, comment elle avait échappé à Lane Cassidy. Apparemment, il l'avait crue, car il avait rapidement cessé de lui demander des explications. Il avait même eu la bonté de parler en son nom à ses parents lorsque tous avaient pris place dans le salon pour la confrontation. De toute façon, elle aurait été incapable de dire un mot pour sa défense !

S'arrachant à ses pensées, Rachel planta un tendre baiser sur le front de Ty, avant de glisser un coup d'œil en direction de sa belle-mère. Celle-ci agitait furieusement son éventail devant son visage crispé, tout en la foudroyant du regard.

– Ty ! ordonna Loretta d'un ton sans réplique, monte à l'étage chercher Martha, nous n'avons pas fini de discuter avec ta mère.

Le petit garçon regarda sa mère d'un air inquiet, puis il demanda :

– Quelque chose ne va pas, maman ?

– Non, mon chéri. Je n'en ai que pour quelques minutes.

– Il fait chaud là-haut, pleurnicha-t-il, moi, je veux rentrer à la maison.

Le petit garçon devait lui aussi ressentir l'extrême tension qui flottait dans la pièce et elle se devait de le rassurer. Tendrement, elle lui caressa les cheveux.

– Pourquoi n'irais-tu pas dans la cuisine demander à Jacques de te préparer une citronnade bien glacée ?

– Il ne les fait pas aussi bien que Delphie, objecta Ty.

– Tyson ! gronda Loretta. Ce ne sont pas les enfants qui décident. Tu dois obéir à ta mère.

– Je te revois dans quelques minutes, lui souffla Rachel, espérant en finir au plus vite avec cette conversation.

Elle ne rêvait plus que d'une chose : prendre son fils avec elle et quitter cette maison le plus rapidement possible. Mais elle ne pouvait pas prendre le risque d'exposer Lane et, pour lui, elle se devait de jouer son rôle de victime effondrée.

Robert, qui était assis à l'autre bout de la pièce, se leva finalement et vint jusqu'à elle.

– Ce que je ne comprends toujours pas, Rachel, c'est pourquoi Cassidy vous a enlevée.

La jeune femme prit une profonde inspiration.

– Je n'en ai pas la moindre idée. Comment voulez-vous que je devine les intentions d'un criminel comme lui ?

– Vous ne le jugiez pas comme un criminel l'autre jour, intervint Loretta d'une voix pleine de fiel.

Stuart Senior était affalé sur le canapé et, depuis l'entrée de Rachel dans la pièce, ne cessait de la fixer de son regard mauvais.

– J'ai changé d'opinion, voilà tout, répondit-elle en haussant les épaules. Je vous répète qu'il ne m'a pas expliqué pourquoi il m'enlevait. Que voulez-vous que je vous dise de plus ?

– A-t-il parlé de moi ? demanda Robert.

La jeune femme ne se sentit pas le courage de mentir. Elle se borna à secouer la tête en signe de dénégation.

– Que faisiez-vous à la cabane avec lui, Rachel ?

Robert avait baissé le ton, mais sa mère l'entendit.

– Quelle honte ! cracha cette dernière. Quelle infamie !

– Je vous l'ai déjà dit, rétorqua Rachel, j'étais allée lui demander de cesser de nous importuner, Ty et moi. J'avais en effet réfléchi aux propos de vos parents et j'avais compris qu'ils avaient raison.

Elle baissa la tête et croisa les doigts, essayant de se calmer.

– En fait, j'ai commencé à me rendre compte que les gens parlaient autour de moi, poursuivit-elle. Cet homme était en train de salir ma réputation, et, cela, je ne pouvais pas le supporter.

La jeune femme était si tendue et si fatiguée qu'elle n'eut aucune peine à pleurer. Fermant les yeux, elle laissa le flot de larmes ruisseler sur ses joues.

Quand elle releva la tête vers Robert, elle le supplia du regard.

– Vous comprenez, n'est-ce pas, Robert ? souffla-t-elle d'une voix étranglée.

Elle réprima un soupir de soulagement quand elle le vit, à travers le voile de ses larmes, tomber à genoux devant elle. Il lui saisit les mains.

– Bien sûr, je vous comprends. Vous avez fait ce que

vous pensiez être juste. Vous ne pouviez pas imaginer jusqu'où cela vous entraînerait !

– Vous devriez déjà rôtir en enfer ! siffla Stuart Senior entre ses dents.

– Lane Cassidy est une créature sauvage et méprisable, commenta Loretta en frissonnant. Je préfère ne pas imaginer ce qu'on doit ressentir quand une personne comme lui pose ses sales pattes sur vous.

« Non, bien sûr, vous ne pouvez pas imaginer », songea Rachel en baissant les yeux.

– Cessons de tourner autour du pot, reprit sa belle-mère. Cet homme vous a déshonorée, oui ou non ?

Mary Margaret fit irruption dans la pièce à point nommé.

– Rachel ! s'écria-t-elle en se précipitant vers la jeune femme. Quelle épreuve terrible vous avez dû vivre, ma pauvre ! Dites-moi tout.

– Eh bien, Rachel ! insista Loretta, en faisant fi de l'arrivée de sa sœur.

Oui, il l'avait compromise... Et encore, elle l'avait supplié de la compromettre davantage. Elle avait été insatiable, elle lui avait demandé plus... et plus encore. Pourquoi ne pas hurler la vérité, tout leur révéler ?

– Non, murmura-t-elle, le regard posé sur Robert. Non, il ne m'a pas touchée...

Son beau-frère se redressa, mais ne s'écarta pas.

– Mary Margaret, fit-il en se tournant vers sa tante, pourquoi ne conduiriez-vous pas Rachel à l'étage ? Cet endroit est suffocant... Et je suis persuadé que vous avez besoin vous aussi de vous aérer et de vous détendre un peu avant le dîner.

– Oh oui ! très certainement, fit Mary Margaret en rougissant.

Elle se leva aussitôt et prit la main de Rachel avec nervosité.

– Venez, Rachel. Je suis votre amie et vous pouvez

me confier tout ce que vous avez sur le cœur, chuchota-t-elle d'un air complice.

Rachel n'avait qu'une envie : se précipiter en courant vers la plus proche sortie ! Au lieu de cela, elle fit appel à son expérience professionnelle passée. Que diable, elle avait su résister à toute une classe de jeunes étudiants chahuteurs, elle devait pouvoir faire maintenant face à n'importe quelle situation ! Et, de nouveau souriante, Rachel se tourna vers Mary Margaret. Sa colère s'était calmée comme par enchantement et, tranquillement, elle entraîna sa belle-sœur vers la sortie...

Robert regarda Rachel quitter la pièce, avant d'enfoncer les mains dans ses poches rageusement et de tourner les talons.

– A quoi penses-tu ? lui demanda sa mère dès qu'ils furent seuls. Moi, si tu veux mon avis, je crois qu'elle se moque de nous. Elle ment. D'ailleurs, elle évite de me regarder comme si elle craignait que je ne lise en elle...

– Je crois qu'elle dit la vérité, rétorqua Robert d'un air désinvolte.

Il jeta un regard à son reflet dans le miroir, il était parfaitement élégant. Et ce nouveau gilet lui allait à merveille, songea-t-il, satisfait.

Ses pensées revinrent soudain à Rachel. Oui, elle mentait, chacun de ses gestes le prouvait... Et elle mentait fort mal. Cependant, il serait difficile de savoir ce qu'elle cachait vraiment.

Deux heures plus tard, lors du dîner servi avec luxe et faste, Robert n'avait toujours pas changé d'avis. L'attitude de Rachel lui semblait de plus en plus bizarre. Et il était convaincu de sa tromperie.

Il la regarda repousser sa nourriture sur le bord de son assiette. Elle paraissait perdue dans ses pensées.

– Vous ne vous sentez pas bien ? dit-il avec froideur.

La jeune femme maîtrisa sa nervosité et resta un moment silencieuse avant de répondre :

– Il fait vraiment trop chaud pour manger... Je ne pourrai pas avaler un morceau de plus !

Robert jeta un coup d'œil à son entourage, personne ne faisait attention à eux. Après tout, ce luxe était bien agréable, et il n'était pas question qu'il lui fût enlevé. L'ameublement d'une seule des pièces de la maison, l'argenterie, le cristal, la décoration, tout cela coûtait une vraie fortune. Sans parler des jardins, des dépendances, de tous les à-côtés ! Vivre bien coûtait fort cher et, dans son esprit comme dans celui de sa mère, tout ce luxe lui était dû. Mais aurait-il jamais assez d'argent pour conserver longtemps un tel niveau de vie ?

Robert regarda à nouveau Rachel mais, quand leurs yeux se croisèrent, elle se détourna vivement et se mit à contempler le vide. Il était en train de la perdre, il en était intimement persuadé. Elle lui glissait entre les doigts... ainsi que sa fortune !

A ses côtés, le petit garçon avalait sa purée de pommes de terre, souriant de loin en loin à sa mère. Ce petit idiot ressemblait décidément plus à Rachel qu'à son père. Une colère indescriptible l'oppressa. Toutefois, Robert tenta de conserver son sourire.

Tyson n'était qu'une nuisance, dont il devait très vite se débarrasser. Mais, pour l'instant, ce n'était pas le plus important. Il avait du pain sur la planche avec ce maudit Cassidy.

D'ailleurs, où était donc ce bandit ? Il n'avait pas eu de nouvelles de Wernermeyer pendant la journée, ce qui signifiait, selon toute vraisemblance, que Jane Cassidy n'avait pas encore été retrouvé. Chercherait-il de nouveau à se mettre en relation avec lui ? Par ailleurs, que pouvait-il donc lui vouloir ?

Il lui fallait résoudre cette énigme au plus vite et la seule manière désormais d'y parvenir était Rachel...

– Robert, tu m'entends ?

Il sursauta, arraché à ses pensées par la voix surai-guë de sa mère.

– Je suis désolé, mère. Que disiez-vous ?

– Je disais qu'étant donné les circonstances Rachel devrait venir s'installer avec nous... C'est tout à fait préférable !

– Je ne... protesta Rachel.

– Vous ne pouvez quand même pas retourner en ville, après tout ce qu'on a raconté sur vous, l'inter-rompit Loretta d'un ton cinglant.

– Qu'est-ce qu'on a raconté ? s'étonna Tyson en levant la tête vers sa mère.

– Rien, mon chéri, fit Rachel avec un sourire rassu-rant.

– Mais ma grand-mère dit que...

– Grand-mère se trompe, murmura la jeune femme.

Robert s'essuya soigneusement les lèvres avec sa ser-viette avant de la plier près de son assiette.

– Que diriez-vous d'une petite promenade dans le jardin, Rachel ? suggéra-t-il. Père, mère, veuillez nous excuser quelques instants.

Sans attendre l'autorisation du maître de maison, ils quittèrent la table et, franchissant les baies vitrées, s'enfoncèrent dans l'obscurité. Bien qu'elle demeurât sur le qui-vive, Rachel était soulagée d'avoir obtenu ce répit. Ils contournèrent la véranda et se dirigèrent vers le jardin. Robert s'arrêta brusquement, sortit de la poche de sa veste un cigare, l'alluma tranquillement et lança :

– Vous savez qu'ils ont raison, n'est-ce pas ? fit-il remarquer.

– A propos de quoi ?

– De retourner en ville.

Rachel feignit de ne pas comprendre de quoi il par-lait.

– Je ne rentrerai pas ce soir, mais demain...

– Rachel, que vous le vouliez ou non, votre vie a été irrémédiablement bouleversée par cet incident.

Si seulement il savait...

Il la scrutait attentivement. Trop attentivement. La jeune femme réprima un frisson d'effroi.

Robert s'approcha si vite qu'elle n'eut pas le temps de s'écarter. Il glissa un bras autour de sa taille. Certes, il lui offrait son réconfort, mais... il l'emplissait de dégoût.

– Laissez-moi vous aider à enterrer cette sordide histoire, Rachel. Venez vivre avec moi à La Nouvelle-Orléans. Nous pourrions même voyager autour du monde ensemble, si vous le souhaitez.

Il avait oublié un détail, et pas le moindre.

– Et Ty ? chuchota-t-elle.

En effet, toutes les fenêtres étaient grandes ouvertes... Elle ne pouvait pas prendre le risque d'être entendue... d'autant plus qu'elle avait décidé de lui extirper des détails sur sa vie à La Nouvelle-Orléans.

– Ty peut venir, bien entendu. Il est mon neveu, après tout.

– Cela vous occasionnerait bien des frais et des soucis, lança-t-elle d'un ton détaché. Nous trois, voyageant à travers le monde...

Renversant la tête, il laissa échapper un nuage de fumée. Puis il posa les yeux sur elle.

– Ne vous inquiétez pas pour l'argent, Rachel.

– Non ?

– Non.

Elle s'apprêtait à lui demander comment il s'était débrouillé pour que ses affaires soient aussi florissantes, mais elle n'en eut pas le temps car il jeta son cigare et la prit dans ses bras.

La première réaction de Rachel fut de se débattre, cependant elle s'obligea à taire sa colère et à lui laisser croire qu'elle avait pleine confiance en lui.

Robert pencha la tête pour l'embrasser, parut surpris de la sentir consentante ; ce qui ne l'empêcha pas toutefois de vouloir en profiter.

Rachel ferma les yeux. Et elle tenta de balayer le souvenir des moments de passion qu'elle avait partagés avec Lane. Elle laissa Robert intensifier son baiser et elle sentit sa langue se glisser dans les profondeurs de sa bouche. Malgré la chaleur de la nuit, elle frissonna. Ce baiser s'éternisait, elle s'impatientait...

Enfin, il la libéra.

– Robert, vous me prenez au dépourvu.

– Je suis désolé, mais j'attendais cela depuis si long-temps, Rachel...

– N'est-ce pas charmant ? fit une voix masculine der-rière eux.

La voix de Lane ! La confession d'amour de Robert s'étrangla dans sa gorge. Rapidement, il s'écarta de la jeune femme et regarda Cassidy s'approcher.

Tout de noir vêtu, Lane s'adossa contre la barrière d'un air détaché. Cependant, au plus profond de lui-même, il bouillait de rage.

Il tenta de lire en Rachel, de deviner l'expression de ses grands yeux, mais il faisait trop sombre. Etait-elle encore de son côté, ou l'avait-elle trahi ?

Avait-elle retenu la leçon de passion qu'il lui avait enseignée la veille ? Voulait-elle essayer ses nouveaux pouvoirs sur tous les hommes qui se présentaient ? Non, il ne pouvait pas y croire. Il devait exister une explication rationnelle, mais, pour l'instant, la colère l'emportait, l'empêchant d'y réfléchir.

Rachel sentit l'extrême tension qui habitait Lane, et voulut s'écarter de son beau-frère, mais ce dernier ne l'entendait pas ainsi. Il lui prit la main. Craignant d'éveiller les soupçons de Robert, elle ne riposta pas. Toutefois, il était nécessaire de faire savoir à Lane qu'elle ne l'avait pas trahi.

– Retournez à l'intérieur, Rachel ! J'aimerais parler

à M. McKenna seul à seul, ordonna Lane d'une voix dénuée de toute émotion.

– J'aimerais rester.

– Et moi, je veux que vous vous en alliez.

– Je vous en prie... insista-t-elle encore.

Elle voulait lui dire exactement ce qu'elle avait raconté à Robert. Il devait savoir qu'elle avait gardé secret sa véritable profession. Faute de quoi, comment pourrait-il tendre un piège au prétendu Gentleman Voleur ?

– Rachel, je crois en effet qu'il serait préférable que vous nous laissiez, la pressa son beau-frère à son tour.

Rachel se sentit coincée. Elle jeta un regard vers Robert. Il n'était pas armé ; elle en était presque certaine, en tout cas, elle l'espérait !

Le revolver de Lane, lui, brillait dans la pénombre d'un éclat métallique.

Il pourrait donc se défendre.

Avec un dernier coup d'œil résigné en direction de Lane, elle pivota sur ses talons et décida de s'éloigner.

Lane ne put résister à la tentation de la regarder disparaître dans l'obscurité. Elle était vraiment délicieuse, songea-t-il avec nostalgie. Et il espéra du fond de son âme qu'elle ne l'avait pas trahi.

– Alors, de quoi s'agit-il, Cassidy ?

– Je pensais que vous le saviez.

– Je n'ai pas l'intention de jouer aux devinettes avec vous toute la nuit. Nous avons tous deux mieux à faire. Vous, en tout cas, vous devriez fuir avant que le shérif ne vous arrête.

– Nous partagerions alors peut-être la même cellule ! lança Lane avec ironie.

Il eut la satisfaction de voir son interlocuteur se raidir.

– Dans peu de jours, toute la ville saura enfin que vous êtes le célèbre Gentleman Voleur. Monsieur McKenna, vous êtes démasqué !

– C'est totalement absurde.

– Vraiment ? Les vols coïncident étrangement avec tous vos déplacements, McKenna. Pouvez-vous l'expliquer ?

– Simple coïncidence !

– Je ne crois pas. D'ailleurs, j'ai les preuves de ce que j'avance.

– Il n'en existe aucune ! riposta Robert.

– Vous m'étonnez ! Comment pouvez-vous en être certain si vous n'êtes pas le Voleur lui-même ? Soit dit en passant, votre talent me laisse admiratif. Quels coups de génie !

Robert recula d'un pas.

– Ainsi c'est pour cela que vous vouliez me voir l'autre jour, rétorqua-t-il sans désarmer. Puis-je vous poser une question, Cassidy ? Pourquoi avoir impliqué Rachel dans cette histoire ? Pourquoi l'avoir kidnappée ?

– Cette femme a surgi sans prévenir, en hurlant des absurdités. Elle prétendait que je l'importunais... Je ne pouvais quand même pas lui dire que vous étiez le Gentleman Voleur, n'est-ce pas ? Je n'ai pas vu d'autre issue que la fuite. Je l'ai entraînée avec moi pour lui faire peur et... pour vous montrer que je connaissais bien mon boulot. Vous rendez-vous compte, ajouta Lane avec ironie, je l'ai tellement effrayée qu'elle en est arrivée à se jeter dans vos bras... Pas mal, ne trouvez-vous pas ?

– Vous ne lui avez donc pas parlé de vos soupçons ?

– Que croyez-vous, McKenna ? Je ne suis pas à ce point stupide. Et, si elle l'avait su, pensez-vous qu'elle aurait accepté de vous embrasser ?

– Un point pour vous, lança Robert d'un air plus détendu.

Il alla s'asseoir sur un banc peu éloigné, puis il interrogea à nouveau Lane.

– Si vous avez la preuve de ma culpabilité, pourquoi

n'allez-vous pas prévenir les autorités ? Vous touche-riez une belle prime !

– Et tuer ainsi la poule aux œufs d'or ? Non, j'ai passé trop de temps du mauvais côté de la barrière pour me satisfaire des miettes du gâteau. Je veux plus, et vous, je le sais, vous pouvez me l'offrir.

Robert sourit.

– Je crois que je commence à comprendre. Vous avez pris la fuite avec Rachel pour m'impressionner, n'est-ce pas ? (Il fronça les sourcils d'un air soupçon-neux.) A moins que vous ne la vouliez pour vous tout seul ?

– Quand j'ai besoin d'une femme, je n'ai besoin ni de la kidnapper ni de la prendre de force...

– Non, séduisant comme vous l'êtes, vous n'avez cer-tainement aucun problème pour dénicher une créature de rêve !

Feignant d'ignorer que Robert se moquait de lui, Lane s'adossait à la barrière du jardin. Il entendait des voix à l'intérieur de la maison et, malgré la distance, il crut distinguer la voix de Rachel. Il réprima un fris-son d'impatience. Combien de temps s'écoulerait-il encore avant qu'un autre McKenna ne fît son appari-tion ?

– Et pourquoi vous ferais-je confiance ?

La question prit Lane de court.

– Vous n'avez guère le choix. Je suis imbattable avec un revolver. Un as ! C'est d'ailleurs pour cette raison que je viens vous offrir mes services.

– Cela pourrait éventuellement m'intéresser. J'envi-sage d'étendre mes intérêts commerciaux, fit Robert en venant se planter devant Lane. Vous êtes peut-être l'homme qu'il me faut...

Si seulement McKenna ne le regardait pas avec autant de morgue...

– Si vous voulez, j'ai un travail pour vous sur deux jours, continua Robert. Rien de bien compliqué en soi, un simple transfert de fonds. Je vous donnerai tous les détails dans la matinée, demain. Nous pourrions nous rencontrer à la cabane, si cela vous convient ?

L'esprit de Lane s'emballa. Il allait devoir rapidement avertir Boyd. Cette fois, il n'avait plus droit à l'erreur et rien ne devait être laissé au hasard. Un doute s'immisça brusquement en lui. Tout allait trop vite et trop bien. Et si Rachel l'avait trahi ? McKenna lui tendait peut-être un piège...

Le plus simple était d'aller trouver Chase pour lui demander du renfort... mais Rachel... il devait la voir et lui parler seul à seule.

A l'intérieur de la maison, résonnèrent soudain les touches du piano... Mary Margaret devait tenter de calmer les esprits à sa manière ! Alors Robert décida de planter là son visiteur et se dirigea vers la porte de derrière.

– Jusque-là, restez dans l'ombre, lui conseilla-t-il. Le shérif est toujours à votre recherche, même si je doute qu'il puisse retrouver ses fesses dans le noir !

Lane le salua d'un bref hochement de tête, et disparut dans les ténèbres.

Robert pénétra dans la demeure, seul, et Rachel soupira de soulagement. Du canapé, près de la fenêtre, elle le regarda s'arrêter devant le bar et se servir une double dose de cognac, prenant le temps de humer son parfum et d'apprécier sa robe avant de le porter à sa bouche.

A présent, Mary Margaret se vengeait sur le piano. Elle frappait les touches avec fureur. Rachel aurait voulu lui crier d'arrêter, tant cette musique discordante lui torturait les nerfs.

Loretta et Stuart s'étaient retirés dans leurs appartements dès qu'ils avaient compris qu'ils n'en apprendraient pas plus sur son enlèvement.

Robert sourit à Rachel d'un air entendu puis il rejoignit sa tante qui semblait s'être à tout jamais perdue dans la musique. Il tapota sur l'épaule de cette dernière. Mary Margaret sursauta. Elle et le piano se turent immédiatement.

– Je crois que Rachel a bien mérité un peu de calme, n'est-ce pas ? lui dit-il d'un ton grondeur.

Mary Margaret coula un regard en direction de la jeune femme qui s'efforça de sourire.

– La musique apaise toujours ! protesta la tante de Robert, piquée au vif.

– Pas ce soir, j'en ai peur, insista son neveu.

D'un bond, Mary Margaret fut debout et, l'instant d'après, elle quittait la pièce d'un pas furieux, mais la tête haute.

– Mon Dieu, que voulait-il donc ? demanda alors Rachel.

– Cassidy est fou de vous, mais ne vous inquiétez pas, je l'ai mis en garde. Il ne reviendra plus jamais vous importuner.

Robert la fixait avec intensité.

– Vous auriez dû voir sa tête quand je lui ai dit que vous aviez accepté de venir avec moi à La Nouvelle-Orléans.

– Vous avez fait cela ? s'insurgea-t-elle. Comment avez-vous osé lui dire que j'acceptais ?

Elle ne pouvait brusquement plus cacher toute la furie et le mépris que cet homme lui inspirait. Les poings sur les hanches, elle fit un pas vers lui quand, soudain, elle comprit son erreur.

Robert lui souriait d'un air triomphant comme un prédateur qui vient d'attraper sa proie. Il finit d'un trait son cognac, et franchit la distance qui les séparait.

– Finalement, je me demande si ce Lane ne vous importe pas plus que vous ne le prétendez, déclara-t-il d'une voix mielleuse.

Rachel s'empourpra jusqu'à la racine des cheveux.

– Ce n'est pas... C'est simplement que... je n'aime

pas que vous preniez les décisions à ma place. Je suis assez grande pour...

Elle ne poursuivit pas sa phrase, Robert s'était approché plus près encore. Rachel se raidit, prise dans les rets qu'elle avait elle-même tissés pour protéger l'homme qu'elle aimait.

– Qu'est-ce qui vous excite chez lui, Rachel ?

– Il ne...

– Ne mentez plus. Dès qu'il est apparu tout à l'heure, j'ai senti votre cœur s'emballer ! Ne me dites pas le contraire...

Elle aurait voulu lui échapper, mais quelque chose dans ses yeux l'empêcha de bouger, de parler.

– Est-ce le fait qu'il soit célèbre ? Si vous avez besoin de notoriété, je peux moi aussi vous l'offrir.

– Laissez-moi.

Il grimaça un sourire. Et la lueur cruelle qui passa dans ses yeux lui rappela Stuart. Lui rappela douloureusement Stuart... Rachel retrouva tout à coup ses forces et son courage.

– Lâchez-moi, vous dis-je ! gronda-t-elle avec plus d'aplomb cette fois.

Elle se débattit, essayant de se libérer, mais Robert plaqua une main sur sa gorge et la retint prisonnière.

– Pourquoi ne me raconteriez-vous pas la vérité, Rachel ?

– Que voulez-vous dire ?

– Je sais que vous me cachez quelque chose.

La jeune femme rougit de plus belle.

– Non, absolument pas.

– Qu'est-ce que c'est ? Qu'est-ce que Cassidy vous a révélé ?

– Rien.

La voix de Robert n'était plus qu'un souffle. Il jeta un coup d'œil dans le vestibule et l'attira soudain près de lui. Quelques centimètres seulement les séparaient maintenant...

— Ce qui importe, ce n'est pas ce qu'il vous a dit, ou ce qui se passe entre vous deux. Demain, il ne sera plus là pour vous ennuyer. Mais votre réputation est à jamais brisée. Vous n'aurez alors pas d'autre choix que de me suivre à La Nouvelle-Orléans.

Lane ne serait plus là ? Qu'est-ce que cela signifiait ? Où allait-il ?

L'instant d'après, la panique la gagna. Elle s'arracha à l'étreinte de Robert. Et, dans l'espoir de lui échapper, elle courut jusqu'aux portes qui donnaient dans la véranda, cognant la petite table où trônaient les précieux candélabres de Loretta.

Robert la rattrapa et la saisit par la taille. En voulant se débattre, elle trébucha et s'affala contre un guéridon. Un vase de Chine s'écrasa sur le sol en mille morceaux.

Rachel se redressa sur les coudes tandis que Robert l'agrippait par les cheveux.

— Allez-y, frappez-moi, Robert ! J'aimerais voir la tête de vos parents quand ils apprendront que vous m'avez maltraitée.

— Je me charge de le leur expliquer.

Il y eut un bruit à peine perceptible dans la véranda. Rachel leva les yeux. A son plus grand soulagement, Lane se tenait dans l'encadrement de la porte. Il pointait son revolver sur Robert.

— Et si vous me l'expliquiez à moi, McKenna ?

14

– Lâchez-la, McKenna ! gronda Lane. Ou je ne réponds plus de rien.

Il n'y avait pas un soupçon d'hésitation ou de peur dans sa voix tandis qu'il se tenait sur le pas de la porte, son revolver pointé en direction de Robert. Rachel se débattit pour échapper à son geôlier.

– Ne faites rien que vous pourriez regretter par la suite, Cassidy ! menaça Robert à voix basse.

Bouleversée, la jeune femme se redressa, cherchant à s'écarter de son beau-frère, mais ce dernier la retint par la main. Et... avant même qu'elle n'ait pu réagir, il la ceintura devant lui, s'en servant comme d'un bouclier. La colère aveugla Rachel quand elle comprit ce que Robert avait l'intention de faire...

– Si vous ne voulez pas qu'elle soit blessée, je vous conseille de baisser votre arme, Cassidy, et de vous en aller.

Lane secoua la tête.

– Désolé. Il est trop tard pour cela.

Des voix retentirent à cet instant, suivies d'un bruit de pas. Rachel tourna la tête vers le vestibule, puis en direction de Lane. Celui-ci n'avait pas bougé. Robert la tenait fermement, si étroitement qu'elle sentait le cœur de son geôlier battre la chamade.

– Je vous donne une minute pour quitter cette maison, prévint Robert. Si vous ne voulez pas voir mon père se mettre dans une rage folle, je ne saurais trop vous conseiller de...

– Vous ne m'impressionnez pas !

Le visage de Lane était totalement impassible. Des cris résonnèrent dans le hall d'entrée. Rachel donna des coups de pied à son beau-frère pour se libérer, mais ce dernier resserra son étreinte... Puis les portes du salon s'ouvrirent à toute volée. Stuart McKenna fit irruption dans la pièce, vêtu d'un peignoir, un fusil à la main.

– Que diable... ?

Il se tut en découvrant la scène.

– Monsieur McKenna, avant que vous ne fassiez un geste que vous pourriez regretter, je préfère vous prévenir que je suis détective pour l'Agence nationale Pinkerton et que je suis ici pour arrêter votre fils, soupçonné de vol.

– Scélérat ! hurla le vieux McKenna, regardant tour à tour Lane, son fils et Rachel.

Derrière la jeune femme, Robert bougea. Rachel en profita pour lui assener un coup de talon sur le pied. Surpris, McKenna la libéra enfin. Mais soudain déséquilibrée, la jeune femme vacilla. Et, au même instant, elle aperçut avec effroi un revolver briller dans la main de Robert.

Elle n'eut pas le temps de bouger, elle n'eut pas l'occasion de crier ; Robert pointa son revolver en direction de Lane et, sans la moindre hésitation, tira.

Lane riposta aussitôt, atteignant Robert à l'épaule. La puissance de la balle fit reculer ce dernier jusqu'au mur derrière lui. Puis il tomba à genoux. Rachel poussa un cri. Et, dans ce qui ressemblait à un cauchemar, elle vit Stuart McKenna viser Lane d'un geste mal assuré... puis presser la détente.

La balle atteignit le miroir accroché au-dessus de la cheminée. Des éclats de verre jaillirent comme autant d'étoiles disloquées avant de s'éparpiller dans toute la pièce. Lane fit de nouveau feu et blessa Stuart Senior à la main, l'obligeant à lâcher son arme.

Avec un hurlement, le vieil homme s'écroula sur le sol, le visage déformé par la douleur. Rachel courut alors vers Lane qui se tenait toujours à la même place, tel un bel ange rédempteur !

La dernière chose qu'elle vit avant de sombrer dans la nuit fut Lane regardant par-dessus son épaule, une expression d'horreur déformant son visage. En effet, à l'instant même où la jeune femme se précipitait vers lui, Lane Cassidy comprit que le Gentleman Voleur allait tirer. Et, tandis que Rachel se jetait contre lui, ses yeux bleus s'agrandirent. Robert avait visé juste.

Le temps alors s'arrêta. La jeune femme glissait vers le sol tandis que le jeune McKenna armait de nouveau son revolver.

– Non ! vociféra Lane en se plaquant à terre pour éviter la balle.

Mais animé d'une folle rage, il se redressa aussitôt et tira à trois reprises. Robert s'écroula. L'écho des coups de feu s'évanouit dans le silence de la maison, suivi de jurons et de cris. Un court instant après, Loretta McKenna se tenait sur le seuil de la pièce, pétrifiée d'effroi, les doigts crispés sur les pans de son déshabillé, le visage plus pâle que celui d'une morte. Elle fixait le corps de son fils, baignant dans une mare de sang. Derrière elle, Mary Margaret porta les mains à sa bouche dans une expression horrifiée. Et la vieille fille se mit brusquement à hurler de toute la force de ses poumons.

Maintenant sûr que Robert ne constituait plus une menace, Lane abandonna Rachel afin de confisquer le fusil de Stuart, ne prêtant qu'un bref coup d'œil méprisant au fermier blessé, qui lui lança alors un chapelet de jurons bien choisis. Sans quitter Robert des yeux,

Loretta traversa la pièce d'une démarche vacillante, semblable à une somnambule.

Lane revint s'agenouiller auprès de Rachel et la prit tendrement dans ses bras. La jeune femme était encore inconsciente, mais elle commençait à bouger. La vue du sang qui perlait entre ses boucles auburn le fit frémir. Il repoussa doucement les mèches ensanglantées pour évaluer la gravité de la blessure. A son plus grand soulagement, il découvrit qu'il ne s'agissait que d'une plaie superficielle.

Rachel gémit et, comme il l'étreignait, elle pressa sa joue contre le torse de Lane.

– Je vous ferai pendre, Cassidy, menaça Stuart McKenna, à l'autre bout de la pièce.

Loretta rejoignit le cadavre de son fils et lui saisit une main tout en sanglotant. Toute à sa souffrance, elle ne devait plus entendre ni les jérémiades de sa sœur ni les jurons de son époux.

– Taisez-vous, Mary Margaret ! beugla ce dernier en se redressant. Envoyez plutôt quelqu'un chercher le shérif.

Sa belle-sœur roula des yeux affolés, mais s'exécuta immédiatement.

– Que... que s'est-il passé ? demanda Loretta dans un souffle en sortant soudain de son hébétude.

Stuart parvint à grand-peine à se relever et rejoignit son épouse, devant la dépouille de leur fils.

– J'ai trouvé Cassidy menaçant Robert de son arme. Il retenait Rachel prisonnière. Cassidy a prétendu être un détective travaillant pour l'Agence Pinkerton et a accusé notre fils d'être le Gentleman Voleur.

– Je suis bien détective ! objecta Lane. Vous devez me croire.

– Maman ?

Lane entendit brusquement Ty crier dans l'escalier. Il déposa Rachel sur le sol et voulut se précipiter dans le vestibule, mais la jeune femme l'en empêcha, le retenant par la manche. Elle craignait certainement qu'il ne l'abandonnât. Il vit alors que Loretta avait tourné la tête en direction de la cage d'escalier.

– Allez le voir ! lui ordonna-t-il. Dites-lui que tout va bien et que sa mère va monter le border dans son lit tout à l'heure.

Après un dernier regard pour son fils, la femme se leva, essayant de recouvrer ses esprits. Enfin, elle se dirigea vers le vestibule. Au même instant, sur le pas de la porte, apparurent les hommes de Stuart, le fusil à la main. Ils attendaient les ordres de leur maître.

– Ne le laissez pas bouger d'un centimètre, fit celui-ci en pointant Lane du doigt.

– Tom est allé prévenir le shérif, avertit l'un d'entre eux.

Stuart Senior se frotta les yeux.

– Que quelqu'un aille chercher un drap pour recouvrir le corps de mon fils. Je vais essayer pour ma part d'enrayer cette hémorragie, ajouta-t-il en brandissant sa main ensanglantée.

Lane ignora les hommes de son hôte et, se penchant, embrassa Rachel sur la joue avant de repousser tendrement ses cheveux et de murmurer son nom.

– Rachel ! Je vous en prie, ma chérie, réveillez-vous.

Une troupe entière aurait pu l'encercler, il s'en fichait éperdument. Seul importait que Rachel revînt à elle. Il se maudit en silence. Tout était sa faute, entièrement sa faute. Il avait laissé une fois encore ses émotions guider ses gestes et il avait oublié toute prudence. Pour avoir voulu protéger Rachel, il l'avait inutilement exposée au danger. A présent, la vie de la jeune femme ne tenait plus qu'à un fil... Et cela, à cause de sa propre stupidité.

– Rachel ?... implora-t-il de nouveau.

Il était sur le point de demander à l'un des hommes qui le cernaient d'aller chercher un peu d'eau quand les paupières de la jeune femme se mirent à frémir.

Lentement, elle ouvrit les yeux. Elle s'agrippa à sa manche.

– Lane ? fit-elle dans un murmure.

– Je suis ici. Vous allez bien, Rachel. Vous n'avez qu'une égratignure.

– Où est Ty ?

– Là-haut. Il va bien, mais il ira mieux encore lorsqu'il vous verra.

Elle voulut aussitôt se relever, comme si l'allusion à son fils lui redonnait tout son courage.

– Doucement, Rachel.

– Aidez-moi, le supplia-t-elle.

Il la soutint tandis qu'elle se redressait et s'asseyait. Et, tout à coup, elle aperçut Robert.

– Ô mon Dieu ! souffla-t-elle d'une voix blanche.

Lane glissa un bras autour de ses épaules.

– Je suis désolé. Je ne voulais pas le tuer...

Les souvenirs affluèrent alors dans son esprit. Elle se vit courir vers Lane, elle l'entendit crier, puis elle se souvint d'une vive brûlure à la tempe. Elle leva la main à son front et frissonna quand elle découvrit que ses doigts étaient tachés de sang.

– Vous avez failli mourir d'une balle qui m'était destinée, murmura Lane.

Il y avait une peine incommensurable dans ces mots. Rachel tendit la main vers lui.

– Pour vous sauver, je me serais mise entre des milliers de balles et vous, Lane Cassidy, chuchota-t-elle.

Leurs regards se croisèrent et, un instant, demeurèrent rivés l'un à l'autre. Stuart les interrompit en faisant irruption dans la pièce.

– Levez-vous, Rachel ! intima-t-il. Allez voir votre fils. Il vous réclame.

La jeune femme ne broncha pas. Elle regardait Lane. Il hocha lentement la tête.

– Allez le voir, lui conseilla-t-il dans un souffle. Nous

avons encore certaines choses à régler avant de quitter cet endroit.

Il l'aida à se mettre sur pied. Et quand il fut certain qu'elle était capable de marcher seule, il la laissa s'éloigner.

Rachel se planta devant son beau-père.

– Dites-leur de baisser leurs armes, ordonna-t-elle d'une voix cinglante. Lane appartient à l'Agence Pinkerton. Vous n'avez aucun droit de le traiter comme un prisonnier. C'est Robert qui a...

Stuart monta immédiatement sur ses grands chevaux.

– Ça suffit ! glapit-il. Ne vous hasardez plus à salir le nom de Robert dans cette maison ! Soyez digne pour une fois, allez voir votre fils. Et n'abusez pas de ma patience.

Lane s'approcha de la jeune femme et lui serra la main.

– Ne vous inquiétez pas pour moi. Le shérif devrait être là d'une minute à l'autre. Allez rassurer Ty. Dites-lui que je le verrai plus tard.

Pendant un court moment, Rachel hésita, tentant de voir clairement la situation. Stuart perdait peu à peu le contrôle de lui-même, il avait ses hommes près de lui. Un mot, un seul mot de sa part, et Lane était mort.

– Je veux maman, criait Ty au premier étage.

Avec un dernier coup d'œil en direction de Lane, elle quitta précipitamment la pièce. En arrivant dans le vestibule, elle s'arrêta devant le miroir et, avec le revers de sa manche, essuya le sang qui déjà se figeait sur sa tempe. Puis elle lissa ses cheveux en bataille et s'engouffra dans l'escalier, surprise de se sentir aussi calme au milieu de toute cette tempête. Alors qu'elle atteignait le palier, Loretta apparut devant elle. Les deux femmes se défièrent du regard. Dans les prunelles de sa belle-mère, luisaient une violence et un mépris qu'elle ne cherchait désormais plus à dissimuler.

– Vous êtes satisfaite ? lui demanda-t-elle durement. Vous avez réussi à tuer mes deux fils.

Rachel considéra longuement la femme qui ne lui avait jamais offert que de la haine. Elle songea à toutes ces années où elle avait appris à se taire pour maintenir la paix dans la famille, par égard pour Tyson. Puis elle se souvint que cette femme venait de perdre son dernier fils. Comment réagirait-elle si Tyson venait à disparaître ?

Toutefois, malgré la compassion que Loretta lui inspirait, Rachel refusait d'endosser la responsabilité de ce décès.

Relevant la tête, elle dépassa sa belle-mère et gagna la chambre d'ami où l'attendait son fils.

Sur le seuil, elle se tourna vers Loretta.

– Je sais ce que vous pouvez ressentir, étant donné les circonstances, mais je n'ai pas l'intention de vous laisser m'accuser de la mort de Robert. Il a essayé d'abattre Lane. Et Lane n'a fait que se défendre. Sachez que votre fils n'aurait pas hésité à me tuer, parce que je connaissais sa véritable identité.

– Comment osez-vous ?

– Votre fils était un voleur et un meurtrier. Et, pour vous rafraîchir la mémoire, votre second fils, Stuart, est mort dans le lit d'une prostituée ! Vous ne pouvez pas m'accuser d'avoir tué vos enfants. Ils se sont tués tout seuls.

– C'est vous qui avez poussé Stuart dans les bras de cette prostituée, si vous n'aviez pas été aussi...

– Non ! la coupa Rachel. Je ne suis pas frigide. Stuart ne savait pas faire l'amour, c'est tout. J'en ai la preuve maintenant...

Loretta faillit s'étrangler.

– Vous avez couché avec ce meurtrier !

Rachel refusa de s'en sentir honteuse.

– Oui, Loretta, j'ai couché avec Lane Cassidy et,

pour la première fois de ma vie, j'ai su ce qu'on pouvait éprouver dans les bras d'un homme aimant.

Sur ces mots, elle pénétra dans la chambre d'ami et trouva son fils recroquevillé au beau milieu du grand lit à baldaquin, le visage grimaçant d'angoisse.

Martha, la jeune domestique, était assise dans le fauteuil à bascule, à son chevet. Elle avait les yeux écarquillés par l'effroi et ses mains tremblaient.

– Tout va bien, ma'ame ?

Rachel s'efforça de sourire, pour rassurer autant la servante que son fils, avant de demander à la jeune fille de l'attendre dans le couloir. Dès que Martha eut quitté la pièce, Ty repoussa les couvertures et se dressa sur le lit en tendant les bras vers sa mère ! Elle se précipita vers lui et l'étreignit passionnément.

– Ça va, maman ?

Il noua ses bras autour du cou de Rachel, s'accrochant à elle comme à une bouée de sauvetage.

– J'ai entendu des coups de feu tout à l'heure. Lane, il va bien ? Grand-mère m'a dit qu'il était au salon, que le shérif allait venir le chercher, et que plus jamais il ne viendrait nous importuner. Je ne veux pas qu'il soit arrêté, maman.

Elle lui ébouriffa les cheveux, bien déterminée à ne pas lui montrer combien elle était tourmentée.

– Personne ne va emmener Lane, ne t'inquiète pas.

– Est-ce qu'oncle Robert est mort ? J'ai entendu grand-mère crier tout à l'heure dans l'escalier. Elle l'a dit à Martha...

Rachel prit une profonde inspiration.

– Oui, oncle Robert est mort.

– Pourquoi ?

– Ty, je ne...

– Dis-moi, maman ! Tu répètes toujours qu'il ne faut pas mentir. Je suis assez grand maintenant !

La jeune femme réprima les sanglots qui menaçaient de la suffoquer, puis elle se mit à parler :

– Ton oncle est mort. Il était fou furieux et il a voulu me faire du mal...

– Mais voilà, Lane est le tireur le plus rapide du monde entier, il l'a tué, n'est-ce pas ?

– Il ne le voulait pas, Ty. Il n'avait pas l'intention de tuer oncle Robert.

Ty se recula et hocha lentement la tête, essuyant une larme qui roulait sur la joue de Rachel.

– Je le sais, maman. Mais un homme ne fait pas toujours ce qui lui plaît. C'est pour cela que c'est un homme. Lane me l'a expliqué.

– Vraiment ?

– Oui, le soir où il m'a dit qu'il portait une chemise de nuit quand il dormait sous le même toit que des femmes, même s'il gardait son revolver...

Rachel ferma les yeux et l'attira contre elle.

– Je t'aime tant, mon chéri, murmura-t-elle d'une voix étranglée.

– Moi aussi, maman.

– Je dois te laisser, Ty. Ça ira ? Ils ont besoin de moi au salon.

– Bien sûr, dit-il fièrement, même si ses lèvres tremblaient un peu.

– Et si je demandais à Martha de venir à côté de toi ?

– Oui, s'il te plaît.

Elle l'embrassa sur le front, lissa les couvertures et, une nouvelle fois, le gratifia d'un baiser. Il sentait bon le savon et l'innocence. Comment pourrait-elle le mêler aux événements sordides qui avaient lieu au rez-de-chaussée ? Oppressée par la colère qui s'emparait d'elle, elle le borda rapidement et se dirigea vers la sortie. Sur le pas de la porte, elle se retourna et lui sourit.

– Si tu as besoin de moi, je suis au salon.

– Je n'ai jamais vu grand-mère dans cet état. Lane va avoir besoin de toi.

– Tu as certainement raison.

– Maman ? Si le shérif veut emmener Lane, ne le laisse pas faire.

Une heure plus tard, Rachel tentait de suivre les conseils de son fils, défendant sans relâche la cause de Lane auprès d'Arnie Wernermeyer.

– Il est hors de question que vous arrêtiez Lane, shérif ! lança-t-elle pour la énième fois. Cet homme travaille pour l'Agence Pinkerton. Il vous le répète depuis tout à l'heure.

Fatiguée de parler dans le vide, elle promena un regard autour d'elle, cherchant un soutien parmi l'assemblée. Evidemment, elle ne devait pas y compter. Mary Margaret était affalée dans le canapé, la tête entre les mains, les épaules secouées par d'énormes sanglots. Quant aux hommes de main des McKenna, elle aurait dû s'en douter : rien ne lui servait de leur décocher des œillades éplorées, ils ne bougeraient pas le petit doigt !

Loretta, elle, s'était rhabillée et avait même pris le temps de se coiffer avec soin et d'orner sa robe noire d'une broche de diamants, assortie à ses boucles d'oreilles. Elle évitait de regarder en direction de Rachel. Son époux semblait hagard, il arpentait la pièce de long en large, avec sa chemise tachée de sang et son bras en écharpe. Son unique préoccupation était de faire mettre Lane sous les verrous ou de le liquider lui-même. Il avait même annoncé qu'il abattrait Cassidy si le shérif ne s'en chargeait pas immédiatement.

Pendant ce temps, on avait discrètement enlevé le corps de Robert pour le convoyer jusqu'à la ville.

Wernermeyer se tenait, maintenant hésitant, devant Lane à qui il avait passé des menottes à seule fin de calmer le courroux du vieux McKenna.

– Je ne peux pas le relâcher sans avoir la preuve de

ce qu'il avance, argua-t-il finalement, et, pour le moment, cet homme dit lui-même qu'il n'a aucun document sur lui prouvant son appartenance à l'Agence Pinkerton, dit-il à Rachel.

– Envoyez un télégramme aux bureaux des Pinkerton à Denver, vous verrez qu'il ne ment pas, intervint Rachel.

– Je ne pourrai le faire que demain matin.

– Si vous ne le mettez pas en prison d'ici là, il ne manquera pas de prendre la fuite ! tonna Stuart. Il a accusé Robert d'être le Gentleman Voleur. Mais quelle preuve a-t-il ?

Le regard de Rachel croisa celui de Lane. Les yeux sombres ne trahissaient rien de sa pensée.

Frustrée, elle demanda au shérif :

– Ne pourriez-vous pas relâcher Lane si je vous jure qu'il ne s'enfuira pas ?

Arnie se dandinait d'un pied sur l'autre. Il s'éclaircit la voix.

– Madame McKenna, déclara-t-il enfin, j'aimerais vous faire plaisir, mais après ce qui s'est passé ces derniers jours, l'enlèvement et votre... amitié avec Cassidy, je dois admettre que votre parole n'a plus guère de valeur.

Il n'aurait pu l'humilier davantage. Elle était blessée comme jamais elle ne l'avait été, plus encore que le jour où elle avait appris que son époux était mort dans le lit d'une prostituée.

Lane devina le tourment qui la frappait, il en était le seul responsable, et cette idée lui fut intolérable.

– Enfermez-moi, ordonna-t-il au shérif.

– Non ! protesta la jeune femme avec fougue.

– Ne vous inquiétez pas, Rachel, lui conseilla gentiment Lane. Demain, nous préviendrons Boyd Johnson et nous lui ferons savoir ce qui s'est passé. Tout s'arrangera alors.

Tandis qu'elle quittait la pièce derrière Lane, Stuart McKenna se planta devant elle.

– Rien ne s'arrangera, je m'en porte garant ! siffla-t-il avec acrimonie.

Elle l'ignora et se tourna vers Lane.

– Je viens avec vous. Laissez-moi une minute pour récupérer Ty...

Loretta sortit alors de sa torpeur.

– Vous croyez vraiment qu'il est bon d'emmener Tyson chez vous quand vous avez l'intention d'accompagner ce criminel en prison ? Vous avez entendu le shérif. Vous pensez qu'on vous pardonnera en ville ? Au moins, laissez votre fils ici jusqu'à ce que la situation soit réglée. Vous n'avez peut-être pas de sympathie pour nous, mais vous savez que nous aimons cet enfant et que nous ne lui ferons aucun mal.

En dépit de la chaleur de la nuit, un frisson s'empara de Lane tandis qu'il écoutait Loretta persuader Rachel de lui laisser son fils.

– Restez avec Ty, la pressa-t-il, envahi d'un mauvais pressentiment. Le shérif se chargera du télégramme.

– Non, je viens avec vous, protesta la jeune femme. Pour une fois, je suis d'accord avec Loretta. Martha pourra s'occuper de Ty ce soir et je reviendrai le chercher plus tard, quand les ragots se seront calmés.

– Allons-y, Cassidy ! Si vous voulez nous accompagner, madame McKenna, vous feriez mieux de vous décider tout de suite, fit Wernermeyer en poussant Lane vers la sortie.

Rachel se sentit déchirée. Elle aurait aimé voir son fils et le rassurer elle-même. Comme elle aurait aimé que Lane fût relâché. Ah ! si seulement sa vie pouvait reprendre son cours normal par un seul coup de baguette magique...

Mais elle n'avait pas le choix. Elle se devait de suivre Lane et de le protéger, au détriment de sa réputation, s'il le fallait.

Alors qu'elle regardait la lumière s'accrocher dans les boucles noires de Lane, elle se rappela combien elles étaient douces et soyeuses sous les doigts. Elle voulait encore goûter à la douceur de sa peau et à la chaleur de ses lèvres.

Elle sut alors qu'elle était prête à tout pour lui.

A tout...

Ils gardèrent le silence jusqu'à Last Chance. Mille pensées se bousculaient dans l'esprit de Rachel. Il lui faudrait prévenir Chase et Eva au plus vite, en espérant qu'ils accepteraient de se rallier à la cause de Lane. Elle devrait ensuite récupérer Ty et éviter désormais tout rapport avec la famile McKenna. Robert serait enterré. La ville entière serait bientôt au courant des circonstances de sa mort.

Arrivé devant la porte du shérif, elle hésita à se séparer de Lane.

– Rentrez chez vous, lui murmura-t-il, et demandez à Delphie de soigner votre blessure. Essayez de dormir un peu. Boyd va me sortir de ce mauvais pas dès demain et je serai probablement devant votre porte avant même votre réveil.

– Vous êtes sûr que ça ira ? lui demanda-t-elle, inquiète. Je n'ai pas envie de vous quitter.

– J'ai dormi dans des lieux bien plus sordides, croyez-moi, lui chuchota-t-il d'un ton rassurant. Ici, c'est presque un palace.

S'approchant d'elle, il ajouta :

– Je vous aime, Rachel.

Wernermeyer les interrompit d'un air exaspéré :

– Ça suffit maintenant, Cassidy. Bonne nuit, madame McKenna. Rentrez chez vous.

Il n'y avait rien qu'elle puisse ajouter ou faire, alors elle se décida à s'en aller et à le laisser entre les mains du shérif. Sans un mot, elle s'éloigna, refusant de regarder derrière elle. Main Street était maintenant plongée dans l'obscurité, les boutiques fermées. Lorsqu'elle passa devant les vitrines, elles lui renvoyèrent l'image d'une femme perdue, à l'allure fantomale.

Elle aperçut sa maison, tout au bout de la rue. Delphie avait laissé la lumière du porche allumée.

Pour la première fois de sa vie, l'idée de rentrer chez elle ne la réconforta même pas. Ty n'était pas là. Lane se trouvait en prison. Ce soir, même avec la douce lumière qui filtrait à travers ses fenêtres, elle vit sa demeure comme elle l'était vraiment : un désert, semblable à tous les autres... un désert qui resterait sa prison jusqu'à ce que Lane en franchisse le seuil, en homme libre...

15

Assis sur son étroit grabat recouvert d'un drap gri-
sâtre, Lane croisa les bras. Chase et Eva Cassidy
venaient d'arriver chez le shérif et il se demandait
pourquoi diable ils étaient venus. Il pouvait fort bien
se débrouiller seul et, surtout, il ne voulait pas les
savoir mêlés à cette histoire.

A quelques mètres de là, Arnie Wernermeyer arpentait son bureau comme un lion en cage. Lane le sus-
pectait de tendre l'oreille pour tenter de satisfaire sa
curiosité en glanant quelques informations çà et là.

— Je suis surpris de vous voir si tôt, dit-il sur un ton
désinvolte. J'ai l'impression que les mauvaises nouvelles circulent vite.

— Nous sommes ta famille, Lane, répondit Eva.
Même si, ces dernières années, nous ne nous sommes
pas vus. Nous voulons t'aider. Dis-nous simplement ce
qu'il faut que nous fassions.

— Je vous remercie, mais personne ne peut m'aider.

Si seulement ils pouvaient s'en aller, sans insister...

Les yeux de la jeune femme s'étaient emplis de larmes, et tout cela, encore une fois, à cause de lui ! Elle
était vraiment belle, vêtue de dentelles et de perles...

Lane remarqua aussi que Chase lui donnait tendrement la main et que pas une seconde il ne semblait
vouloir s'en séparer. Ainsi ils s'aimaient et affichaient

fièrement leur bonheur... Que pouvait-on ressentir quand on s'éveillait chaque matin à côté de l'amour de sa vie ? Hélas, il n'avait pas de réponse à cette question. L'image de Rachel lui revint brusquement à l'esprit.

– Comment va Rachel ? demanda-t-il en bondissant sur ses pieds.

– Elle a envoyé Tom Castor nous prévenir, répondit Eva. C'est le propriétaire de la pension de chevaux...

– Je le sais ! la coupa Lane avec impatience.

– La pauvre, enchaîna la jeune femme, elle n'a pas dû fermer l'œil de la nuit. Tom nous a dit qu'elle était allée frapper à sa porte aux aurores. Sa femme l'a obligée à s'asseoir et à déjeuner avec eux. Elle n'avait pas l'air dans son assiette.

– Elle avait la migraine, renchérit Chase, mais elle a tenu à aller chercher Ty chez les McKenna.

– Rachel voulait qu'il y ait quelqu'un près de toi lorsque tu serais libéré, reprit son épouse. Elle a demandé à Delphie d'organiser un grand repas en l'honneur de ton retour. Elle devrait rentrer en ville vers midi afin que nous fêtions ensemble ta libération autour d'une table.

– Il vaut mieux que vous retourniez l'attendre chez elle, lâcha Lane. Je n'ai pas l'impression que je vais pouvoir sortir de sitôt !

Chase jeta un regard rapide autour de lui. La vue des cellules étroites et sombres le fit soudain grimacer. Lane savait à quel point il abhorrait et évitait ce genre de lieux sordides, mais pour lui, pour son neveu, il était venu ! Après seulement quelques heures passées à se morfondre dans cet endroit humide et lugubre, il se demandait comment son oncle avait pu garder ses esprits au terme de neuf ans d'incarcération. Peut-être en rencontrant Ramon... Ce qui expliquerait le lien fort qui existait entre eux.

– Qu'est-ce qui te fait penser que tu ne seras pas libéré aujourd'hui ? s'enquit Eva en fronçant les sourcils. Lorsque les Pinkerton expliqueront la situation au shérif, tu sortiras...

– Laisse-le parler, Eva, suggéra Chase en se tournant vers Lane.

Ce dernier s'approcha et s'agrippa aux barreaux.

– Wernermeyer a envoyé un télégramme il y a deux heures, et il n'y a toujours pas eu de réponse de l'Agence.

Il parlait à voix basse, craignant que le shérif ne l'entendît.

– Cela n'est plus qu'une question de minutes, objecta Eva d'un ton rassurant.

– Je n'espérais pas vraiment qu'ils répondent, en tout cas, pas immédiatement.

Lane vit le regard de Chase s'assombrir.

– Pourquoi ? demanda celui-ci.

Alors, Lane recula. Pendant un long moment, il fixa le mur de sa cellule sans dire un mot. Puis il rétorqua :

– J'ai agi de mon propre chef dans cette affaire. Et je crois vous avoir dit que j'étais suspendu pour quelque temps. Mon chef m'a prévenu que l'Agence ne me soutiendrait pas en cas de problèmes.

– Tu as agi de ton propre chef hier soir quand tu as tué McKenna ? s'écria son oncle, atterré.

Lane haussa les épaules.

– Tout s'est passé de manière imprévue hier. Et les événements se sont enchaînés presque malgré moi. En fait, j'avais rencontré Robert McKenna un peu avant, et bien qu'il n'ait rien avoué clairement, il m'a cependant proposé de devenir son associé. Je devais aujourd'hui transférer des fonds pour lui. Je pensais avoir le temps d'avertir Boyd Johnson afin qu'il envoie des agents sur le terrain. Ils auraient pris McKenna la main dans le sac !

Eva semblait de plus en plus inquiète.

– Comment en es-tu venu à lui tirer dessus ? interrogea Chase d'un ton grave.

Lane baissa les yeux vers son arme et en effleura distraitement la crosse.

– Quand je suis arrivé au ranch des McKenna, j'ai surpris Rachel dans les bras de Robert.

– Mon Dieu ! s'exclama Eva. Je ne peux pas imaginer une chose pareille. Je suis certaine qu'il doit y avoir une explication...

– Il y en a une. Elle a essayé de le convaincre que je l'avais enlevée de force. En effet, elle le savait soupçonné de vol et elle a tenté de lui extirper des informations. A seule fin, bien sûr, de m'aider ! Cependant, lorsque j'ai vu ce bandit l'embrasser, je n'ai pas pu faire autrement que de réagir ! Je les ai interrompus brutalement et, après avoir parlé seul à seul avec Robert et décidé d'un rendez-vous pour ce matin, j'ai fait semblant de m'en aller. J'étais inquiet pour Rachel. J'ai donc fait demi-tour. Et à travers les baies vitrées, j'ai entendu tout ce qu'il lui a raconté. Il a essayé de lui faire dire ce qu'elle savait de moi. Elle a voulu lui échapper, mais il l'a plaquée au sol...

– Pauvre Rachel ! souffla Eva, interdite. Ta réaction a été naturelle. Cela devait être insupportable pour elle...

– Les choses ont alors mal tourné, continua Lane. Il s'est mis à menacer Rachel et je suis intervenu en pointant mon revolver dans la direction de Robert. Quelques minutes plus tard, son père a surgi, armé d'un fusil. Le jeune McKenna a alors sorti son arme et s'est servi de Rachel comme d'un bouclier. McKenna Senior a tiré sur moi et m'a manqué. Robert a ensuite pris la relève et a failli tuer Rachel. Je n'ai pas eu le temps de réfléchir, j'ai plaqué Rachel au sol et j'ai riposté. Robert McKenna est tombé raide mort.

– Tout cela me semble fort compréhensible et juste, commenta Chase. Tu penses vraiment que les Pinkerton vont te laisser croupir ici ?

– Stuart McKenna ne va certainement pas en rester là. J'en ai bien peur.

Chase passa une main dans ses cheveux et soupira. Eva regardait attentivement son époux, comme si elle espérait un miracle de sa part. Lane savait que son oncle ferait son possible pour ne pas décevoir son adorable femme, mais, dans le cas présent, il n'y avait rien qu'il puisse tenter.

– Tu m'as dit que tu l'avais tué sans être couvert par l'Agence Pinkerton, n'est-ce pas ? s'enquit Chase. En outre, il semblerait que tu n'aies pas encore de preuve formelle de la culpabilité de Robert McKenna, c'est bien cela ?

– En fait, je ne sais rien de plus que ce qu'il a bien voulu me dire, et cela reste une conversation privée. Personne ne pourra témoigner.

– Tu crois qu'il a gardé l'argent du dernier vol sur lui et qu'il l'a caché quelque part au ranch ?

Eva se tourna vers Chase et déclara :

– Si tu as l'intention de passer tout le ranch des McKenna au crible pour retrouver le magot...

– Je n'ai encore rien décidé, Eva. Je réfléchis simplement.

Lane secoua la tête.

– Le vol a eu lieu deux jours avant qu'il n'arrive en ville. Je ne sais pas ce qu'il a fait de son argent, ou du déguisement qu'il portait. Cela peut être caché n'importe où et, de toute façon, Stuart Senior n'acceptera jamais qu'on effectue des recherches chez lui.

Son oncle garda le silence quelques minutes durant. Il avait les yeux rivés sur Lane.

– Je ne t'en voudrais pas, Chase, murmura ce dernier, si tu ne me croyais pas.

– Je te crois, rétorqua son oncle doucement, et sans la moindre hésitation. Je me demande seulement comment tu as pu te mettre dans un tel pétrin.

– J'ai toujours été très fort pour cela, tu le sais bien.

– Hélas, j'ai bien peur que McKenna ne profite de la situation, surtout lorsqu'il découvrira que les Pinkerton ne sont pas venus à ta rescousse. Avec son argent et son pouvoir, je ne donne pas cher de ta peau !

– Il s'arrangera pour que je sois pendu, lança Lane en déclarant haut et fort tout ce que tout le monde redoutait.

– Moi aussi, j'ai de l'argent ! leur rappela Eva.

Les deux hommes ignorèrent sa remarque. Sachant que son oncle ne refuserait pas de lui rendre un petit service, Lane lui demanda :

– Tiens Rachel éloignée de cette histoire, d'accord, Chase ?

– J'essaierai, mais tu la connais...

Eva s'approcha des barreaux.

– Ecoutez-moi bien tous les deux. Vous me donnez l'impression de baisser les bras. Eh bien, pour ma part, il n'en est pas question ! Je ne suis pas une Eberhart pour rien !

– Eva... grommela Chase.

– Calme-toi, objecta-t-elle. Lane a de gros problèmes et j'ai bien l'intention de l'aider. Il faut absolument qu'il s'évade. Je pourrais commencer à chanter... ou mieux encore, je pourrais feindre une crise cardiaque, et pendant que le shérif s'occuperait de moi, Chase lui subtiliserait les clés et...

Chase passa un bras autour des épaules de son épouse et tenta de la faire taire...

– Il vaut mieux que je la sorte d'ici avant que nous ne finissions tous derrière les barreaux, marmonna-t-il.

Lane regarda son oncle pousser la porte qui séparait le parloir du bureau du shérif et s'éloigner avec sa femme.

– Oncle Chase ? le héla-t-il alors qu'Eva, elle, disparaissait.

Lane rejoignit les barreaux, regrettant la haine qu'il

avait éprouvée pour cet homme et le temps qu'il avait perdu pendant toutes ces années de mésentente.

– Oncle Chase ? répéta Lane.

– Oui ?

Chase revint sur ses pas. Derrière lui, les premiers rayons du soleil se faufilèrent, baignant la cellule d'une lumière vive.

– Veille sur Rachel, s'il te plaît. Elle en aura bien besoin.

Rachel arrêta le buggy loué à Tom Castor devant le fastueux perron des McKenna et attendit qu'un domestique vînt l'aider à descendre de voiture. De nombreuses diligences étaient garées dans l'allée. Apparemment, beaucoup de monde était venu rendre un dernier hommage à Robert.

Un jeune serviteur accourut. Un court instant après, Rachel remonta l'allée d'un pas décidé jusqu'au porche. Elle frappa à la porte qui s'ouvrit presque aussitôt.

Martha, vêtue comme à l'accoutumée de son uniforme noir, de son tablier et de sa coiffe blancs amidonnés, s'effaça pour lui livrer passage.

– Bonjour, ma'ame, murmura-t-elle en évitant le regard de Rachel.

La domestique avait les yeux rougis d'avoir trop pleuré.

– Quelque chose ne va pas, Martha ? lui demanda Rachel gentiment.

Quelle question ! Evidemment... Robert était mort. Mais lorsque la servante secoua la tête avec un air affolé, un sombre pressentiment s'empara de Rachel.

Des voix s'élevèrent dans les profondeurs de la maison, l'empêchant d'interroger Martha plus longtemps. Rachel jeta un coup d'œil dans la cage d'escalier et se pencha vers la jeune domestique.

– Ce n'est pas la peine d'ennuyer Loretta. Je vais juste monter chercher mon fils...

– Je préférerais, ma'ame, que vous attendiez ici.

Et avant même que Rachel n'ait pu protester, Martha prit ses jambes à son cou.

La jeune femme ôta un gant et s'apprêtait à faire de même avec le second lorsque sa belle-mère apparut dans l'une de ses plus élégantes robes de satin noir. Elle avait les cheveux parfaitement coiffés et ses bijoux étaient aussi magnifiques qu'à l'accoutumée.

Elle marchait lentement, regardant droit devant elle, la tête haute. Et elle avait l'air de quelqu'un qui se prépare à un combat !

Rachel respira profondément, prête à toutes les attaques.

– Mon petit-fils va s'installer ici définitivement, annonça Loretta sans autre préambule.

La jeune femme se sentit vaciller, elle dut rassembler toutes ses forces pour pouvoir répondre :

– Essayez-vous de me dire que je ne peux pas récupérer Ty ?

– Exactement.

Tout à coup, elle comprit pourquoi Martha avait les yeux rouges. Son sang ne fit qu'un tour. Elle n'allait quand même pas laisser ces gens décider de la vie de son enfant !

– Vous vous trompez, Loretta. Et maintenant, écartez-vous de mon passage. Je vais chercher mon fils.

Loretta ne bougea pas d'un millimètre. Aucune, absolument aucune émotion ne pouvait se lire sur son visage.

– Encore un pas, Rachel, et je vous fais abattre.

La jeune femme tremblait d'une rage difficilement contenue. Elle tenta de rassembler tout son sang-froid, pourtant la peur s'insinuait lentement en elle.

– Vous n'avez aucun droit...

– J'ai tous les droits, vous voulez dire ! l'interrompit son interlocutrice. Votre réputation est ruinée. L'homme avec qui vous avez forniqué croupit en prison pour avoir tué mon fils. Croyez-vous que je vous laisserai gâcher la vie de Tyson ?

– Je suis désolée, Loretta, mais vous ne pouvez pas me séparer de mon fils. Auriez-vous oublié que je suis sa mère ? Vous n'avez aucun droit.

– Au contraire, et j'ai bien l'intention d'en profiter. D'ailleurs, Stuart est déjà parti consulter nos avocats. Nous allons demander la garde légale de ce garçon. Vous auriez dû y penser avant de vous jeter dans les bras de ce Lane Cassidy.

Tout à coup, c'en fut trop ! La froide détermination de Loretta rendit Rachel folle de rage. Poussant sa belle-mère violemment, la jeune femme se précipita dans l'escalier et gravit les marches à toute vitesse.

Elle atteignait le palier quand, en levant les yeux, elle découvrit un homme de main des McKenna planté devant elle. Il la menaçait de son fusil. Des émotions contradictoires se lisaient sur le visage de l'employé. Cependant Rachel comprit qu'il n'hésiterait pas à tirer.

Indignée, elle fit volte-face. Loretta l'attendait au bas des marches, un sourire triomphant sur les lèvres.

– Vous me tueriez ? demanda Rachel, incrédule.

– Certainement pas. Mais lui, oui, fit-elle en désignant l'homme sur le palier.

Tremblant de tout son être, Rachel hésita un instant. Elle aurait aimé appeler son fils, mais elle craignait de le bouleverser s'il assistait à la scène. Elle ne voulait surtout pas que Tyson comprît que ses grands-parents le retenaient prisonnier. Toutefois, elle aurait souhaité l'avertir de sa présence et le rassurer, lui dire qu'elle ne l'avait pas abandonné. Mais peut-être valait-il mieux retourner en ville chercher des renforts... A cette heure, Lane devait déjà être sorti de prison.

Tandis qu'elle capitulait et descendait les marches, Loretta s'écarta pour la laisser passer. Puis, s'approchant de la porte, la maîtresse des lieux ouvrit grand le battant. Au-dehors, le monde n'avait pas changé, cependant Rachel avait la sensation que sa vie était irrévocablement brisée.

– Je reviendrai, fit-elle entre ses dents, et Ty repartira avec moi.

– C'est ce que nous verrons.

Pour la première fois, la jeune femme vit Loretta abandonner son masque. La haine étincelait dans ses yeux.

Rachel avait réussi à traverser le perron jusqu'à son buggy. Comment ? Elle n'aurait pu le dire. Elle était montée dans sa voiture. Comment ? Elle ne le savait pas davantage. En fait, elle ne se souvenait de rien avec précision. Au cours de son trajet de retour, son esprit se mit à vagabonder, en proie à mille pensées confuses.

Ce ne fut que lorsqu'elle atteignit les environs de Last Chance qu'elle réalisa que des larmes coulaient sur son visage et que le cheval de Tom Castor ruisselait de sueur.

Elle ralentit alors l'allure et s'essuya le visage du revers de la main. Ces gens, ces horribles gens essayaient de lui voler son fils, et si elle ne réagissait pas rapidement, ils y parviendraient nécessairement. Ils avaient l'argent et le pouvoir pour cela. Ils arriveraient à leurs fins facilement.

La jeune femme se dirigea tout droit vers la pension de chevaux et gara le buggy à l'intérieur de l'immense grange plongée dans une rafraîchissante pénombre. En sortant, elle se retrouva nez à nez avec le propriétaire des lieux.

– Vous avez réglé vos affaires, madame McKenna ? lui demanda Tom Castor avec gentillesse.

– Pas encore, mais cela ne devrait plus tarder.

Cependant, alors qu'elle tentait de régler sa dette à

Tom Castor, elle fut prise de vertige et l'homme dut la soutenir un instant.

– Nous verrons cela plus tard, madame McKenna. Je vais m'occuper de votre cheval. Revenez demain, allez vous reposer. Je crois que vous en avez besoin !

Des larmes de gratitude montèrent aux yeux de la jeune femme. Elle pensa que cet homme était l'un des seuls habitants de Last Chance qu'elle pouvait encore considérer comme un ami.

– Merci, Tom. Envoyez-moi la facture, Delphie viendra vous la régler.

– Ne vous inquiétez pas, madame.

Il l'escorta jusqu'à la sortie et agita la main en guise de salut alors qu'elle s'éloignait d'une démarche mal assurée. Elle devait pourtant se dépêcher, il lui fallait rapidement prévenir Lane et les autres... et aussi parler au shérif...

Elle s'arrêta à son bureau où elle entra sans même prendre la peine de frapper. Arnie était, comme à son habitude, affalé sur son fauteuil, les pieds posés sur sa table de travail, les mains croisées derrière la nuque. Quand il l'aperçut, il se redressa quelque peu.

– Levez-vous, shérif, fit-elle. J'ai besoin de votre aide.

– Non, asseyez-vous plutôt, madame McKenna. Je n'ai pas encore reçu de nouvelles de Denver, et il est hors de question que je laisse sortir Cassidy.

Elle faillit suffoquer. Et la pièce se mit à tourner autour d'elle.

– Lane est encore là ? parvint-elle à demander d'une voix tremblante.

Sans attendre la réponse de Wernermeyer, elle se dirigea vers la porte qui menait aux cellules.

– Ce n'est pas pour cela que vous êtes là ? s'enquit-il, sans cacher son étonnement.

– Non.

Rachel essaya d'ouvrir la porte, mais elle était verrouillée.

– Laissez-moi entrer. J'ai besoin de voir Lane.

Le shérif hésita un instant.

– Vous savez que la règle veut que je vous fouille pour m'assurer que vous ne portez pas d'arme ?

– Arnie, si j'avais une arme, c'est sous votre nez que je la brandirais à cette minute.

– Eh bien, je ne...

– Je connais la loi, s'insurgea-t-elle. Vous oubliez que j'ai été l'épouse d'un shérif pendant plusieurs années.

– Laissez-la entrer, Wernermeyer ! hurla Lane de l'autre côté du battant.

Enfin Arnie se décida à ouvrir la porte et Rachel se précipita vers la cellule comme si elle avait le diable à ses trousses.

– Rachel, que se passe-t-il ? demanda Lane d'un ton alarmé.

Il quitta le grabat sur lequel il était allongé et vint lui saisir les mains entre les barreaux.

– Oh, si vous saviez ! gémit-elle avant d'éclater en sanglots.

Tendrement, Lane glissa une main dans ses cheveux, et l'obligea à relever le menton.

– Rachel, ma chérie, je vous en prie, ne pleurez pas. Nous nous en sortirons.

– Ce n'est pas à cause de vous.

– Que s'est-il passé ?

– Ils ont Ty et ils ont dit... ils ont dit que je ne pouvais pas le récupérer. Ils ont prévenu leurs avocats, et je... je ne serai jamais capable de les combattre. Si on me sépare de mon fils, je vais mourir. Il faut que vous veniez avec moi... fit-elle d'une voix déchirée par l'angoisse.

Mais, brusquement, elle prit conscience de la situation de Lane.

– Pourquoi êtes-vous encore là ?

– Qui retient Ty ? demanda-t-il sans répondre à la question de Rachel.

– Les McKenna.

– Par tous les diables...

Il serra les poings et, pendant un instant, appuya son front contre les barreaux.

– Je le pressentais. J'ai bien essayé de croire que je me trompais. Oh, Rachel, tout est ma faute !

Elle secoua la tête.

– Non, vous n'y êtes pour rien. J'aurais dû m'en douter. Depuis la mort de Stuart, ils cherchaient un moyen de m'arracher mon fils.

– Et maintenant, à cause des relations que vous entretenez avec moi, ils ont enfin le prétexte qu'ils cherchaient depuis longtemps !

– Et Boyd Johnson ? Pourquoi ne vous a-t-il pas fait sortir d'ici ?

Lane soupira.

– Il n'a pas encore répondu. Je vous ai dit que j'étais suspendu de l'Agence pendant plusieurs semaines. Ce que j'ai oublié de vous préciser, c'est qu'ils m'avaient prévenu qu'ils n'intercéderaient pas en ma faveur jusqu'à la fin de ma sanction.

– Que voulez-vous dire ?

Rachel fut soudain envahie par la peur.

– J'ai agi de mon propre chef en tuant Robert.

Elle le fixait, essayant tant bien que mal de mesurer la portée de ses propos.

– Vous ne pouvez pas m'aider, c'est bien cela ? souffla-t-elle en suffoquant. Vous ne sortirez pas aujourd'hui. Vous ne pouvez pas m'aider à récupérer mon fils...

– Non, lâcha-t-il tristement. Malheureusement, je ne peux rien faire.

– C'est impossible...

– Je comprends ce que vous ressentez. Et je ne vous blâmerais pas si vous refusiez de me revoir.

– Ne dites pas cela. Nous allons réfléchir à la manière de nous en sortir, il doit bien exister une solution. Mais, d'abord, il faut que je récupère mon fils.

– Allez voir Chase et Eva. Ils vous aideront. D'ailleurs, ils sont probablement chez vous.

– Et si les Pinkerton vous abandonnaient à votre triste sort, Lane ? Vous seriez pendu...

Elle se couvrit la bouche avec la main, retenant un cri. Ty lui avait été enlevé, cependant elle se battrait de toutes ses forces et finirait bien un jour par le récupérer. Mais si la loi décidait que Lane devait être pendu...

– Qu'allons-nous faire ? murmura-t-elle.

– Rachel, approchez.

La jeune femme s'exécuta et, à travers les barreaux, Lane tenta de l'étreindre. Elle sentit la chaleur de ses mains sur son corps, mais elle aurait aimé se blottir tout entière contre lui. Elle réprima un soupir...

– Je veux que vous m'écoutiez, Rachel. Voyez avec Chase et Eva la manière de sortir rapidement Ty de ce guêpier. N'attendez pas. Et surtout, Rachel, demeurez loin d'ici. Je veux que vous ne pensiez plus qu'à libérer votre fils, parce que, pour vous, il est ce qu'il y a de plus précieux au monde...

– Vous me faites peur, Lane. Et si la loi...

– Rachel, s'ils doivent me pendre, je mourrai heureux de me savoir enfin aimé...

16

L'âme en peine, Rachel prit place à table et observa ses invités à la dérobée. Chase mangeait en silence mais de bon cœur, tandis que son épouse, Eva, repoussait discrètement l'assiette que Delphie venait de poser devant elle.

Personne n'avait prévenu à temps la gouvernante que Lane ne serait pas relaxé et que Tyson était retenu prisonnier par ses grands-parents. Lorsque Rachel était revenue chez elle, elle avait dû lui annoncer les tristes nouvelles. Mais il était trop tard : Delphie avait déjà tout préparé. Le repas serait sublime mais les cœurs tristes !

La gouvernante avait éclaté en sanglots en apprenant que ni Ty ni Lane ne les rejoindraient aujourd'hui. Elle avait laissé libre cours à toute l'émotion que Rachel avait tant bien que mal réussi à contenir au cours de ces dernières heures. A travers un voile de larmes, Delphie avait cependant insisté pour maintenir le repas car, selon ses propres mots, il eût été sacrilège de gâcher de si bonnes choses.

A présent, dans la salle à manger magnifiquement décorée, régnait un lourd silence, et chacun des invités semblait se débattre dans de sombres pensées. Delphie passait de l'un à l'autre, servant, desservant, sans beaucoup plus d'entrain que ses compagnons.

Finalement, Rachel admit qu'elle n'aurait pas la force d'avaler un morceau, alors elle plia lentement sa serviette et la posa à côté de son assiette.

– Avez-vous... commença Eva, interrompue aussitôt par Delphie qui fondit en larmes.

– C'est ma faute si le petit Ty n'est pas à la maison, se lamenta la gouvernante.

Rachel se leva et la rejoignit. Elle lui glissa un bras autour des épaules.

– Delphie, comment peux-tu dire une chose pareille ? Personne ne pouvait deviner ce que préparaient les McKenna.

– Et je... j'ai laissé la salière se... vider entièrement ! bredouilla la gouvernante d'une voix terrifiée.

– Ce ne sont que des superstitions, voyons.

– Vous pouvez y remédier facilement, Delphie, intervint Eva d'un ton rassurant, il vous faudra brûler un peu de sel de la nouvelle boîte avant de vous en servir. Le mauvais sort s'en ira nécessairement...

La gouvernante secoua la tête.

– Il est trop tard. J'ai déjà rempli la salière.

Eva s'empara de celle-ci, posée sur la table devant elle, versa un peu de sel dans sa main avant de se diriger vers la cuisine pour le brûler.

– Je modifie les règles, commenta-t-elle sur le pas de la porte. Venez avec moi, Delphie. Vous m'aiderez.

Bon gré, mal gré, la gouvernante la suivit, marmonnant une bordée de jurons inintelligibles. Rachel récupéra la coupe de pêches sur le buffet et l'apporta à Chase. Ce dernier la gratifia d'un sourire et la jeune femme s'étonna une fois encore de la vive ressemblance de cet homme avec Lane. Son cœur se serra douloureusement. Réprimant les sanglots qui se bousculaient dans sa gorge, elle retourna s'asseoir à sa place.

– Connaissez-vous quelqu'un qui puisse nous venir

en aide, Rachel ? demanda Chase. Avez-vous un avocat ?

– Non. Si seulement je savais par où commencer.

– Ne vous tracassez pas trop. Au pire, il faudra faire un procès, et je vous assure que vous le gagnerez. En effet, aucun juge digne de ce nom n'aurait la cruauté d'arracher un enfant à sa mère.

Il semblait si certain de ce qu'il avançait... c'était si rassurant de l'écouter, que Rachel fut tentée de le croire. Mais l'angoisse revint bientôt l'assaillir.

– Et s'il le faisait ? Si les McKenna le subornaient ? N'oubliez pas les ragots qui circulent sur moi en ville. Je me suis acoquinée avec le tristement célèbre Lane Cassidy, il y a eu ce prétendu enlèvement...

– Lane sera bientôt innocenté, et quand on découvrira qu'il est en fait un agent Pinkerton, votre nom sera lavé, déclara Eva en surgissant dans la pièce.

Chase ne quittait pas Rachel des yeux. La jeune femme eut soudain l'impression qu'il pouvait lire en elle le moindre de ses sentiments, qu'il pouvait déceler les doutes qui envahissaient son cœur et son esprit.

– Vraiment ? demanda-t-elle, refusant ce fol espoir. Lane sera innocenté ?

– Vous ne le croyez plus ? s'enquit Eva d'un air stupéfait.

Rachel s'empressa de secouer la tête.

– Bien sûr, je le crois, mais quand il a tué Robert, il était suspendu. L'Agence décidera peut-être de le laisser démêler seul ses problèmes...

– Rachel, vous devez vous montrer plus positive, la gourmanda gentiment son amie.

– Il risque d'être pendu, continua Rachel sans l'écouter.

– Vous n'avez pas le droit de penser cela ! protesta Eva. Pensez-vous que Lane et Tyson méritent ce qu'ils vivent aujourd'hui ? Non, alors, il faut que nous nous serrions les coudes et que nous les sortions de ce sordide guêpier.

Elle se tourna vers son époux.

– Chase, s'il le faut, tu pourras aller jusqu'à Denver et ramener M. Johnson ici pour qu'il puisse défendre Lane, n'est-ce pas ?

L'assurance d'Eva redonna un peu de courage à Rachel.

– J'ai peut-être une solution, déclara-t-elle timidement. Le fils de Sally Crawford vient de terminer ses études de droit, il devait revenir s'installer à Last Chance. Peut-être pourrions-nous lui rendre visite ?

– Pourquoi pas ? fit Eva. C'est un bon début. Si vous voulez, je viendrai avec vous chez lui cet après-midi. Nous serons ses premiers clients.

A cet instant, Delphie pénétra dans la pièce pour débarrasser.

– Je vais préparer les gâteaux préférés de Ty et je les lui apporterai, annonça-t-elle, les yeux rougis. Les McKenna ne s'opposeront quand même pas à ce qu'on lui offre des gâteaux. J'en profiterai pour discuter avec leurs domestiques, j'en apprendrai sûrement un peu plus...

– C'est une idée merveilleuse, Delphie, commenta Rachel, toute ragaillardie. Prépare également un panier avec du poulet froid, des fruits et des biscuits pour Lane, j'irai le lui apporter.

– Et nous pourrions peut-être cacher une lime au fond du panier ? suggéra Eva.

– Je te reconnais bien là, ma chérie, s'exclama Chase avec un sourire attendri.

Pour la première fois depuis ces dernières vingt-quatre heures, Rachel s'esclaffa.

– Merci, mes amis. Nous ne nous sommes pas vus souvent ces dernières années. J'aurais aimé que nous passions plus de temps ensemble...

Sa voix se brisa. Eva se leva et vint s'installer auprès d'elle. Elle lui tapota gentiment l'épaule.

— Le fait que vous soyez mariée à un shérif rendait nos relations un peu plus difficiles. Toutefois, je savais que je pouvais compter sur vous au moindre problème.

— Tout comme moi sur vous, souffla Rachel, les yeux embués.

— Avant que vous ne fondiez en larmes toutes les deux, pourquoi n'iriez-vous pas rendre visite à cet avocat ? Je ne voudrais pas rentrer trop tard. Je ne suis pas rassuré de savoir les enfants seuls au ranch. Ils seraient capables de mettre le feu à la maison.

Rachel songea aussitôt à son fils. « Mon Dieu, songea-t-elle, faites que Tyson me soit rendu... »

Le soir tombait lorsque Rachel se présenta une nouvelle fois au bureau du shérif. Elle laissa Arnie fouiller dans son panier et lui abandonna une part de poulet afin de l'amadouer. Et, en effet, il accepta presque aussitôt qu'elle rendît visite au prisonnier ! Ce soir, elle avait pris le temps de se changer et de revêtir sa belle robe de soie lavande, elle avait également pris soin de bien se coiffer. En dépit des circonstances, elle voulait paraître à son avantage.

Toutefois, elle ne s'attendait pas à la réception que lui réserva Lane.

Il était glacial, et si elle ne l'avait pas autant aimé, elle aurait rebroussé chemin sur-le-champ. Ses yeux sombres étincelaient d'une rage mal contenue, il avait les cheveux en bataille, le visage livide.

Elle posa le panier sur le banc et attendit qu'Arnie refermât la porte derrière lui.

— Vous a-t-il fouillée ? demanda-t-il immédiatement.

— Bien sûr...

— Il vous a touchée, n'est-ce pas ?

— Lane...

– N'est-ce pas ?

– Que se passe-t-il ?

Elle baissa d'un ton avant de poursuivre :

– Il m'a fouillée, mais pas comme vous le croyez. A quoi pensez-vous donc ?

– Je commence à devenir complètement fou ici !

Il se mit à arpenter sa cellule en marmonnant des choses inintelligibles.

– Vous avez faim ? lui demanda-t-elle.

– Non.

– Delphie vous a préparé du poulet et des gâteaux.

– Tout à l'heure, vous voulez bien ?

Il lui décocha un regard noir.

– Qu'avez-vous fait pour Ty ?

– Eva et moi, nous sommes allées voir le fils de Sally Crawford, Raymond. Il est jeune, mais il vient d'obtenir son diplôme d'avocat. D'après lui, les McKenna ne peuvent pas m'enlever la garde de mon fils. Ils n'ont aucun droit sur Ty à moins que je ne meure.

Lane s'arrêta brutalement et fit volte-face. La colère, l'angoisse émanaient du plus profond de lui.

– Lane, qu'y a-t-il ?

Il s'approcha d'elle et, à travers les barreaux, lui tendit les mains.

– Vous trouvez la situation plaisante ? Vous êtes là à bavarder tranquillement alors que votre fils est prisonnier des McKenna ! Vous devriez vous concentrer sur la manière dont vous comptez l'en sortir.

Rachel fit un pas en avant, et glissa les doigts sur sa joue, espérant le calmer.

– Quand comprendrez-vous qu'il ne vous sert à rien de vous énerver, Lane ? Vous ne m'impressionnez pas.

Il la scruta de son regard inquisiteur, comme s'il cherchait à deviner ses pensées.

– Rachel, vous êtes une femme extraordinaire. Vous ne méritez pas d'être mêlée à cette sordide histoire.

– Nous nous en sortirons.

Après un coup d'œil en direction de la porte de communication, il se pencha vers elle et l'embrassa. En un baiser, il lui révéla tout ce que ses mots laissaient en suspens. Il la tenait étroitement, goûtant avec sa langue à toute l'intimité de son être.

Rachel laissa échapper un soupir. Le désir, brusquement, la consumait. Elle aurait aimé lui dire qu'elle serait toujours là, qu'elle l'aimait par-dessus tout.

– J'ai envie de vous, lui avoua-t-il.

– Chut, Arnie pourrait vous entendre.

– Et alors ?

Comme il la vit s'empourprer, il s'empressa d'ajouter :

– Je plaisante, bien sûr.

Pourtant, au plus profond de lui-même, il rêvait d'abattre ces barreaux, de serrer Rachel dans ses bras et de lui faire l'amour jusqu'au bout du jour, jusqu'au bout de la nuit. Oublier la réalité, s'échapper sur les sentiers de l'amour...

A cet instant, la porte s'ouvrit et Arnie apparut.

– La visite se termine, déclara-t-il en posant les yeux sur le panier qui n'avait pas été touché.

Rachel se tourna vers lui, les joues en feu.

– Je vous en prie, shérif. Laissez-nous encore quelques minutes.

L'homme hésita un instant, puis se retira, prenant soin de refermer la porte.

– J'ai faim tout à coup, déclara Lane en retrouvant sa bonne humeur.

Rachel lui tendit le panier et il se mit à dévorer le poulet préparé par Delphie.

– Ainsi ce jeune avocat vous a fait bonne impression ? lui demanda-t-il quand il eut fini.

– Oui. Il est persuadé que je gagnerai le procès. Eva l'a jugé elle aussi digne de confiance. Elle et votre oncle ont été merveilleux. Chase a accepté de se rendre à Denver pour ramener Boyd Johnson ici.

– Laissez-lui le temps de venir tout seul. Attendez deux ou trois jours encore.

– Certainement pas, objecta-t-elle. Rien n'empêche Stuart McKenna de rassembler dès aujourd'hui quelques-uns de ses hommes et de venir ici faire sa propre justice. Il vous fera pendre.

Découvrant la peur dans les prunelles bleues de sa compagne, Lane s'empressa de changer de sujet.

– Tom Castor a-t-il accepté de prendre Shield dans sa pension ?

– Oui, ne vous inquiétez pas pour cela.

– Rachel, j'aimerais que vous fassiez quelque chose pour moi, déclara-t-il d'un ton brusquement grave.

– Tout ce que vous voulez.

– Je voudrais que vous quittiez cet endroit et que vous n'y remettiez plus les pieds. Dès que je serai libéré, je vous promets de venir frapper à votre porte.

Comme il le craignait, elle fut bouleversée par ses paroles. Sa lèvre inférieure se mit à trembler et des larmes embuèrent ses yeux.

– Pourquoi, Lane ? Ce n'est pas juste. Jusqu'au retour de Ty à la maison, il n'y a que vous qui puissiez m'empêcher de devenir folle.

Il esquissa un faible sourire.

– Je vous connais, Rachel, et je sais que vous garderez les pieds sur terre. Et vous possédez force et courage. Faute de quoi, vous n'auriez jamais eu l'audace de me tenir tête lorsque vous étiez mon institutrice.

– Mais...

– Les McKenna chercheront par tous les moyens à vous prendre en défaut afin de pouvoir vous retirer la garde de votre fils. Imaginez tout ce qu'ils pourront invoquer s'ils apprennent que vous me rendez visite plusieurs fois par jour. Nous ne savons pas comment les choses vont évoluer, et il vaut mieux être le plus discrets possible.

Pendant un instant, elle garda le silence. Elle aurait aimé trouver les arguments pour le contrer, mais, au plus profond de son être, elle devait bien admettre qu'il avait raison.

– Vous ne devez pas prendre le risque de perdre Ty. Les McKenna ont l'intention de vous traîner dans la boue. N'apportez pas de l'eau à leur moulin.

– Mais vous me demandez de ne plus vous voir...

Sa voix se brisa.

– Oui, mais je ne vous demande pas de m'oublier, Rachel.

Il lui prit la main et la serra dans la sienne.

– Vous avez probablement raison, concéda-t-elle en baissant la tête.

– Je le sais. Je vous promets qu'en sortant je viendrai vous rejoindre.

– Ecoutez-moi, Lane. Si vous n'êtes pas libre dans trois jours, j'enverrai Chase à Denver, que vous le vouliez ou non.

Lane cria à Arnie d'ouvrir la porte. Alors que le shérif faisait son apparition, il caressa une dernière fois la joue de la jeune femme.

– Ne revenez plus...

Il la regarda s'en aller. Rachel retenait ses larmes à grand-peine, refusant de lui montrer son chagrin. Lane serra les poings.

La porte en fer claqua derrière la jeune femme, résonnant sinistrement dans le silence de sa cellule. Il s'agrippa aux barreaux tandis que la fureur montait en lui. Une fureur uniquement dirigée vers lui-même. Ce n'était pas la faute de Boyd Johnson s'il se retrouvait prisonnier de cette geôle. Il avait agi seul, sans mesurer toutes les conséquences de son acte, et s'il n'avait pas eu l'intention de tuer, il l'avait fait quand même.

Il se promit que s'il sortait un jour de cette impasse, s'il revoyait enfin la lumière du jour, il passerait sa vie à protéger Rachel et à l'aimer...

17

– Je vais à Denver demain ! annonça Chase.

Lane considéra son oncle de l'autre côté des barreaux, et sut alors qu'il ne pourrait pas l'en dissuader. Chase allait faire tout ce qu'il pouvait pour l'aider.

– Je ne sais pas si cela changera quelque chose, lâcha Lane sans grand optimisme. Si Boyd avait eu l'intention de me donner de ses nouvelles, il l'aurait déjà fait.

– La situation ne peut plus durer. Je n'ai pas envie de passer mon temps à essuyer les larmes de ma femme et de Rachel.

– Poltron !

– Disons simplement que j'ai mieux à faire...

Chase lui décocha un clin d'œil moqueur, démentant le sérieux de ses propos.

– Comment vont les enfants ? s'enquit Lane.

– Bien. Nous avons cru hier que Lane Junior s'était cassé le bras en faisant une chute de cheval, mais ce n'était rien, plus de peur que de mal ! En outre, il devient de plus en plus téméraire ! Et il l'a bien cherché... Si ce chenapan n'avait pas autant insisté pour monter le cheval le plus réfractaire de tout le corral !

Il grimaça.

– Je regrette parfois de ne pas lui avoir choisi un autre prénom. Il te ressemble chaque jour un peu plus.

– Ça promet !

– Tu crois que je ne le sais pas ?

Chase se tut, laissant échapper un soupir. Il avait certainement envie que Lane lui demandât des nouvelles de Rachel, toutefois il ne voulait pas lui forcer la main... Pourtant il n'y avait pas un instant du jour et de la nuit où Lane ne songeait à elle ! Rachel hantait son esprit et son cœur sans plus aucun répit !

Mais Lane ne voulait pas parler, alors ce fut son oncle qui capitula.

– Rachel va bien, déclara-t-il. Elle se bat de son mieux. Son avocat est d'accord avec toi. Il lui a déconseillé de venir te rendre visite et lui a même suggéré de rester cloîtrée chez elle jusqu'à ce qu'elle ait récupéré Tyson.

Lane ne bronchait toujours pas. Et Chase, un peu embarrassé, se mit à arpenter l'étroit couloir qui longeait les cellules. Soudain, il s'arrêta devant Lane.

– Tu l'aimes ? lui demanda-t-il enfin. C'est vraiment du sérieux ?

– Je l'aime plus que tu ne peux l'imaginer, répondit Lane en serrant les poings.

Chase hocha gravement la tête. Un instant, ils demeurèrent tous deux silencieux tandis que, derrière la porte, se faisait un curieux remue-ménage. Puis des voix s'élevèrent. Lane fit signe à Chase de ne pas parler.

– Nous avons de la visite, chuchota-t-il avec un sourire satisfait.

Chase le regarda, interloqué. Lane se frotta les mains. La voix profonde et autoritaire qui maintenant arrivait jusqu'à eux était bien celle de son mentor, Boyd Johnson. Son cauchemar allait enfin s'achever !

– ... et si ces documents ne sont pas pour vous une preuve suffisante, vous pouvez appeler Denver vous-même. Mais, je vous le répète, je suis l'administrateur de l'Agence Pinkerton à Denver, et Lane Cassidy est l'un de nos agents. Mais si vous n'êtes pas encore convaincu, vous pouvez téléphoner aux agences de New York et de Chicago ou même prendre rendez-vous avec William ou Robert Pinkerton, dit la voix avec ironie.

Arnie marmonna quelques mots inintelligibles, puis il dut se décider à escorter Boyd jusqu'aux cellules. Fini l'ivrogne titubant du rendez-vous clandestin ! Un chapeau melon de feutre irréprochable avait remplacé son vieux chapeau défraîchi. Boyd était vêtu à la dernière mode, d'un élégant costume et d'une cravate grise en soie nouée sur une chemise blanche.

Johnson se dirigea immédiatement vers Chase et lui tendit la main.

– Je suis Boyd Johnson. Vous devez être l'oncle de Lane.

– Exact. Chase Cassidy.

Les deux hommes se saluèrent. Boyd n'avait toujours pas regardé dans la direction de Lane.

– Il vous en a fallu du temps pour venir, lança enfin Cassidy.

– J'avoue que j'ai été tenté de vous laisser vous débrouiller tout seul, mais comme il semblerait bien que vous ne vous soyez pas trompé en ce qui concerne Robert McKenna, j'aurais été désolé de vous savoir pendu.

Boyd fit volte-face et s'adressa alors au shérif :

– Libérez-le avant que je ne dépose une plainte auprès des autorités compétentes.

Arnie extirpa aussitôt un trousseau de clés de sa poche. Un court instant après, la porte d'acier s'ouvrait, et Lane quittait sa geôle.

– Veuillez me suivre dans mon bureau, maugréa le shérif, j'ai quelques papiers à vous faire signer, monsieur Johnson. Nous pourrons ensuite nous rendre au ranch des McKenna pour les prévenir.

Lane jeta un dernier coup d'œil derrière lui.

– Je suis vraiment soulagé de ne pas devoir rester dans ce trou à rats, souffla-t-il à son oncle. Merci, je n'oublierai pas ce que tu viens de faire pour moi.

Les yeux sombres de Chase se voilèrent et il regarda Lane affectueusement.

– Rien de plus normal que de sauver un innocent...

Lane hésita un instant, cherchant les mots qu'il gardait au fond de lui, depuis si longtemps.

– Je sais combien cela a dû te coûter de venir ici, après toutes tes années passées en prison, oncle Chase. Je sais que tu as souffert d'être enfermé...

– Je suis comme Eva. Je ferai tout mon possible pour sauvegarder ma famille. Quoi qu'il arrive !

– Je voulais te dire... combien je t'en remerciais, fit Lane d'une voix brisée.

– C'est si peu de chose, dit Chase en souriant d'un air embarrassé. C'est tout naturel, je te le répète, Lane... Et maintenant, sortons d'ici avant d'y moisir !

Dans le bureau, ils retrouvèrent Arnie à demi avachi dans son fauteuil et les pieds confortablement posés sur sa table. Boyd était là lui aussi, assis en face du shérif.

Lane jeta un œil désinvolte à tout ce petit monde, puis il alla s'asseoir sur un coin du bureau, tandis que Chase se tenait à proximité de la fenêtre ouverte, les bras croisés sur sa poitrine.

Ce fut Boyd qui prit la parole le premier :

– Nous avons fait des recherches extrêmement serrées depuis plusieurs mois maintenant. De son côté, Lane poursuivait sa propre enquête afin de connaître la vérité sur les agissements de son oncle. Et celui-ci a été parfaitement lavé de tout soupçon grâce à lui... Je dois vous rappeler que Chase Cassidy figurait sur la liste de nos principaux suspects !

Arnie jeta un regard étonné en direction de Chase, puis son attention se concentra à nouveau sur Boyd, qui reprit :

– Cependant, nos investigations à La Nouvelle-Orléans nous ont permis de mettre au jour de nouvelles pistes. Ainsi, nous en sommes venus à surveiller de très près les affaires de M. Robert McKenna... Nous en étions là de notre enquête lorsque vous m'avez télégraphié pour m'annoncer sa mort, ajouta-t-il avec un regard noir à l'adresse de Lane. Ce qui interrompt fâcheusement mon enquête !... Ainsi, je ne pourrai vous confirmer officiellement que Cassidy est un des nôtres tant que nous n'aurons pas définitivement établi la culpabilité de McKenna.

– Mais avez-vous des preuves de ce que vous avancez ? demanda Arnie.

– Assez pour le pendre plusieurs fois, s'il n'était pas déjà mort ! Et j'ai une autorisation sur moi pour faire une fouille en règle dans le ranch des McKenna. Je pense que nous n'aurons aucun mal à trouver la preuve manifeste de son dernier forfait. A notre avis, Robert McKenna n'a pas eu le temps de se débarrasser de l'argent volé et de l'écouler. De toute façon, il devait avoir dans l'idée d'emporter son butin avec lui à La Nouvelle-Orléans...

– Je dois perquisitionner chez les McKenna ? s'exclama Arnie d'un air sinistre.

Il passa un doigt dans l'encolure de sa chemise comme si, brusquement, il suffoquait.

– C'est bien vous le shérif, non ? commenta Boyd avec ironie. J'ai quatre hommes avec moi. Ils se feront un plaisir de vous aider.

– Je viens avec vous, intervint Lane. J'ai quelques détails à régler avec les McKenna.

– Ne comptez pas sur moi, fit Chase en se tournant vers eux. Moi, je vais simplement prévenir Rachel de ta libération.

– Dis-lui où je vais, et précise bien que je serai de retour dès que je le pourrai. Et je compte bien lui ramener Ty.

Chase acquiesça, salua le shérif, puis Boyd Johnson, et sortit. Lane se leva et se coiffa de son chapeau, déjà impatient d'affronter les McKenna, espérant qu'il saurait les convaincre de lui rendre Ty.

– Avant que nous ne partions, je voudrais que nous discutions un peu tous les deux, Lane, fit Boyd. Asseyez-vous.

Il se tourna vers Wernermeyer.

– Shérif, pourquoi n'iriez-vous pas chercher une monture pour mon agent ?

– Mon cheval est à la pension, l'informa Lane.

En un bond, Arnie fut debout et quitta la pièce comme s'il avait le diable aux trousses. Quand il referma la porte derrière lui, Lane n'eut pas à attendre longtemps pour entendre le sermon de son mentor.

– A quoi diable pensiez-vous lorsque vous avez tué McKenna, mon garçon ? tonna-t-il, le visage rouge de colère.

– A rien... sinon à sauver ma peau et celle de quelqu'un d'autre !

– Vous savez dans quel pétrin vous m'avez mis ? Cela fait soixante-douze heures que je harcèle tous les agents de La Nouvelle-Orléans afin qu'ils trouvent suffisamment de preuves de la culpabilité de McKenna.

– Et quel est le résultat ?

– Des preuves, nous en avons, en effet ! On peut dire que le Gentleman Voleur nous a facilité la tâche. Bizarrement, il a gardé tous les sacs avec l'argent volé, des sacs frappés du sigle de différentes banques. Ils n'étaient pas cachés bien loin... Rendez-vous compte ! Il les conservait dans son appartement... comme des trophées ! Nous avons même découvert dans un tiroir de son secrétaire tous les articles de presse qui relataient les tristes exploits du Gentleman Voleur. En fait, McKenna renflouait les caisses de sa société avec l'argent volé.

– Je dois vous remercier, Boyd. Et si, à présent, nous

rendions une petite visite aux McKenna ? Je voudrais leur mettre les points sur les i.

Sans plus attendre, Lane se dirigea vers la porte. Il avait déjà perdu trop de temps !

– Ne me remerciez pas encore ! rétorqua Boyd en se carrant dans son fauteuil. Quand je vous ai engagé, je savais que la partie n'était pas gagnée, pourtant il y avait quelque chose en vous qui me poussait à prendre des risques. Lorsque vous avez passé les examens d'entrée haut la main, j'ai su que vous feriez un excellent agent. Vous êtes intelligent, rusé et vous êtes le tireur le plus rapide que je connaisse...

Embarrassé par l'avalanche de compliments, Lane l'interrompit :

– Vous avez presque fini ?

– Oui.

Boyd sortit une enveloppe de sa poche.

– Voici votre solde de tout compte ainsi que la récompense pour votre action contre le Gentleman Voleur.

L'administrateur de l'Agence prit une profonde inspiration. Pour la première fois, Lane décela un peu de déception dans les yeux de son interlocuteur.

– L'Agence m'a donné l'ordre de vous renvoyer, Cassidy. Comme je vous l'ai dit, vous êtes l'un des hommes les plus prometteurs de la profession, mais vous êtes aussi le plus imprévisible, Lane. Vous êtes trop impulsif. Vous vous contrefichez des ordres, on ne peut pas réellement compter sur vous.

Il aurait dû s'en douter ! Blessé au plus profond de lui-même, Lane empocha l'enveloppe sans rien dire, bien décidé à ne pas montrer son désappointement.

– Vous comprenez ? lui demanda Boyd.

– Trop bien.

– Je regrette que les choses se passent ainsi. Croyez-moi, j'ai essayé d'intercéder en votre faveur. En vain.

L'homme se leva et lissa machinalement les plis de sa veste.

– Je veux que vous sachiez que cette décision m'ennuie profondément. Suivez mon conseil. Installez-vous dans le coin. Pourquoi pas au ranch de Trail's End ? Trouvez-vous une bonne épouse. En dépit de ce qui s'est passé, je suis prêt à vous fournir toutes les références qui vous seront utiles... au cas où vous en auriez besoin.

Lane regarda par la fenêtre. Au-dehors, les bonnes âmes de Last Chance œuvraient à leurs tâches quotidiennes, saluant au passage leurs voisins, leurs amis. Leur vie était ici, et c'était également ici qu'ils l'achèveraient. Une existence respectable, une existence du bon côté de la loi, une existence prévisible dans ses moindres détails...

Jamais il ne pourrait s'y habituer.

Une femme vêtue de noir passa devant la fenêtre. Ce n'était pas Rachel, mais cela aurait pu être elle. Il n'avait pas menti en déclarant l'aimer, pourtant il ne savait pas si, pour elle, il serait capable de rester, de poser ses valises. S'installer parmi tous ces gens qui le considéraient comme un tueur et un être dépourvu de toute morale serait très difficile. En outre, il était aussi l'homme qui avait ruiné la réputation de la veuve du shérif McKenna... Jamais on ne le jugerait digne de Rachel...

– Vous êtes bien silencieux, Lane. Si votre expression est à la hauteur de vos sentiments, je ferais peut-être mieux de ne pas vous emmener au ranch des McKenna.

– Vous n'avez pas le choix.

– Je pourrais demander à Wernermeyer de vous coffrer jusqu'à notre retour.

– N'y songez pas.

– Donnez-moi votre parole que rien n'arrivera...

– Je me tiendrai tranquille, promis.

Lane récupéra le trousseau de clés d'Arnie sur le bureau et, se dirigeant vers l'armurerie, récupéra son Smith & Wesson.

Jusqu'à ce qu'il glisse son arme dans sa ceinture, il n'avait pas mesuré à quel point elle lui avait manqué. En relevant la tête, il croisa le regard de Boyd. Celui-ci l'observait avec une réelle inquiétude.

– Ne vous faites pas de souci, Boyd. J'ai laissé le passé derrière moi. Je ne peux vous dire ni où j'irai ni ce que je ferai, mais vous avez ma parole : je ne finirai pas sur vos listes de criminels !

Il s'approcha de Boyd et, sans même réfléchir, le serra contre lui, dans une étreinte fraternelle. Quand enfin il s'écarta, il surprit des larmes dans les yeux de celui-ci.

– Cilla vous souhaite bon courage, souffla ce dernier en remettant son chapeau d'aplomb.

Lane sourit. Même si Rachel occupait à présent son cœur, il devait bien avouer qu'il avait souvent songé avec tendresse à Priscilla Simmons, Cilla pour les amis, et à tout ce qu'elle avait fait pour lui. Sans cet agent de dix ans plus âgé que lui, il n'aurait jamais réussi à chasser de son esprit le souvenir cauchemardesque d'Auggie Owens. Cilla lui avait appris à apprécier les caresses et à les donner, elle lui avait appris que les relations entre un homme et une femme pouvaient être simples et agréables. Qu'elles devaient surtout être respectées et non craintes. Cette femme lui avait en fait enseigné le sens du mot « amour »...

Il enfonça son chapeau sur ses yeux.

– Merci, Boyd. Vous lui direz que le jour où je passerai à Denver, je n'oublierai pas de venir la saluer.

– Je le lui dirai.

Lane soupira.

– Nous ferions mieux de nous mettre en route. Wernermeyer a déjà dû imaginer des milliers de manières d'éviter d'annoncer les nouvelles aux McKenna. Si on tarde trop, il aura pris la poudre d'escampette.

Boyd s'esclaffa avant de sortir accompagné de Lane.

– Vous avez raison. Allons mettre fin à cette sordide affaire.

Lasse de faire les cent pas dans sa demeure, Rachel se glissa dans la véranda et observa l'extérieur. Elle attendait avec impatience le retour de Lane. Mais, à l'exception de quelques passants, elle ne vit, parcourant l'avenue, que la poussière et la brume des jours de chaleur torride. Elle lissa machinalement les plis de sa robe, se demandant ce qu'elle pourrait bien faire pour calmer son anxiété. Déjà, elle avait changé deux fois de coiffure, pour finalement laisser ses cheveux libres de toute contrainte. A trois reprises, elle avait demandé à Delphie s'il y avait assez de citronnade et si le rôti allait bientôt être cuit.

Derrière elle, la porte s'ouvrit et la gouvernante surgit, s'essuyant les mains sur son tablier.

– Ne vous énervez pas. Il va arriver.

– Oh, Delphie ! Je me sens si angoissée. Chase m'a prévenue de la sortie de Lane il y a déjà quatre heures... Mon Dieu, crois-tu qu'ils laisseront Ty repartir avec lui ?

– Il faut garder l'espoir. Je parie que vous allez récupérer votre fils très vite... Pourquoi ne rentreriez-vous pas à l'intérieur pour vous reposer un peu ?

– Impossible, souffla Rachel en secouant la tête.

– Alors, asseyez-vous et tentez de vous détendre. Je vais vous servir un verre de citronnade et vous apporter ce nouveau livre que vous n'avez jamais commencé.

– Je ne pourrai pas me concentrer.

– Alors, faites semblant de lire. C'est toujours mieux que d'user vos semelles à faire les cent pas dans la véranda.

Et, sur ces mots, elle s'engouffra à l'intérieur.

Lane referma ses bras autour du petit garçon qui se tenait devant lui, sur sa selle, bien déterminé à le ramener sain et sauf à sa mère. Ty portait le chapeau de Lane pour se protéger du soleil brûlant.

– Je demanderai à maman de m'acheter un chapeau comme le tien, fit l'enfant en se tournant vers Lane. Tu crois qu'elle voudra bien ?

Un sourire apparut sur les lèvres de Lane.

– J'en suis certain.

– J'en veux un noir, comme toi.

Lane refusa de se laisser émouvoir par la tendre innocence de son jeune compagnon.

– Tu es mon meilleur ami, Lane.

Qu'aurait-il pu répondre à cela ? Jamais il n'avait été l'ami de quelqu'un...

Ty se carra contre son torse et sombra dans un demi-sommeil, bercé par les mouvements du cheval. Lane songeait encore aux McKenna et à leur réaction quand ils avaient appris qui était leur fils en réalité.

Stuart McKenna était entré dans une rage folle, niant toutes les accusations concernant son fils. Puis Boyd Johnson lui avait fourni suffisamment de documents officiels et de preuves de la culpabilité de Robert. Il était bien le fameux Gentleman Voleur qui, depuis trois ans, avait dévalisé presque tous les trains de la région.

Loretta, son épouse, était si bouleversée qu'elle en avait perdu l'usage de la parole. Soudain livide, elle avait dû se résoudre à s'asseoir pour ne pas perdre connaissance.

Devant le mandat de perquisition, les McKenna n'avaient pu que s'incliner. L'argent volé avait été rapidement retrouvé dans la propre chambre de Robert. Et, au fond d'une de ses malles, on avait découvert une fausse moustache et une perruque noire. Boyd avait soigneusement emballé et étiqueté ces pièces à conviction pour les présenter à la Compagnie des chemins de fer.

Une fois les recherches achevées, Lane avait prévenu les McKenna qu'il ramenait Ty à sa mère. Bien sûr, il n'avait eu droit qu'à des regards de haine et de mépris.

– Sachez que cela ne change rien, Cassidy, avait menacé McKenna. Nous nous battrons pour récupérer notre petit-fils.

– Au contraire, tout a changé, McKenna. Vous n'obtiendrez jamais la garde de Tyson. Vous avez accusé Rachel de souiller votre nom en me fréquentant. Cependant vous avez eu tort sur tous les plans : je ne suis pas le bandit que vous pensiez mais un détective de l'Agence Pinkerton. C'est moi qui suis du bon côté de la loi. Et, au cas où vous l'auriez déjà oublié, Robert a été accusé de nombreux méfaits. C'est votre nom qui désormais est sali, et par votre propre fils ! Aucun juge dans ce bas monde n'enlèvera Ty à sa mère pour vous le confier.

Il avait visé juste. Le vieux McKenna écumait. Le fermier l'insulta, le menaça mais rien n'y fit. Lane quitta le ranch avec Ty.

A présent, ils étaient tout proches de la ville. Si seulement Lane avait une idée de ce qu'il pourrait dire à Rachel en la revoyant... Alors qu'ils traversaient les rues en direction de Main Street, nombre de badauds se retournèrent sur leur passage, avec une curiosité mal dissimulée. Le petit garçon se redressa sur sa selle avec une fierté naïve.

– Papa me promenait lui aussi sur son cheval, rappela-t-il à Lane.

– Tu me l'as déjà dit, répondit ce dernier rapidement.

Maintenant, une foule de curieux s'était assemblée sur l'avenue qui menait à Main Street. Et chacun d'entre eux espérait apercevoir Lane Cassidy sur son cheval, en compagnie du fils McKenna !

Lane resta impassible, ne daignant pas jeter un regard autour de lui, cependant que son jeune compagnon, en toute innocence, saluait les curieux et les commères de la ville.

Lorsque, enfin, la maison de Rachel apparut, Lane n'en éprouva pas le moindre soulagement. Cette demeure représentait tout ce qu'il était incapable d'offrir à la jeune femme, tout ce à quoi elle tenait. Il baissa les yeux d'un air malheureux.

Rachel se mit à courir à leur rencontre. Lane avait déjà mis pied à terre, tenant encore Tyson serré dans ses bras.

– Les voilà... Delphie ! hurla la jeune femme en suffoquant à demi.

Le petit garçon se libéra de l'étreinte protectrice de Lane et se précipita vers sa mère. Ty blotti contre sa poitrine, elle leva les yeux vers Lane et l'enveloppa d'un regard empli d'amour, de reconnaissance et d'admiration. Jamais il n'oublierait ce regard...

Rachel serra tendrement son fils, lui murmurant des mots doux et ne cachant plus la joie de le retrouver.

Ty se débattit bientôt, elle le laissa s'écarter.

– Tu sais, je ne suis parti que quatre jours, lui dit-il d'un air crâne.

La jeune femme jeta un coup d'œil en direction de Lane qui était resté en retrait. Il lui fit signe de la tête, et elle comprit qu'il voulait ainsi l'avertir que Tyson ne savait rien des événements qui venaient de se produire.

– Les femmes sont folles, n'est-ce pas, Lane ? commenta le petit garçon en s'approchant de lui.

– Parfois, un peu...

Lane récupéra son chapeau sur la tête de son jeune compagnon et ébouriffa ses boucles noires, puis il regarda en direction du porche et aperçut la gouvernante qui s'essuyait les yeux du revers de sa manche.

– Eh, Ty, je suis sûr que Delphie a préparé tes gâteaux préférés, fit-il à Tyson. Pourquoi n'irais-tu pas les goûter ? Ta maman te rejoindra tout à l'heure.

– Et toi, tu ne rentres pas ? lui demanda le petit garçon.

– Nous verrons.

– Avec maman, cela veut toujours dire non...

– Je le sais.

– Alors, tu vas venir ?

Lane eut grand-peine à déglutir.

– Vas-y, Ty.

Quelque chose dans la voix de Lane troubla Rachel, et elle se mit alors à l'observer avec attention. Il avait le visage couvert de sueur et l'air épuisé. Mais ce n'était pas cela qui inquiétait la jeune femme. Non, c'était l'expression dénuée de toute émotion de ses yeux sombres, ces yeux sombres qui tentaient de lire en elle.

L'anxiété s'empara d'elle.

– Vous ne restez pas ?

Rachel le vit détourner le regard.

– Chase et Eva sont ici ? demanda-t-il sans répondre à sa question.

– Non. Mais ils m'ont dit de vous rappeler que vous étiez le bienvenu au ranch.

– Dites-leur au revoir de ma part la prochaine fois que vous les verrez.

– Vous partez ?

En dépit de la chaleur, la jeune femme frissonna.

– Je vous avais prévenue que je ne pouvais vous faire aucune promesse.

Le cœur de la jeune femme se serra douloureusement.

– Je ne peux pas rester, Rachel. Vous le savez bien. Trop de choses nous séparent, nous serions très mal-

278

heureux si nous décidions de vivre ensemble. Non, je ne peux pas rester...

Rachel savait surtout qu'en restant ici, devant lui, elle se mettrait à pleurer. Il avait raison. Bien avant de lui avouer qu'il l'aimait, il l'avait avertie qu'il repartirait un jour. Mais seulement... c'était trop tôt, beaucoup trop tôt.

Et bien trop tard pour ne pas la briser à jamais...

– J'ai d'autres affaires à résoudre... dans le sud-ouest du pays.

– Pas de promesses...

Elle avait parlé à voix haute sans même s'en rendre compte.

– C'est vrai. Pas de promesses, s'exclama-t-il, l'air résolu.

Brusquement, la jeune femme eut l'impression que toutes ses forces l'abandonnaient. Son cœur se mit à battre plus vite. Lane s'en allait, cet homme sortait de sa vie une nouvelle fois en lui laissant le souvenir d'un amour impossible.

En lui dérobant son cœur.

Rachel souffrait, toutefois elle était bien décidée à ne pas lui révéler cette douleur.

– Je suis heureuse que tout ait fini par s'arranger pour vous, Lane. Je ne vous remercierai jamais assez d'avoir ramené Tyson ici.

Elle le regarda une dernière fois. Les yeux de Lane étaient insondables.

Pourtant, il brûlait de la toucher... Elle était pâle comme un linge.

Il eut brusquement envie de lui tendre la main et de lui caresser la joue. Envie de la serrer dans ses bras et d'implorer son pardon. Au lieu de cela, il demeura de marbre. Il ne devait pas trahir ses sentiments...

Sa décision brisait le cœur de Rachel, mais il n'avait pas le choix. Cette jeune femme était la meilleure chose qui lui soit arrivée, et il était la pire rencontre qu'elle pouvait faire... C'était ainsi.

Il lui fallait partir.

La jeune femme ne semblait pas être décidée à s'en aller. Elle semblait clouée sur place.

– Votre petit garçon a besoin de vous, lui rappela-t-il.

– Au revoir, Lane, souffla-t-elle d'une voix presque inaudible.

Elle lui tendit la main. Mais Lane l'ignora, et remonta rapidement en selle.

– Au revoir, Rachel.

Elle pivota sur ses talons si précipitamment que le mouvement de ses jupes souleva un tourbillon de poussière. Lane la regarda s'éloigner le long de la haie de rosiers. Sur son passage, une fleur perdit ses pétales. Des pétales qui tombèrent dans l'allée comme autant de larmes...

Il la regarda jusqu'à ce que la porte d'entrée se refermât sur elle, jusqu'à ce que plus rien d'elle ne subsistât. Maintenant elle avait disparu dans les profondeurs de la maison... Et lorsque vraiment il n'y eut plus que du vide à contempler, Lane éperonna Shield et se lança à bride abattue vers sa vie perdue...

18

Agenouillée devant ses parterres de fleurs, Rachel s'attaqua rageusement aux mauvaises herbes. Elle avait délaissé son jardin depuis un mois, depuis ce jour où Lane avait déserté sa vie, et le tapis de verdure fleuri était dans un aussi piètre état que son esprit et son cœur.

Etre enfin sortie des profondeurs de sa chambre était un premier pas vers la guérison. Il y a encore quelques jours, elle ne pouvait pas même jeter un coup d'œil à son jardin sans fondre en larmes et courir se réfugier sous ses couvertures...

Elle coupa une branche de lilas fané et la lança sur le tas de mauvaises herbes. Les jours et les nuits s'étaient succédé, tristes et mornes, et la jeune femme avait peu à peu dépéri. Alors qu'elle était en train d'arroser ses géraniums, elle entendit Delphie appeler Tyson. Sentir cette présence lui réchauffa le cœur.

Son fils était devenu sa seule raison de vivre. Grâce à lui, elle trouvait encore la force de se lever tous les matins, de s'habiller et de vivre sa journée à peu près dignement. Le peu de joie qu'elle connaissait, c'était Ty qui le lui offrait. Il grandissait comme une herbe folle et, Dieu merci, il semblait toujours inconscient de la tempête qui avait fait rage entre les McKenna et elle. Rachel leur avait cependant permis de rendre visite à

Tyson, tout en leur précisant qu'elle voulait être présente à chacune de leurs venues. Par ailleurs, il était bien décidé que son fils n'irait jamais au ranch sans elle, et, pour l'instant, elle n'envisageait même pas d'y retourner un jour. Ses beaux-parents s'étaient pliés à ses décisions, mais Rachel supportait de moins en moins ce genre de confrontations.

Depuis une semaine, Rachel avait décidé de revêtir de nouveau des couleurs, des couleurs éclatantes, et non plus des demi-teintes, compromis inutile... En effet, elle refusait de porter le deuil du départ de Lane, elle n'avait plus aucune raison de le faire. Elle n'avait pas besoin de noir pour lui rappeler la terrible douleur de son absence.

Robert avait été enterré dans le caveau familial, sur la propriété des McKenna, discrètement, sobrement. Comment, de toute façon, faire autrement alors que dans les journaux se multipliaient les articles qui traitaient de la mort du trop célèbre Gentleman Voleur ? Pour garder secrète l'identité de Lane, on n'avait fait aucune allusion à l'Agence Pinkerton. Toutefois, Arnie Wernermeyer s'était chargé de faire courir le bruit en ville que Lane avait agi en qualité de détective et que Rachel, elle-même, avait participé à cette affaire. Une manière comme une autre d'expliquer son enlèvement... Elle devrait songer à remercier le shérif de chercher à laver son nom. Néanmoins, dès qu'elle avait tenté de sortir en ville, elle avait immédiatement suscité nombre de messes basses et de regards soupçonneux. Elle préférait donc s'isoler...

Alors qu'elle se tenait depuis bientôt une heure accroupie dans la poussière, entourée d'herbes arrachées et de fleurs fanées, Rachel entendit une porte claquer. Elle se retourna aussitôt, croyant voir Ty s'approcher. En fait, il s'agissait de Delphie qui venait la rejoindre d'un pas précipité.

— Que se passe-t-il ? demanda Rachel avec inquiétude. L'expression affolée de sa gouvernante effraya la jeune femme et lui fit craindre le pire.

– La servante des McKenna, Martha, est là. Elle veut vous parler. Elle semble bouleversée.

Immédiatement sur le qui-vive, Rachel se leva.

– Où est Ty ? s'enquit-elle.

– Dans la maison. Martha lui a apporté un jouet. Un jouet qu'elle a fabriqué elle-même.

Rachel se frotta les mains avant d'ôter ses gants de jardin et de les tendre à Delphie.

– S'il te plaît, va les ranger dans la remise, et viens nous rejoindre. Qui sait ce que les McKenna ont inventé cette fois ?...

Sur quoi elle gagna à la hâte la maison où elle retrouva Martha, assise dans le salon en train de se tordre les mains ! Elle portait une modeste robe de voyage couleur olive qui ne faisait qu'accentuer sa pâleur et souligner les cernes de ses yeux.

– Martha, commença Rachel, s'efforçant de ne pas trahir son angoisse. Quel plaisir de te revoir ! Qu'est-ce qui t'amène en ville ?

La jeune femme leva des yeux rougis de larmes. Ses doigts tremblaient. Rachel la rejoignit et s'assit à son côté.

– Il faut... que je m'en... aille, bredouilla la domestique. Je suis simplement venue dire au revoir à Ty.

– Tu quittes les McKenna ?

Où allait-elle ? Elle n'avait aucune famille dans la région...

– Oui, ma'ame. Je retourne à Boston. C'est là que vivent mon fiancé et mes parents.

Elle baissa la tête tandis que ses joues s'empourpraient.

– Mais ce sont de merveilleuses nouvelles ! commenta Rachel avec un sourire. Mes félicitations.

Au même instant, Delphie pénétra dans la pièce, et

Rachel lui fit signe d'approcher tandis qu'elle continuait de parler à la jeune servante :

– J'imagine que ce n'est pas cela qui t'a bouleversée. Tout va bien au ranch ?

– Autant que possible, mis à part que M. Robert est mort et que, l'autre soir, Mlle Mary Margaret s'est enfuie avec un employé du ranch. Sans un mot d'explication... Elle m'a seulement dit qu'elle s'en allait et qu'elle était sur le point de vivre l'une des plus grandes aventures de son existence.

Rachel faillit sourire, mais le regard troublé de Martha la poussa à demander :

– Alors, qu'y a-t-il ? Tu ne veux plus épouser cet homme à Boston ?

La servante leva des yeux emplis d'amour.

– Oh, si, ma'ame ! Je l'aime très fort. Il lui a seulement fallu du temps pour se décider à demander ma main.

– Veux-tu un thé, Martha ?

Celle-ci secoua la tête.

– Non, merci. Puis-je être honnête avec vous, ma'ame ?

– Bien sûr. Les McKenna n'essaient pas de...

Elle jeta un coup d'œil en direction de son fils qui jouait un peu à l'écart avec le cheval de bois que lui avait offert Martha.

– Tu sais...

– Oh, non, ma'ame ! Je suis désolée si je vous ai fait peur. C'est seulement que je ne pouvais pas quitter la ville sans vous dire ce qui s'est vraiment passé le jour où votre homme est venu annoncer aux McKenna que Robert était le Gentleman Voleur.

Le cœur de Rachel manqua un battement.

– Mon... mon homme ? Tu veux parler de Lane Cassidy ?

C'était la première fois depuis sa disparition qu'elle prononçait son nom.

– Oui, ma'ame. Vous voyez, j'étais en bas quand il est arrivé avec les hommes du shérif. J'attendais de savoir s'il fallait que je fasse les affaires de Ty ou non. J'ai entendu votre homme et M. McKenna discuter de votre fils, et ils en sont venus à parler de vous et de l'avenir de Ty. M. Cassidy lui a dit que le nom des McKenna était maintenant plus souillé que le vôtre, et que M. McKenna ne pourrait en aucun cas vous retirer votre enfant.

La jeune femme n'avait aucune peine à imaginer Lane planté devant le vieux Stuart, écumant de colère.

– Continue.

– Finalement, M. McKenna a accepté de vous rendre votre fils à condition que M. Cassidy sorte à tout jamais de votre vie. Il a dit qu'il préférait vous attaquer en justice, et vous dépouiller de votre dernier sou plutôt que de permettre à l'homme qui a tué son fils de vivre auprès de Ty. Il a ajouté qu'il ne vous pardonnerait jamais la mort de M. Robert. Et qu'il ne renoncerait à se battre contre vous que si Lane Cassidy jurait de quitter la ville pour toujours !

– Alors Lane a accepté...

– Sans la moindre hésitation, ma'ame, et pourtant Dieu sait combien cette décision lui coûta ! Il tenait à vous plus que tout au monde. Je me suis dit à ce moment-là que si je rencontrais un homme qui m'aimait avec autant de force, je ferais tout mon possible pour ne plus le quitter. Alors, quand mon Tommy m'a écrit la semaine dernière en me demandant de l'épouser, j'ai décidé de rentrer.

Rachel ne l'écoutait plus. Elle glissa un regard en direction de Delphie, un regard embué de larmes. Sa gouvernante s'était effondrée sur une chaise et avait enfoui son visage dans ses mains.

– Je ne voulais pas vous faire de peine, déclara Martha, mais je sais qu'à votre place j'aurais aimé savoir la vérité. Maintenant vous savez combien M. Lane tenait à vous ! Il ne vous a quittée que par amour !...

Elle prit une profonde inspiration.

– Je ne voulais pas que vous vous imaginiez qu'il se fichait de vous.

Aveuglée par les larmes, Rachel tendit la main à la servante. Celle-ci la serra dans la sienne.

– Comment puis-je te remercier pour tout ce que tu m'as dit, Martha ? Je peux t'offrir de l'argent pour ton voyage...

– Non, ma'ame. Je n'en veux pas. J'ai suffisamment économisé pour payer mon billet de retour. Merci quand même de me l'avoir proposé.

Elle se leva et sourit.

– Je vais simplement dire au revoir à votre fils, et je m'en vais.

Martha embrassa Tyson, puis Rachel, les yeux embués de larmes, raccompagna la jeune femme jusqu'à la porte d'entrée.

– Qu'allez-vous faire maintenant, ma'ame ? Voulez-vous retrouver M. Cassidy ? J'aimerais tant que votre histoire se termine bien...

Un sourire monta aux lèvres de Rachel.

– Je l'espère moi aussi de tout cœur, Martha. En tout cas, je peux t'assurer que je vais essayer de revoir Lane.

Elle prit la jeune servante dans ses bras.

– Bon voyage, Martha, fit-elle en s'écartant enfin.

– Bonne chance, ma'ame.

Alors qu'elle refermait la porte, Rachel eut brusquement l'impression que la chance allait lui sourire de nouveau. En quelques enjambées, elle regagna le salon. Delphie l'y attendait, particulièrement émue.

– Je le savais, lança-t-elle d'une voix entrecoupée de sanglots. Je savais que Lane Cassidy ne pouvait pas vous abandonner ainsi. Et si vous rendiez visite à votre beau-père tout de suite ?...

– Cet homme est le cadet de mes soucis, Delphie. Il ne vaut pas la peine que l'on s'y intéresse.

– Alors, que faire ? Vous pourriez écrire à M. Johnson et lui demander de renvoyer Lane ici au plus tôt.

– Il ne reviendra pas.

La jeune femme arpenta un instant le salon, essayant de réfléchir posément.

– Lane a promis à Stuart de se tenir éloigné de nous et, je le connais, il tiendra sa parole.

– Alors, comment... ?

– Eh bien, moi, je n'ai rien promis à Stuart ! De plus, il n'y a aucune raison pour que je respecte cet homme. Il n'a fait qu'exercer un honteux chantage en obligeant Lane à prendre une telle décision.

– Je suis d'accord avec vous mais je n'aime pas beaucoup cette lueur dans vos yeux. A quoi pensez-vous ?

Rachel répondit presque malgré elle, sans presque avoir conscience de ce qu'elle disait :

– Je vends la maison.

– Quoi ?

Alors Rachel répéta ce qu'elle avait dit, cette fois plus fort, savourant un à un chacun de ses mots.

– Je vends la maison. Au premier acheteur, ou à la banque, si je n'ai pas d'autre choix.

– Mais vous aimez cette maison ! Elle appartenait à votre mère.

– Exactement. Je l'aimais, mais il est temps pour moi de la quitter. D'ailleurs, en y réfléchissant bien, je me rends compte que, depuis la mort de mes parents, je n'ai jamais été véritablement heureuse ici.

– Mais où irez-vous ?

– Là où sera Lane.

– Peut-être devriez-vous tenter de le retrouver avant de vendre la maison ? Peut-être devriez-vous attendre de savoir si... ?

– S'il veut toujours de moi ?

Rachel respira à fond, puis elle se dirigea vers la cheminée.

– De toute façon... même si Lane avait... changé d'avis, bredouilla-t-elle, même s'il ne voulait pas de moi, je crois qu'il est temps pour moi de recommencer ma vie. Je voudrais de nouveau enseigner. Je veux vivre ma vie avant qu'il ne soit trop tard.

– Dans ce cas, il vaudrait mieux que je commence à ranger nos affaires.

Delphie promena un regard brillant d'excitation autour d'elle.

– Ne t'énerve pas ! protesta Rachel en s'esclaffant. Je ne prendrai que nos vêtements et quelques bibelots. Ceux de Ty, les miens et les tiens, si tu acceptes de nous suivre.

La gouvernante sourit.

– Où voulez-vous que j'aille ? Oh non ! Pour rien au monde je ne voudrais manquer la suite des événements !

Ty s'approcha de Rachel, avec son nouveau jouet serré contre lui.

– Maman, je t'ai entendue parler de Lane. Il va revenir bientôt ?

– Nous allons aller le chercher.

– Où est-il ?

– Je ne sais pas, mais il y a un homme à Denver qui pourrait nous aider à le retrouver. Et c'est là d'abord que nous irons !

– Puis-je porter mon nouveau chapeau ?

– Certainement. Mais je devrais peut-être m'en acheter un moi aussi... et toi aussi, Delphie !

Rachel s'arrêta au 16, South Avenue, devant un immense bâtiment de brique rouge qui abritait les bureaux de l'Agence nationale de détectives Pinkerton. Sa tranquille assurance n'était qu'une apparence ; en vérité, elle n'était qu'angoisse et inquiétude. Une immense émotion l'habitait. Mais, dans quelques minutes, elle saurait enfin où se trouvait Lane et, dans quelques heures, elle serait peut-être à ses côtés !

Elle ajusta une fois encore son ravissant chapeau, un foulard écarlate égayait sa tenue de soie marron, aux manches bouffantes ourlées de dentelles.

Cependant, l'extrême élégance de sa robe ne parvenait pas à effacer l'anxiété qui lui nouait la gorge ! Néanmoins, tentant de retrouver un peu de courage, elle pénétra dans le hall, puis s'enfonça dans un dédale de couloirs bondés d'employés, de secrétaires et de comptables. Elle suivit à la lettre les consignes données par la dame de l'accueil et se retrouva bientôt devant une porte vitrée où était indiqué en lettres dorées : ADMINISTRATEUR.

Elle poussa le battant et, timidement, s'approcha du bureau de la secrétaire, lui demandant si M. Johnson pouvait la recevoir. L'employée la détailla de haut en bas, inscrivit son nom sur un registre, puis lui suggéra de s'asseoir et d'attendre... Quelques minutes plus tard seulement, Rachel entrait dans le sanctuaire feutré de Boyd Johnson.

Ce dernier, vêtu d'un superbe costume en tweed, contourna son immense bureau pour venir la saluer avec courtoisie. Son accueil fut donc chaleureux et cordial, mais la lueur qu'elle découvrit dans ses yeux sombres la mit mal à l'aise.

– Madame McKenna, quelle agréable surprise !

Il lui offrit de s'asseoir et retourna prendre place dans le fauteuil de cuir, derrière son bureau.

– Dites-moi quel bon vent vous amène à Denver ?

Rachel s'efforça de sourire, posant sa bourse de velours sur ses genoux et tentant de prendre un air désinvolte.

– Je pense que vous avez déjà la réponse à cette question, monsieur Johnson. Il y a quelques semaines, j'ai appris que Lane avait quitté Last Chance à cause d'une promesse faite à mon beau-père. Il a fait le serment de ne pas me revoir, en échange de quoi...

Sa voix se brisa.

Johnson la considérait avec gentillesse, la priant en silence de poursuivre.

– Lane m'a dit qu'il avait une affaire urgente à régler pour l'Agence, mais je ne crois pas que ce soit la seule raison de son départ précipité.

Boyd Johnson fronça les sourcils. Il se frotta la joue, tout en continuant d'observer Rachel. Elle était inquiète, et le soupir qu'il poussa ne la rassura pas, bien au contraire !

– Pourquoi ne m'avez-vous pas écrit, madame McKenna, au lieu de vous déplacer ? Vous auriez perdu moins de temps.

– Je ne pouvais plus attendre. Si vous aviez l'amabilité de me dire où se trouve Lane, je partirais à sa recherche immédiatement. Je vous promets de ne pas perturber son travail. Je peux même patienter pour lui rendre visite, si vous jugez que c'est plus sage. Je veux seulement être près de lui... et savoir d'abord où il se trouve !

– Ce n'est pas aussi simple que vous le croyez, madame.

Il se leva et fit les cent pas, tout en triturant nerveusement sa cravate de soie.

– Vous voulez dire que vous ignorez où il est ? Vous devez au moins savoir dans quelle région il se trouve.

– Malheureusement, non.

Boyd Johnson était si solennel, il la regardait si tristement que la peur brusquement envahit Rachel tout entière.

– Il est mort ? fit-elle dans un souffle.

– Pas à ma connaissance.

Rachel avait espéré l'entendre dire non, et rire de

ses craintes, mais au lieu de cela, il ne se prononçait pas.

– Vous n'avez plus de nouvelles de lui ?

Boyd retourna s'asseoir et croisa son regard.

– Lane ne travaille plus pour l'Agence. J'ai dû le renvoyer après le meurtre de McKenna...

– Mais Robert était un voleur, doublé d'un criminel...

– Et Lane avait pour consigne de se maîtriser, de ne pas céder à ses impulsions. Et il n'a même pas pris la peine de réfléchir avant de tirer sur Robert McKenna ! J'ai fait tout ce qui était en mon pouvoir pour le garder, mais tout le monde, ici, s'y est opposé. C'est à Last Chance que je lui ai annoncé qu'il n'appartenait plus à notre équipe... Je n'ai pas la moindre idée de l'endroit où il peut maintenant se trouver !

La jeune femme se mordit les lèvres. Elle venait de vendre sa maison, elle n'avait plus de toit et elle ne savait même pas si elle retrouverait Lane un jour... Il fallait à tout prix qu'elle réfléchisse, qu'elle ne laisse pas la panique la submerger. Se redressant, elle rencontra le regard voilé de son interlocuteur. Il hésitait comme s'il cherchait ses mots.

Mais elle n'avait que faire de sa pitié.

Elle voulait simplement des conseils.

– J'aimerais vous engager, monsieur Johnson. Votre Agence s'occupe bien de rechercher des gens disparus, je me trompe ?

– Vous ne vous trompez pas... et nous sommes les meilleurs !

– Très bien. Alors je veux vous payer pour que vous retrouviez Lane Cassidy.

A cet instant, la porte s'ouvrit à la volée et entra une belle femme blonde à la poitrine pigeonnante et aux formes avantageuses. Elle esquissa un sourire en croisant le regard de Rachel.

– Je n'ai pas pu m'empêcher d'entendre ce que vous

disiez. Vous recherchez Lane Cassidy. Qu'a-t-il encore inventé cette fois ?

Boyd s'empressa de procéder aux présentations.

– Madame McKenna, voici Mlle Priscilla Simmons. Elle est l'un de nos meilleurs agents. Elle a rencontré Lane pendant sa formation.

Rachel se sentit rougir sous le regard inquisiteur de la femme. Cette Priscilla Simmons avait elle aussi connu Lane intimement, Rachel en aurait mis la main au feu. Cette pulpeuse blonde était certainement celle qui avait appris à Lane les secrets de l'amour.

Devait-elle l'en remercier ou lui arracher un à un ses magnifiques cheveux ? L'audace lui manqua ; Rachel resta immobile.

– Je cherche Lane parce que je l'aime, mademoiselle Simmons, déclara-t-elle soudain. Et j'ai toutes les raisons de croire qu'il m'aime lui aussi.

Priscilla Simmons se contenta de sourire, d'un long sourire entendu.

– S'il vous aime, madame McKenna, vous devez être quelqu'un de très spécial. Et permettez-moi de vous en féliciter.

Priscilla se tourna alors vers Boyd.

– Je serais heureuse de pouvoir vous apporter mon aide.

Soulagée, Rachel se leva, s'apprêtant à prendre congé.

– J'ignore combien cela me coûtera, monsieur Johnson, mais...

– Ne vous inquiétez pas, madame McKenna. Vous n'aurez pas un dollar à débourser tant que nous n'aurons pas retrouvé Lane... si nous y parvenons toutefois. Tout ce que je veux savoir, c'est comment et où vous contacter.

– Pour l'instant, je me trouve au *Windsor Hotel*.

– Très bien.

Puis Boyd s'approcha de Rachel, il lui prit le bras et l'escorta jusqu'à la porte.

– Ne vous faites pas de souci, madame McKenna. Dès que nous aurons des renseignements, nous vous préviendrons.

Rachel salua brièvement Priscilla et s'arrêta sur le seuil.

– Merci, monsieur Johnson. Lane a toujours dit beaucoup de bien de vous. Je pense que, d'une certaine manière, vous lui avez sauvé la vie en l'engageant à l'Agence. J'espère que vous le retrouverez. J'en suis presque sûre !

Boyd fronça les sourcils.

– J'aimerais que vous ayez raison...

L'été indien avait tracé des arabesques d'ombre dans le ciel, au-dessus de la petite ville poussiéreuse. Une ville ! Un bien grand mot pour une dizaine de masures tout au plus, nichées au beau milieu d'un désert qui s'étendait à perte de vue... Lane soupira, fatigué de traîner toujours avec lui sa trop grande solitude, et arma son revolver. Il s'était prudemment tapi dans l'obscurité.

– Sors de là, Cassidy !

Le défi n'avait rien d'inhabituel, mais, cette fois, il ne reconnut pas la voix de son assaillant. Il laissa de nouveau échapper un soupir et, enfin, sortit de l'ombre. Il n'y avait pas âme qui vive dans l'unique rue de la petite ville, si ce n'étaient quelques curieux, le nez pressé aux carreaux de leurs maisons.

Finissons-en...

Il tenta de chasser la femme qui hantait chaque recoin de son esprit, jour après jour, nuit après nuit. Si seulement il pouvait oublier le regard de Rachel. Il y avait en elle tant de détresse et de candeur ! Il ne pouvait pas la rayer de sa mémoire. Et ses pensées revenaient comme toujours au galop. Ty avait dû grandir pendant ces deux derniers mois. Avait-il demandé de ses nouvelles ? Et que faisait Rachel maintenant ? Pensait-elle à lui parfois ?

Non, cela suffisait ! Il n'avait pas le choix, il devait tirer un trait sur le passé...

Il n'avait pas le droit de se laisser distraire par ce flot de souvenirs, surtout en ce moment... Dans la rue, devant lui, un étranger le défiait, un homme qui, très certainement, n'avait pas plus de raison de le tuer que de l'épargner !

Puis une silhouette avança dans sa direction et Lane enfonça son chapeau sur ses yeux.

« Je lui dirai que je veux un chapeau noir, comme le tien... » Lane n'était plus tout à fait sûr des mots prononcés par Tyson, mais une chose était certaine : il avait été profondément bouleversé par cette affection, et la confiance que lui avait témoignée le petit garçon... Lane serra les poings, repoussant avec force ces souvenirs. Il se sentait soudain fragile et, s'il n'y prenait pas garde, il risquait de périr sous le tir de cet étranger posté à seulement quelques pas de lui.

« Tu es mon meilleur ami... » Décidément, le passé revenait à la charge, se jouant de lui... Lane fit un pas en avant. Puis deux, puis trois. Le soleil l'éblouissait. Il cligna des yeux pour essayer de distinguer le visage de son adversaire.

Il sentait encore les doigts de Rachel qui glissaient dans ses cheveux. Elle lui avait suggéré de les couper. Il n'en avait rien fait.

Deux pas encore, et Lane s'arrêta. Il devait oublier Rachel... Oublier son passé !

Il n'allait tout de même pas attendre toute la nuit que l'homme à l'autre bout de la rue daignât faire le premier pas. Mais, après tout, songea-t-il, quelle importance cela avait-il ? Il n'avait nul endroit où aller, nul endroit où on l'attendait...

« Sans vous, Rachel, à quoi bon vivre... »

Un souffle de vent chaud lui caressa la nuque, souleva la poussière en un tourbillon. L'étranger ne bougeait toujours pas.

« Je mourrai heureux de me savoir aimé... »

Il avait été effectivement heureux. Une fois. Brièvement. Trop brièvement, peut-être...

Les doigts de Lane se refermèrent sur la crosse de son revolver. L'étranger fit un mouvement. En un éclair, Lane dégaina et tira.

Les deux armes retentirent en même temps.

Une balle passa en sifflant près de la tête de Lane et alla se ficher dans une poutre, derrière lui. L'étranger, lui, s'affaissa, sans un bruit, faisant voler simplement la poussière autour de lui. Lane l'avait atteint en plein cœur.

Calmement, il glissa son arme dans sa ceinture et tourna le dos à la foule qui se rassemblait déjà autour du corps inanimé, semblable à une horde de vautours. Se résignant à son destin, il marcha vers la prison...

19

– Je suis désolé, madame McKenna, mais nous avons perdu sa trace, annonça Boyd Johnson d'une voix consternée.

Rachel le regarda se balancer dans le fauteuil à bascule. Il semblait un peu distrait, ou, peut-être, préoccupé... Trois semaines s'étaient écoulées depuis qu'elle avait franchi le seuil de son bureau pour lui demander de l'aide. Tous les trois ou quatre jours, l'administrateur de l'Agence, fidèle à sa parole, lui faisait parvenir un rapport. Peine perdue ! Lane Cassidy avait disparu sans laisser de trace.

– Avez-vous réfléchi à ce que vous alliez faire maintenant ?

Ces mots résonnèrent en elle comme un écho. Elle s'était déjà posé la question. Et elle n'avait pas de réponse... En tout cas, en ce qui concernait Lane. Toutefois, se sachant à Denver pour un moment, elle avait postulé pour un emploi d'enseignant et, ô miracle, on lui avait demandé de remplacer une institutrice hospitalisée d'urgence. Mais les journées au *Windsor Hotel* étaient fort onéreuses et elle devrait bientôt trouver une autre solution. Cette situation ne serait pas vivable longtemps.

– Nous ne pouvons pas vivre ici indéfiniment, avoua-t-elle à Boyd. Ty adore l'école et l'excitation d'une grande ville comme Denver, mais il a besoin d'une maison pour y avoir ses affaires et ses jouets.

Elle se carra contre le dossier de son fauteuil et soupira. Une fois l'hiver installé, il leur serait encore plus difficile de trouver un logement... songea-t-elle.

Au-dehors, une tempête de neige faisait rage, assombrissant les cieux tout autant que l'esprit de Rachel.

– Je n'ai pas encore eu de nouvelles de nos agents postés dans l'Idaho et le Wyoming, il nous reste donc encore un peu d'espoir, lança Boyd d'un ton qu'il voulait rassurant.

– Puis-je vous demander quelque chose, monsieur Johnson ?

– Bien sûr.

Il fit quelques pas, attendant sa question.

– Si l'un de vos agents retrouvait Lane, et qu'il refuse de me parler... me tiendriez-vous cependant au courant ?

– Madame McKenna, j'ai beau être cruel et sans cœur, si cela arrivait, je serais parfaitement honnête avec vous. Jusqu'ici, personne n'a réussi à mettre la main dessus. Toutefois, il est bien possible que nous le retrouvions dans quelques jours ou dans quelques semaines... Un détail peut nous avoir échappé. Gardons espoir, il faut être patient !

– Oui, mais je dois songer à ma vie maintenant, monsieur Johnson. Mon remplacement s'achèvera après les vacances, et nous ne pourrons pas rester à Denver. Nous avons apprécié cette ville et tous ses divertissements, surtout l'opéra. Ty a adoré le zoo d'Elitch. Les hôtels ici sont immenses et somptueux, mais trop chers pour ma modeste bourse, j'en ai peur.

– Il vous faut prendre rapidement une décision, c'est bien cela ? Je vous comprends. Pour tout vous dire, je suis étonné que nous n'ayons pas encore mis la main sur Lane. Enfin, je remercie le Ciel qu'il ne soit pas inscrit dans notre fichier de criminels.

– Le sauriez-vous déjà si... s'il lui était arrivé malheur ?

– Probablement.

Rachel sourit.

– Alors, il ne nous reste plus qu'à prendre notre mal en patience !

Le chapeau melon de Johnson était posé sur le guéridon d'acajou, il l'attrapa. La jeune femme raccompagna son visiteur jusqu'à la porte.

– Vous saurez tenir le coup ? lui demanda-t-il, l'air préoccupé.

Rachel fut sensible à cette marque d'amitié.

– Ça ira, répondit-elle avec un sourire. En fait, je pense que nous descendrons dîner ce soir dans la superbe salle à manger de l'hôtel. Cela nous changera un peu de l'ordinaire ! On m'a parlé de nappes blanches soigneusement amidonnées, de cristal et de porcelaine de Chine, mais surtout d'une chère fine et succulente.

– Je suis heureux que vous pensiez aussi à votre bien-être.

– J'ai déjà traversé bien des épreuves, on apprend à s'endurcir.

Cela faisait en effet des semaines que cette situation durait. Mais Rachel avait encore suffisamment d'argent pour vivre agréablement pendant quelque temps. Il y avait eu bien sûr la vente de sa maison et l'héritage que lui avaient laissé ses parents. Son emploi actuel, même précaire, donnait une forme d'indépendance, cette indépendance qu'elle avait bien failli perdre au cours de toutes ces années passées avec Stuart. Delphie et Ty s'étaient eux aussi rapidement adaptés à cette nouvelle existence. Bien plus vite qu'elle ne l'avait imaginé...

Son cœur ne souffrait plus chaque fois qu'elle croisait quelqu'un qui ressemblait à Lane, les larmes ne coulaient plus quand des souvenirs heureux revenaient à elle... Il lui manquait encore et, pourtant, elle savait que désormais elle pouvait survivre sans lui. Enfin... si elle avait eu le choix de sa destinée, il en aurait été autrement...

– Je vous rappelle, promit Boyd.

– J'attends de vos nouvelles.

Quand il entendit la porte du bureau de Boyd claquer, Lane fit volte-face et gratifia l'administrateur de l'Agence d'un regard noir.

– Eh bien, vous en avez mis du temps ! grommela-t-il.

Il refusa le siège que lui proposait Boyd.

Ce dernier resta un instant debout, étudiant attentivement Lane. Il enfonça les mains dans ses poches.

– Eh bien... eh bien, pour une surprise, c'est une surprise ! Si j'avais su que vous réapparaîtriez ici, dans ce bureau, je me serais contenté de rester dans mon fauteuil, à retenir mon souffle. Où étiez-vous donc ?

– C'est une longue histoire.

– J'ai tout mon temps.

– Moi, non. Que me vouliez-vous ? Votre agent m'a dit que c'était un cas d'urgence. Il m'a fallu trois jours pour rejoindre Denver.

Lane aurait aimé se débarrasser de son humeur noire mais, depuis qu'il avait quitté Last Chance, il ne savait même plus ce que signifiait un sourire.

Boyd prit place derrière son bureau et sortit un cigare d'une boîte en acajou.

– Vous en voulez un ? offrit-il.

– Vous savez bien que je n'aime pas ça.

Lane se dirigea vers la fenêtre et observa, pendant quelques instants, le spectacle de la rue.

Boyd alluma son cigare, et en tira une longue bouffée avant de s'installer confortablement dans son fauteuil.

– Vous ne savez pas ce que vous ratez, Lane. Ce havane est un pur délice.

– Et si nous en venions aux faits ?

Lane venait d'arriver à Denver et n'avait qu'une hâte :

quitter cette ville. La patience n'était décidément pas son fort, songea-t-il avec lassitude.

Boyd croisa les jambes avec nonchalance et, relevant la tête, souffla des volutes bleutées au-dessus de lui.

– J'ai un travail pour vous. Rien de permanent, je vous préviens tout de suite.

Lane fut tenté de prendre congé. Cependant, il se ravisa, et resta un instant perdu dans ses pensées. Que pouvait bien signifier ce brusque revirement ? Une curiosité toute naturelle le poussa à connaître la suite.

– Choisissez quelqu'un d'autre.

– Personne ne saura régler cette affaire aussi bien que vous.

– Ne me dites pas que vous n'avez pas réussi à trouver quelqu'un d'aussi impulsif et d'aussi peu discipliné que moi ! lança-t-il avec ironie.

Boyd fit la sourde oreille et continua :

– M'est avis que cette affaire requiert un homme comme vous... Vous devriez couper vos cheveux, commenta-t-il. Vous ressemblez à un sauvage avec cette crinière !

Machinalement, Lane passa une main dans ses boucles en désordre. De quoi se mêlait Boyd ? Ses cheveux étaient devenus le symbole de tout ce qu'il avait perdu, et il n'avait pas l'intention de les couper.

– Vous pourriez également utiliser un rasoir, insista Johnson. Votre barbe vous donne un air définitivement sinistre. Mais peut-être est-ce là justement ce que vous voulez ?

Lane haussa les épaules.

– Je m'en fiche...

– Vous vous fichez de tout, si j'ai bien compris ?

– Pas du tout. Que voulez-vous que je fasse ?

Il espérait soudain que la tâche que lui proposerait Boyd serait dangereuse. En effet, seule la menace de la mort le poussait à vivre encore...

Son interlocuteur se redressa et fouilla parmi les

papiers entassés sur son bureau. Il en prit un, le parcourut rapidement et, sans lever les yeux, déclara :

– Je voudrais que vous vous rendiez au *Windsor Hotel* ce soir vers 20 heures. Vous rencontrerez notre client dans la salle à manger.

– Je vous avertis tout de suite, il n'est pas question que je m'habille.

– Cela m'est égal. Une fois que vous aurez établi un contact...

– Avec qui exactement dois-je me mettre en relation ?

– Quelqu'un que vous avez rencontré dans le passé...

– Pourquoi tout ce mystère ?

– Disons que l'affaire demande beaucoup de discrétion. Je compte sur vous pour être à la hauteur.

Comme si Boyd avait deviné ses hésitations, il reprit :

– Faites-moi plaisir, acceptez.

– D'accord, je rencontrerai votre client mystérieux. Et après... ?

– Ce ne sera plus qu'une question d'instinct.

– J'avais pourtant cru comprendre que c'était précisément ce que vous me reprochiez. Ne me dites pas que vous êtes prêt à prendre le risque d'une fusillade au beau milieu de la salle à manger du *Windsor Hotel* !

– Je vous fais confiance.

– 20 heures, ce soir ?

– Oui.

Le sourire de Boyd donna à Lane l'impression qu'il venait de tomber dans un nid de vipères.

– Mais si cela tourne mal, je vous préviens, Boyd, je m'en vais.

– Vous verrez en temps utile. Le client a insisté pour que ce soit vous qui vous occupiez de l'affaire, répéta l'administrateur de l'Agence. Je me contente d'obéir à ses ordres.

A travers la fumée de son cigare, Boyd observait Lane de son regard inquisiteur.

– Et si j'ai un conseil à vous donner, arrangez un peu

vos cheveux. Ayez l'air plus aimable, on vous sent prêt à mordre.

– On verra.

Devant l'air découragé de son interlocuteur, Lane se sentit presque obligé d'ajouter d'un ton radouci :

– Sachez que je n'ai rien contre vous personnellement, Boyd. Il faut tout simplement que je fasse le deuil de certaines choses avant de pouvoir envisager l'avenir. J'apprécie votre offre mais, si cela ne marche pas avec le client, je serai parti demain à la première heure.

– Je comprends. Veillez bien sur vous ! ajouta Boyd d'un ton amical.

Lane le salua brièvement et prit le chemin de la sortie. Mais, sur le seuil, il se tourna une dernière fois vers l'homme qui, quelques années durant, avait donné un but à sa vie. Il lui devait bien plus qu'un laconique au revoir.

Avec un soupir, il revint vers le bureau.

– Donnez-moi un crayon et du papier, je vais vous inscrire une adresse où vous pourrez me joindre si vous avez une nouvelle fois besoin de moi.

Johnson lui tendit ce qu'il voulait, bloc-notes et plume. Rapidement, Lane griffonna une adresse et la tendit à son ancien mentor. Puis il se dirigea vers la sortie.

– Prenez aussi soin de vous, Boyd.

Lorsque Lane eut refermé le battant derrière lui, Boyd Johnson regarda le papier avec l'adresse griffonnée, et sourit.

Le mauvais temps avait dû dissuader les clients du *Windsor* de sortir et la salle à manger de l'hôtel était comble ! Chaque table, ornée d'un bouquet de roses, délicatement baignée par la douce lumière des bougies, rivalisait de faste avec ses voisines dans un luxe de cristal, de fine porcelaine et d'argent.

Rachel porta un verre d'eau à ses lèvres, s'amusant à regarder les autres clients dîner tandis que Delphie, Ty et elle attendaient d'être servis. Ici, l'élégance était de rigueur, les femmes étaient vêtues de leurs robes les plus somptueuses, déployaient soies et bijoux, escortées de gentilshommes à l'élégance tout aussi coûteuse. Les diamants et autres pierres précieuses scintillaient à chaque geste...

Delphie se pencha vers Rachel.

– Aucune des femmes ici ne vous arrive à la cheville, commenta-t-elle, admirative. Et votre robe vous va à ravir, même si vous avez perdu un peu de votre bonne mine ces derniers temps !

Rachel sentit le rouge lui monter aux joues. Le couturier lui avait assuré que le moiré bordeaux entrelacé de dentelles noires lui allait à merveille. Quand elle avait acheté cette robe, elle avait pensé à Lane. Elle aurait tant aimé la porter pour lui plaire. Elle refusait encore de renoncer à son rêve. Pourtant, chaque jour qui passait l'écartait un peu plus de lui...

Puis Rachel observa sa petite famille et son cœur se gonfla de fierté. Ty avait les cheveux soigneusement coiffés et Delphie était fort élégante, dans la robe de soie verte que Rachel lui avait offerte.

– Maman ?

Une fourchette dans la main, Tyson attendait avec impatience d'être servi.

– Qu'est-ce qu'il y a, mon chéri ?

– Tu crois qu'il y aura de la neige sur la pelouse demain matin ? Comment irons-nous à l'école ? J'aimerais prendre un taxi pour une fois.

Rachel ne put s'empêcher de sourire.

– S'il neige, nous prendrons un taxi.

Tyson leva les mains en signe de triomphe.

Elle lui demanda gentiment de se calmer et ils demeurèrent tous trois silencieux jusqu'à l'arrivée du serveur. Lorsque ce dernier déposa la terrine de truite devant elle, Rachel regretta de n'avoir pas assez d'appétit pour faire honneur à ce mets succulent. Mais, depuis la visite de Boyd Johnson l'après-midi, elle se sentait un peu déprimée.

Toutefois, pour ne pas gâcher le plaisir de ses proches, elle goûta la terrine. Elle relevait la tête, quand elle remarqua un inconnu à l'allure sinistre, planté sur le seuil de la salle à manger. Son visage était presque entièrement dissimulé par son chapeau et il portait des vêtements qui semblaient fort usagés. Mais curieusement, sa silhouette ne lui était pas étrangère... Rachel remarqua que l'homme scrutait la salle à manger comme s'il tentait d'y reconnaître quelqu'un. Il restait immobile et pourtant tout en lui paraissait tendu et sur le qui-vive.

Le bas de son visage disparaissait sous une barbe sombre. Il avait son chapeau enfoncé sur les yeux, mais lorsqu'elle croisa enfin son regard, elle fut comme électrisée.

Elle s'immobilisa. Sa fourchette lui échappa des mains.

– Maman ?

– Rachel, qu'y a-t-il ? demanda Delphie, alarmée.

La jeune femme était sans voix. Elle avait l'impression d'être paralysée. Lane... Lane se dirigeait vers elle, ignorant les regards curieux des clients.

Les conversations s'étaient tues. Tous les yeux maintenant étaient posés sur cet homme immense qui traversait la salle d'un air provocant.

Lane avait conscience des regards et des murmures que sa venue avait provoqués, mais ils étaient le cadet de ses soucis ! Rachel était là ! A quelques mètres seulement de lui, dans cette sublime salle à manger. Douce Rachel, semblable à une déesse, illuminant la pièce de ses prunelles aussi bleues que l'azur.

Quand il eut franchi la distance qui les séparait, l'émotion le submergea. Il tremblait. Pour la première fois de sa vie, il tremblait ! Incapable de lui tendre la main ou de prononcer le moindre mot, il ne fit plus un geste, luttant contre les larmes qui lui montaient aux yeux.

– Lane ! s'écria Tyson lorsqu'il le reconnut.

– Salut, Ty !

Lane détacha son regard de la jeune femme, et reporta son attention sur le petit garçon.

– J'ai un chapeau comme le tien, Lane, mais maman n'a pas voulu que je le mette pour venir dîner. Pourquoi, toi, tu as le droit de le porter ?

– Parce que je n'ai jamais eu une maman qui me disait de ne pas le faire.

Il glissa un coup d'œil en direction de Rachel.

– Que faites-vous ici ?

– Je vous attendais.

– Seriez-vous par hasard le mystérieux client de Boyd ?

Tout à coup, il comprenait mieux l'attitude étrange de son ancien mentor.

– Pas si mystérieux que cela. Vous aviez disparu, je vous ai fait rechercher.

– Je n'avais pas disparu. J'étais ailleurs !

Rachel lui sourit, lui offrant en silence tout l'amour qu'elle avait pour lui. Il aurait voulu la prendre dans ses bras et l'emporter loin d'ici, là où le monde ne les retrouverait jamais, là où le vieux Stuart McKenna n'irait jamais plus les rechercher.

La jeune femme jeta un coup d'œil autour d'elle. Tous les regards ou presque étaient rivés sur eux.

– J'ai besoin de vous parler, dit-elle calmement. Seule à seul.

Lane prit une profonde inspiration, et lui offrit sa main. Elle la saisit et, repoussant sa chaise, se leva.

Lane était de retour.

Le cœur de la jeune femme battait brusquement la

chamade. Elle coula un regard en direction de Delphie, cette dernière hocha la tête d'un air entendu.

— Ty et moi, nous vous rejoindrons après le dessert, l'assura sa gouvernante. Après un, ou peut-être deux desserts et une grande promenade dans le parc, ajouta-t-elle avec un sourire.

Aussi tranquillement que possible, Rachel glissa un bras sous celui de Lane, l'un des plus notoires tireurs de l'Ouest. Alors qu'ils approchaient de la sortie, ils croisèrent un serveur, portant du champagne dans son seau à glace. Lane lui prit la bouteille des mains et continua son chemin, la mine impassible. La jeune femme ne put s'empêcher de sourire devant l'air abasourdi de l'employé engoncé dans sa livrée toute chamarrée d'or.

Ni Rachel ni Lane ne prononcèrent un mot tandis qu'ils rejoignaient le troisième étage du *Windsor*. La main de la jeune femme tremblait lorsqu'elle ouvrit la porte... Lane suivit sa compagne à l'intérieur et referma le battant derrière lui.

Il posa la bouteille sur la table, puis se tourna vers Rachel.

Craignant de briser le charme en parlant, elle se borna à soutenir son regard. Il y avait tant de questions dans ses yeux sombres, et, surtout, un désir infini. Il brûlait pour elle, pourtant, il se défendait de l'approcher.

— Boyd a dit que son client m'avait demandé exclusivement. Les McKenna auraient-ils encore essayé d'obtenir la garde de Ty ? Pourquoi moi, Rachel ?

— J'ai besoin de vous, avoua-t-elle.

Elle franchit la distance qui les séparait et planta son regard dans celui de son compagnon. Dans la profondeur ténébreuse de ses yeux, elle aperçut une lueur de souffrance.

— Je sais que vous n'appartenez plus à l'Agence Pinkerton, ajouta-t-elle doucement. Et je sais également pourquoi vous êtes parti.

Il lui tourna le dos et se dirigea vers le buffet sur lequel il récupéra deux flûtes en cristal. Puis il entreprit d'ouvrir la bouteille de champagne.

Rachel ne pouvait détacher son regard de cet homme, de son chapeau sombre à ses cheveux trop longs, de ses larges épaules aux talons de ses bottes poussiéreuses. Elle n'aspirait qu'à le toucher, qu'à passer les doigts dans ses boucles noires. Elle voulait l'aider à se débarrasser de son manteau, elle désirait déboutonner sa chemise et laisser glisser ses mains sur son torse... Elle voulait sentir la chaleur de sa peau.

– Champagne ?

Il se tenait devant elle, lui tendant un verre de champagne. L'anxiété, mêlée à l'impatience, l'empêcha de le saisir. Elle avait déjà la tête qui tournait...

Mais Lane attendait, l'obligeant à prendre la flûte. Alors, elle s'exécuta et la porta à ses lèvres.

– Pourquoi croyez-vous que je sois parti ? la pressa-t-il.

– Vous avez promis à Stuart McKenna de ne plus jamais nous revoir...

Son compagnon avala son champagne d'un trait, et se servit un deuxième verre.

– Qui vous a raconté cela ?

– La servante des McKenna, Martha. Lane Cassidy, n'essayez pas de nier.

– Et c'est la raison pour laquelle vous avez fait le chemin jusqu'à Denver ? Vous souhaitez connaître la vérité ?

– Oui.

– Je vous ai déjà dit que je ne pouvais vous faire aucune promesse, lui rappela-t-il.

– Vous avez bien fait une promesse à Stuart.

– Il se vengerait si je ne la respectais pas.

– Eh bien, moi, je ne lui ai jamais rien promis. Je n'ai pas juré de ne pas vous revoir.

Les yeux de Lane se voilèrent alors de douleur. C'était une souffrance si grande qu'il ne pouvait pas la dissimuler. Son être entier en était habité... Rachel, bouleversée, posa son verre avant de saisir la main de son compagnon.

– Vous avez promis à Stuart que vous ne me reverriez pas pour que je puisse récupérer mon fils. Vous pensiez me quitter sans avoir à me donner d'explications. Vous avez voulu me faire croire que vous ne ressentiez plus rien pour moi. Je sais maintenant que vous l'avez fait parce que vous m'aimez...

– Rachel...

– Vous m'aimez, n'est-ce pas, Lane ?

Le regard de l'homme se perdit dans le vague. Il ne parlait toujours pas.

– Vous le savez, souffla-t-il.

– M'aimez-vous encore ?

Il ferma les yeux.

– Oui.

– Alors, je veux que vous m'écoutiez, Lane Cassidy. Vous m'avez sortie des ténèbres, vous m'avez offert le bonheur d'aimer. Vous m'avez rendu mon fils. Quand j'ai découvert les véritables motifs de votre départ, j'ai décidé de renoncer à Last Chance et à la vie que je menais là-bas. J'ai vendu ma maison...

– Oh, non !

– Laissez-moi finir. J'ai vendu ma maison et je suis venue directement à Denver pour demander à Boyd de vous retrouver. J'ai ensuite trouvé un emploi. J'ai attendu plusieurs semaines avant d'obtenir de vos nouvelles, j'ai passé des heures à espérer que vous réapparaîtriez, j'ai même prié pour que vous ne soyez pas mort. Je vous l'ai déjà dit, je n'attends aucune promesse, aucune garantie. Mais, vous-même, vous avez avoué que vous m'aimiez. Je suis prête à tout vous donner jusqu'au jour où vous m'annoncerez que vous ne ressentez plus rien pour moi.

Alors Lane la prit dans ses bras, elle s'y blottit avec joie, lui offrant toute sa confiance comme elle l'avait toujours fait. Leurs bouches se rencontrèrent. Elle ferma alors les yeux et, tandis que des larmes roulaient sur ses joues, elle se serra plus fort contre lui.

Le baiser qu'ils échangèrent avait le goût fruité du champagne et du désir. Rachel coula ses doigts dans les épais cheveux de son compagnon. Le revolver tomba et roula sous le canapé.

– Et Ty... ?

– Delphie va s'en occuper, murmura-t-elle. Pendant un moment, en tout cas.

Lane avait le souffle haletant, comme elle, le cœur battant. Ils s'accrochaient l'un à l'autre, brûlant de retrouver ce qu'ils avaient déjà partagé. Les mains de Lane couraient sur elle, passaient de ses hanches à sa nuque, s'arrêtant brusquement sur sa taille, comme s'il voulait se prouver qu'il ne rêvait pas et qu'elle était bien là, contre lui. Puis il l'embrassa de nouveau et son baiser fut fougueux et passionné.

Il la serra encore plus fort contre lui, et, enfin, avec maladresse, il tenta de défaire sa robe.

– Oh, je suis vraiment le plus malhabile des hommes ! Mais, vous, vous pouvez certainement m'aider... Comment l'enlevez-vous ?

Entre deux baisers, elle dégrafa son col et il glissa les doigts entre le moiré bordeaux et la peau si douce de la jeune femme. Le souffle chaud de Lane caressa l'oreille de Rachel et elle frissonna... Elle avait les jambes vacillantes, le feu s'engouffrant dans ses veines. Lane enleva la robe de Rachel et la laissa tomber sur le parquet en un bruissement de soie et de dentelles.

Lane soupira. Jamais il ne se lasserait de contempler cette jeune femme ! De la caresser, de l'aimer... Alors qu'il la débarrassait de ses sous-vêtements, Rachel ôtait les épingles de son chignon, laissant ruisseler sa lourde chevelure jusqu'à ses reins.

Elle avait ouvert la chemise et le pantalon de son compagnon, il acheva de se déshabiller et, nu, il l'entraîna jusqu'au lit.

Allongés l'un contre l'autre, ils tentèrent de reprendre leur souffle. Ils voulaient profiter de chacun des instants de leurs retrouvailles, apprécier le charme qui les enveloppait totalement.

Lane posa la main sur son sein, elle ferma les yeux tandis que ses joues s'empourpraient et que le désir s'immisçait au plus profond de son être.

— Détendez-vous, lui murmura-t-il.

— Je suppose que je devrais m'habituer à ce que vous me voyiez nue, dit-elle en souriant.

— Oui, jour et nuit...

Lane se pencha et saisit la pointe corail de son sein entre ses lèvres, le chatouillant, puis le mordant tendrement. Un gémissement s'échappa des lèvres de la jeune femme. Le plaisir était en elle, l'enflammant, la poussant jusqu'au vertige et à l'abandon. Maintenant, elle n'aspirait plus qu'à sentir son compagnon en elle...

Alors, tendue vers lui, elle l'agrippa par les épaules, l'obligeant à venir à elle. Mais il faisait durer l'attente du plaisir... Ses lèvres parcouraient sa peau frissonnante, laissant des traces de feu sur son ventre, pour remonter entre ses seins, comme un voyageur averti, initié.

La jeune femme gémissait et, glissant les doigts dans les boucles brunes de son compagnon, elle l'attira plus près, encore plus près, toujours plus près... La bouche de Lane glissa jusqu'à son mont de Vénus, audacieuse, libertine, goûtant à l'intimité de Rachel. La jeune femme cria son nom alors que le plaisir l'emportait jusqu'à l'extase. Puis, elle sombra dans un abîme de jouissance. Lorsqu'elle revint à la réalité, comblée, heureuse, elle vit que Lane lui souriait tendrement.

Alors, avec une infinie tendresse, il pénétra en elle. Rachel était prête, prête à repartir à la conquête des hauteurs enivrantes de la passion, prête à s'envoler de nouveau mais, cette fois, avec Lane. Leurs deux corps enlacés se suivaient, se séparaient, se retrouvaient enfin comme si seul leur désir importait, comme si le monde autour d'eux s'était effacé. Ensemble, ils atteignirent bientôt l'extase, ensemble, ils connurent le bonheur de la passion partagée. Rachel frissonna tandis qu'il criait son nom. Puis ils plongèrent dans un apaisement bien-heureux.

Alanguis, blottis l'un contre l'autre, ils écoutèrent longtemps leurs cœurs battre ensemble doucement.

– Boyd m'a dit que je devais rencontrer un ancien client qui ne réclamait que moi et mon savoir-faire, déclara soudain Lane d'un ton gentiment moqueur.

– Et si vous aviez refusé la mission ? lui demanda-t-elle.

– Je ne pense pas que Boyd m'aurait laissé faire. Il est vraiment trop romantique pour cela !

– Boyd Johnson !

Lane haussa les épaules.

– Mon premier exercice de lecture fut un poème d'amour ! Il fut un excellent professeur... et moi, un élève fort attentif !

– J'aurais dû m'en douter, plaisanta-t-elle.

– Rassurez-vous, il y a encore tellement de choses que vous pouvez m'apprendre...

Il l'attira contre lui jusqu'à ce que leurs lèvres se rencontrent. Et ce baiser fut celui de la confiance et de l'amour retrouvés. Il valait mieux que tous les serments et toutes les promesses...

Rachel soupira, puis elle se blottit contre le torse de son amant.

– Nous ferions mieux de nous habiller, fit-il en bri-sant la magie de l'instant.

– Il nous reste encore un peu de temps, objecta-t-elle.

– Rachel ?

– Hmm ?

– Qu'en est-il de l'héritage de Ty ? Je sais que vous étiez restée en bons termes avec les McKenna à cause de l'héritage de son père...

Elle posa un doigt sur ses lèvres.

– Après ce qu'ils ont fait, après avoir découvert quel genre d'homme était Robert, et sachant qui était Stuart, je n'ai pas l'intention de laisser les McKenna influencer ma vie et, qui plus est, celle de mon fils.

– Je ne peux pas vous en blâmer, mais comment réagira Ty lorsqu'il apprendra qu'il a perdu une fortune ?

– Mary Margaret a disparu. Il ne leur reste plus qu'un héritier vivant et je ne crois pas qu'ils puissent avoir le courage de le déposséder de son legs. J'ai l'intention de leur écrire, et de leur donner régulièrement des nouvelles de leur petit-fils. Si les choses s'apaisent, je pense que je les autoriserai même à revoir Ty. Mais si, par malheur, Stuart décidait de le déshériter parce que je les ai séparés, ou simplement parce qu'il est mon fils, j'espère qu'il comprendra...

– Il a beaucoup de chance d'avoir une mère comme vous.

Elle se pencha vers Lane.

– Je vous aime, lui avoua-t-elle. Je vous aime depuis le premier jour, mais à l'époque je l'ignorais encore. Vos yeux m'ont toujours captivée, même lorsque vous étiez tout jeune. Vous paraissiez plus âgé que vos seize ans. Maintenant, je sais que c'est parce qu'on vous a dérobé votre enfance.

– Vous auriez eu des pensées impures pour l'un de vos élèves ! Qui l'aurait imaginé ?

– Je n'ai pas dit cela. Je vous aimais, mais je n'en ai pris conscience que le soir du 4-Juillet lorsque vous m'avez invitée à danser... ou, plus tard, quand vous m'avez embrassée. Peut-être avais-je simplement peur de l'admettre.

– Et quand avez-vous finalement accepté vos sentiments ?

– Près du ruisseau, lorsque vous m'avez avoué votre
amour. Je savais que vous étiez sincère. Ces mots ont
ouvert mon cœur.

– Je vous ai apporté un cadeau, Rachel.

Elle lui jeta un regard soupçonneux.

– Comment pouviez-vous m'apporter un cadeau
alors que vous ne saviez même pas que vous alliez me
rencontrer ?

– Aidez-moi à remettre mon pantalon.

– Pardon ?

– Rachel, je vous en prie.

Il regarda en direction de la porte.

– Ils vont bientôt être là, ajouta-t-il.

– Lane Cassidy, le grand et le plus extraordinaire
tireur de l'Ouest, aurait-il peur d'être surpris sans son
pantalon ?

– Je ne veux pas perturber Ty.

Sachant qu'il avait raison, elle s'écarta à regret et se
leva. Lane s'esclaffa quand il la vit se débattre avec ses
sous-vêtements.

La robe était déchirée. Et Rachel ne pouvait pas espérer la remettre sans être indécente. Alors elle mit de
côté les mètres de soie moirée, puis elle se dirigea vers
sa garde-robe. Lane en profita pour se rhabiller... Et il
sortit de sa poche le présent qu'il comptait bien lui
offrir.

Quelques minutes plus tard, la jeune femme était de
retour, habillée, les cheveux brossés et soigneusement
coiffés.

– Voilà, fit-il en lui montrant sa main fermée.

Rachel s'approcha et se serra contre lui, aussi impatiente et fébrile qu'un enfant.

– Fermez les yeux et donnez-moi votre main.

Rachel obéit. Lane posa un objet métallique dans la

paume de la jeune femme, et la gratifia d'un baiser sur le nez.

– Regardez maintenant.

A son grand étonnement, la jeune femme découvrit alors une petite étoile de métal brillante. Du bout des doigts, elle effleura les lettres gravées : SHÉRIF DU COMTÉ D'ANTELOPE.

– Boyd m'avait demandé de ne jamais figurer dans ses fichiers de criminels. La seule manière pour moi d'y parvenir était de me tenir du bon côté du fusil.

Rachel referma les doigts sur l'étoile et repoussa la peur qui montait en elle. Cependant, à cause de son nom, à cause de ce petit bout de métal, la vie de son compagnon serait continuellement en danger.

– Rachel, je crois savoir à quoi vous pensez.

– Non, certainement pas.

– Vous trouvez que je prends des risques... en outre, vous avez déjà été mariée à un shérif et vous savez...

– Ne vous comparez jamais à Stuart ! Non, en fait, je songeais à ce que vous m'aviez dit lorsque vous étiez en prison. J'avais tellement peur que vous ne soyez pendu. Vous m'avez alors déclaré que vous mourriez heureux si vous vous saviez aimé, c'est bien cela ?

– Je le pense toujours.

– On ne peut, hélas, pas connaître son destin ! Mais je veux prendre le risque de rester près de vous, en espérant que vous m'aimerez le plus longtemps possible.

– Ne m'enterrez pas tout de suite. J'ai encore quelques projets...

Il la regardait avec gourmandise, elle le taquina.

– Comme... ?

Au même instant, on frappa à la porte.

– Nous verrons cela plus tard.

Il l'embrassa rapidement avant d'aller s'enfermer dans la chambre de Rachel.

La jeune femme attendit qu'il ait disparu pour ouvrir la porte. Delphie et Ty entrèrent joyeusement.

– Où est Lane ? demanda son fils immédiatement. J'aperçois son chapeau sous le canapé.

Ty ne fit aucun commentaire sur le changement de tenue de Rachel. Delphie se contenta de hausser les sourcils en souriant.

Lane choisit cet instant pour faire son entrée dans la pièce, avec tout l'aplomb et la nonchalance dont il était capable. Il s'approcha de Ty et lui sourit. Décidément, personne n'aurait pu deviner que, quelques minutes plus tôt, il était allongé sur le lit au côté de Rachel, nu, complètement nu...

– Lane ! s'écria le petit garçon en lui tendant son chapeau. J'ai le même que toi, tu veux le voir ?

– Bien sûr ! Comment s'est passée la promenade ? demanda-t-il en se tournant vers la gouvernante.

– A merveille, se contenta-t-elle de répondre.

Puis Delphie baissa les yeux d'un air embarrassé et s'éclipsa discrètement pour rejoindre sa chambre, qui se trouvait à l'autre bout de l'appartement.

– Est-ce que je peux mettre mon chapeau à l'intérieur, maman ? interrogea Ty, tout excité.

– Si tu veux, mais pour cette fois seulement...

Son fils se coiffa de son couvre-chef, redressant les épaules, serrant les poings d'un air provocant.

– Est-ce que je suis bien ainsi ? demanda-t-il.

– Tu es parfait, commenta Rachel avec un sourire attendri.

– Tu restes, Lane ? s'enquit le petit garçon. Tu restes avec nous, n'est-ce pas ?

– Un moment.

– Combien de temps ?

– Le temps qu'il faudra à ta mère pour quitter son poste.

Il reporta son attention sur la jeune femme.

– Le temps de ranger vos affaires... pour aller dans

l'Idaho... reprit-il avec un sourire malicieux. Si ta maman est d'accord pour épouser un autre shérif, bien sûr...

– Oh, non, je voulais qu'elle t'épouse ! protesta le petit garçon.

– Mais je suis shérif, maintenant !

Tyson retrouva immédiatement son sourire et sauta au cou de Lane.

– Ça alors !

Rachel savait que ses yeux brillaient de tout l'amour qui était en elle... pour cet homme merveilleux qui la regardait avec tant de tendresse...

– Tu vas épouser Lane, maman ?

– Oui, répondit-elle dans un souffle.

Puis, d'une voix plus assurée, elle répéta :

– Oui, avec joie...

Le métal de l'étoile s'était doucement réchauffé dans sa main !

Amour et Destin

Des femmes exceptionnelles découvrent dans l'amour le sens de leur vie. Elles iront jusqu'au bout de leur quête, quel qu'en soit le prix. Héroïnes modernes, elles ont décidé de prendre en main leur destin et de l'assumer, dans un monde trop souvent hostile.

BENNETT ELIZABETH
Le balancier du cœur
3598/6 Inédit
Cœurs et âmes
3971/5 Inédit
Que cache la mort de Miranda, célèbre et richissime présentatrice de télévision, qui lègue toute sa fortune à sa sœur ? Cassie va tenter de découvrir les secrets des hommes d'affaires qui l'entouraient. Mais elle tombe bientôt dans les bras de son séduisant beau-frère. Est-ce un piège tendu à Cassie pour détourner son attention ?

BENZONI JULIETTE
Le Gerfaut
– Le Gerfaut
2206/6
– Un collier pour le diable
2207/6
– Le trésor
2208/5
– Haute-Savane
2209/5

BINGHAM CHARLOTTE
Ombre et lumière
3493/7 Inédit

BLAKE JENNIFER
Les secrets du passé
3323/6
Délices et fureurs
3525/6
Le parfum de la passion
3759/6

BRISKIN JACQUELINE
Paloverde
2831/7 Inédit
C'est écrit dans le ciel
3139/7
Cœurs trahis
3431/7

BROWN SANDRA
French Silk
3472/7 Inédit
Des secrets bien gardés
3617/6 Inédit
Substitution ?
3666/6 Inédit
Texas !
– Le destin de Lucky
3282/3 Inédit
– Le destin de Rocky
3432/3 Inédit
– Le destin de Sally
3563/3 Inédit
Le souffle du scandale
3727/7 Inédit
Rééducation
sentimentale
4090/3 Inédit
L'engrenage
4214/6 Inédit

CLARKE BRENDA
Au-delà du monde
3618/5
Qui était cet homme auprès de qui elle a vécu durant vingt-cinq ans ? Rowland l'a-t-il vraiment aimée ?

COOKSON CATHERINE
Le bonheur secret d'Emma
3343/5
Les tourments
d'Annabella
3487/7
Les oiseaux rêvent aussi
4169/4

DAILEY JANET
Le mal-aimé
1900/4
Prisonniers du bonheur
2101/4
Le triomphe de l'amour
2430/5

DEJONG LINDA RENÉE
Illusions brisées
3395/6 Inédit
Ombres au paradis
4322/4
Pour accomplir une vengeance familiale, Jenna accepte d'épouser Ryker Thorsen, un riche propriétaire de vignobles californien, beaucoup plus âgé qu'elle. Jenna a juré de le tuer. Mais Ryker se montre plein de prévenances pour sa jeune femme et la comble de cadeaux. Bien vite cependant, le paradis californien se transforme en enfer : derrière les apparences se cachent des haines sordides et de sombres calculs. Et puis, il y a Cord, le fils de Ryker, qui a été autrefois l'amant de Jenna et qui l'évite désormais.

DELINSKY BARBARA
Une femme trahie
3396/7 Inédit
La quête de Chelsea Kane
3450/6 Inédit
Empreintes
3576/6 Inédit
Un moment d'égarement
3728/7
Le mystère de Mara
3972/7

DE MAREZ MARNIE
L'épouse indésirable
3686/5 Inédit
Un mari sous contrat
4019/5 Inédit
L'amant du bout
du monde
4321/3 Inédit

DEVERAUX JUDE
Entre ses mains
3544/6 Inédit
La patience récompensée
3843/2 Inédit
Accords parfaits
3942/3 Inédit

Amour et Destin

EDMONDS Lucinda
Sous le charme
4001/8 Inédit

A dix-sept ans, Maddie a hérité de la grâce et du talent de sa mère, danseuse étoile. Lorsque Maddie est acceptée dans le corps de ballet de l'Opéra de Londres, ses rêves s'écroulent...

FIELDING Joy
Les amours déchirées
3545/5

HART Catherine
Eblouissement
4300/4 Inédit

Demoiselle de compagnie d'une adorable vieille dame, Andrea est aussi une voleuse qui profite de sa situation pour dérober bijoux et objets précieux. Elle a cependant une excuse : ce butin doit servir à payer la rançon de son neveu, enlevé par son scélérat de père. Mais la police intervient à la suite d'une plainte, et Andrea doit déjouer les pièges que lui tend le très séduisant inspecteur Brent, chargé de l'enquête.

HEATH Lorraine
Entre deux flammes
4044/6 Inédit

HEGGAN Christiane
Trahisons
4129/6 Inédit
Fausse accusation
4301/4 Inédit

Diana a adopté le bébé de sa meilleure amie. Huit ans plus tard, le père de l'enfant se manifeste. Travis Lindford est l'héritier d'un palace qui porte son nom mais sa mère refuse de lui confier les rênes de ce prestigieux établissement tant que sa descendance n'est pas assurée. Or, Travis, à la suite d'une opération est devenu stérile. Diana refuse de rendre l'enfant et Travis engage une procédure. Peu après, il est assassiné.

HOAG Tami
L'homme des marais
3706/5 Inédit

JAGGER Brenda
L'amour revient toujours
3390/5

KRENTZ Jayne Ann
Le petit-fils prodigue
3707/5 Inédit
Un mariage blanc
3797/5 Inédit
Talents cachés
3943/6 Inédit

Qui aurait pu croire à une telle rencontre ? Serenity est épicière, spécialisée dans les produits bio. Calec, un jeune loup de la finance. Pourtant, Serenity va découvrir les drames secrets de cet homme, mais aussi ses talents cachés. Seul, le grand amour peut unir ces êtres que tout semble séparer.

LAEL MILLER Linda
Héritage en Australie
4091/5 Inédit

LAIMAN Leah
La richesse du cœur
- La richesse du cœur
3887/4 Inédit
- Pour le pire et pour le meilleur
4192/3 Inédit
- Les amours contrariées
4339/3 Inédit

Sam et Drew travaillent dur pour lancer le produit miracle inventé par Sam. Mais l'incendie de leur usine va ruiner tous leurs efforts. Lorsque Drew tente de se suicider, Sam, désespérée, accepte de passer une nuit avec Grainville, un milliardaire qui, en échange, lui propose de l'aider à renflouer l'entreprise. Ayant appris ce qui est pour lui une trahison, Drew se sépare de Sam.

LAKER Rosalind
Reflets d'amour
2129/5 Inédit
Le sentier d'émeraudes
2351/6
Splendeur dorée
2549/5

LANGAN Ruth Ryan
Tout ce qui brille...
4193/6 Inédit

D'Hollywood à Las Vegas, l'ascension et les amours d'une jeune chanteuse de jazz, qui atteint la gloire grâce à son exceptionnel talent.

LAROSA Linda
Princesse Alexandra
3358/7

MACOMBER Debbie
L'amour par petite annonce
3865/5 Inédit
Des anges passent
3987/5 Inédit
Toutes les blessures cicatrisent
4271/4 Inédit

Veuve depuis deux ans, Linette vit repliée sur elle-même. Cédant aux injonctions de sa belle-sœur, elle accepte enfin une invitation à une soirée, où elle rencontre Cain. C'est le coup de foudre réciproque. Mais lorsqu'elle apprend que Cain a fondé une organisation spécialisée dans la libération de victimes d'enlèvement, Linette préfère rompre, trouvant ce métier trop dangereux. Pour rien au monde elle ne veut revivre le drame qui l'a brisée...

MANSELL Jill
Malentendus
3685/6 Inédit
Pour la magie d'un baiser
3779/6 Inédit
Trois femmes en quête du bonheur...

Troublante différence
3904/7 Inédit

Amour et Destin

4451

Photocomposition Assistance 44-Bouguenais
Achevé d'imprimer en Europe (Angleterre)
par Cox and Wyman à Reading
le 19 mars 1997.
Dépôt légal mars 1997. ISBN 2-290-04451-2

Éditions J'ai lu
84, rue de Grenelle, 75007 Paris
Diffusion France et étranger : Flammarion